T0246063

LA VIDA SECRETA DE MAC

La vida secreta de Mac

Título original: *The Secret Life of Mac*

© 2019 by Melinda Metz
First Published by Kensington Publishing Corp.
Translation rights arranged by Sandra Bruna Agencia Literaria, SL
All rights reserved

© de la traducción: Ana Isabel Domínguez y María del Mar Rodríguez

© de esta edición: Libros de Seda, S.L.
Estación de Chamartín s/n, 1ª planta
28036 Madrid
www.librosdeseda.com
www.facebook.com/librosdeseda
@librosdeseda
info@librosdeseda.com

Diseño de cubierta: Christine Mills/Kensington Publishing Corp.
Adaptación de la cubierta y maquetación: Rasgo Audaz, Sdad. Coop.
Imagen de la cubierta: © Serg Velusceac/iStock

Primera edición: septiembre de 2019

Depósito legal: M-26401-2019
ISBN: 978-84-17626-13-6

Impreso en España – Printed in Spain

MELINDA METZ

LA VIDA SECRETA DE MAC

LIBROS de
seda

*Para Robin Rue, muy lista, amable
y graciosa, muchísimas gracias.*

*Y en recuerdo de mi padre,
epigramista extraordinario.*

CAPÍTULO 1

MacGyver atrapó el tirador plateado entre los dientes y abrió la cremallera. Con un rápido zarpazo, abrió la maleta y saltó al interior para acostarse sobre la ropa doblada. Un sitio estupendo para echarse una siesta. Aunque podría mejorarse. Nunca entendería el afán de los humanos porque todo estuviera liso y sin arrugas. Con un bufido de exasperación, se levantó y ahuecó la ropa, tras lo cual volvió a acostarse. Sacó las uñas y las clavó en un suave jersey. ¡Sardinillas, que a gustito estaba!

—¡*Mac*, no! —gritó Jamie, su humana, que lo apartó de la perfecta cama que se había hecho y, después, oyó el golpe seco y el sonido de la cremallera que indicaban que había cerrado la maleta. Como si no pudiera abrirla otra vez...—. Me voy de luna de miel. ¡De luna de miel! Debo tener aspecto de enamorada romántica, no de vieja loca cubierta de pelos de gato.

Mac hizo caso omiso de sus palabras. Sabía que los humanos las usaban para comunicarse, pero eso se debía a que su nariz solo era un adorno, nada más. A él la suya le decía mucho más que un millón de palabras y, en ese mismo momento, le estaba comunicando que Jamie estaba más contenta que nunca. ¿Y quién era el culpable de dicha felicidad? Él. *MacGyver*. Jamie necesitaba un compañero, detestaba decirlo, pero en ese sentido su humana era como un perro, y él le había buscado uno.

Empezó a ronronear, orgulloso.

—Te da igual lo que te diga, ¿verdad, fierecilla? —Jamie se volvió hacia la puerta y *Mac* vio a David, el compañero que él le había buscado, acercándose a ellos—. *Mac* acaba de inspeccionar el contenido de la maleta como si fuera mi estilista. Cualquier cosa que me ponga irá adornada con su precioso pelo atigrado.

—Por eso mi maleta lleva candado —replicó David. *Mac* notó que a Jamie le temblaba el cuerpo por la risa—. ¿A qué viene tanta...? —preguntó él, pero dejó la pregunta en el aire mientras extendía un brazo y acariciaba una de las tres corbatas con las que *Mac* había estado jugando antes de decidir que le apetecía echarse una siesta. David examinó su maleta—. Sigue cerrada. Tu gato ha conseguido abrir la cremallera lo justo para sacar las corbatas.

—No es mi gato. Es nuestro gato. Ahora estamos casados. Lo mío es tuyo y blablablá. Eso incluye a *Mac* —lo corrigió Jamie.

—Acabo de comprarle a nuestro gato ese ratón de ocho patas que garantiza horas de placer felino —repuso David, al tiempo que lo miraba, enfadado—. Ocho patas con las que jugar y no puede dejar mis cosas tranquilas. —Meneó la cabeza mientras pasaba los dedos sobre la marca que le había hecho a una de las corbatas.

Mac también hizo caso omiso de las palabras de David y de su mirada furiosa. Había olido a ese humano antes de decidir que debía meter las zarpas en el asunto y había descubierto que olía tan mal como Jamie, a veces incluso peor. Estaba desesperado por una compañera, lo supiera o no, y él le había encontrado una. En ese momento, estaba tan contento como si acabara de revolcarse en un lecho de hierba gatera.

—A *Mac* le encanta su regalo, pero de vez en cuando también le gusta divertirse con algún proyecto personal —replicó Jamie mientras David introducía la combinación en el candado de su maleta, que no había servido para mucho.

En ese momento, llamaron al timbre, y *Diogee* empezó a ladrar. Ese cabeza de chorlito no acababa de enterarse de que el sigilo era crucial ante cualquier ataque. Lo único que hacía así era alertar de su presencia a cualquiera que hubiera llegado. *Mac* bajó de un salto de los brazos de Jamie. *Diogee* formaba parte de su grupo, un sacrificio que *Mac* se había visto obligado a hacer por la felicidad de Jamie. Eso significaba que debía hacer lo que fuera necesario para mantener al perro a salvo de su propia estupidez.

Cuando llegó a la puerta, le dio un golpe en el rabo con la pata, en parte para apartarlo de su camino y en parte porque le hacía gracia. Abrió la boca y usó la lengua para atraer el aire al interior. De esa manera conseguía más información. Se trataba de una mujer y, además, estaba triste. Tristísima.

Jamie abrió la puerta una rendija.

—Hola, Briony. Tengo que pillar a mi gato. *MacGyver* es un artista del escapismo. Vamos, que hasta trepa por la chimenea. Hemos tenido que taparla. Además, *Diogee*, el perro, te saltará encima. Sé que debería corregirlo y, en realidad, lo hago, pero no sirve de nada. Eso sí, es sociable. Así que prepárate. —Se colocó a *Mac* debajo de un brazo, abrió la puerta del todo y se apartó.

Tan pronto como la mujer entró, el cabeza de chorlito le plantó las patas en los hombros; pero, antes de que pudiera lavarle la cara con su enorme lengua, David lo agarró por el collar y lo apartó. Acto seguido, lo llevó a la planta superior, y no pasaron ni dos segundos antes de que sus lastimeros aullidos llenaran la casa. La puerta del dormitorio era sencillísima de abrir usando las técnicas más básicas. Pero *Diogee* carecía incluso de lo más básico.

Mac tomó otra honda bocanada de aire. Sí, esa mujer era muy infeliz. Necesitaba su ayuda. Estaba ocupado, tenía que hacer escapadas y echar sus siestecitas, pero saltaba a la vista que lo necesitaban. La mujer debía de ser más lista que *Diogee*, pero no tanto como para solucionar lo que fuera que estaba mal. Para eso se necesitaba a un maestro.

Por suerte para ella, acababa de llamar a su puerta.

❧ ❧ ❧

Unos cinco minutos después de haber llamado a la puerta de la casa de su prima Jamie, Briony Kleeman ya estaba sentada a la mesa de la cocina. Jamie se había apresurado a llenar la tetera de agua mientras su gato, *MacGyver*, la observaba fijamente desde la encimera con sus ojos dorados.

Briony no alcanzaba a entender cómo había acabado allí. Ni siquiera entendía cómo había acabado en Los Ángeles. Poco menos de un día antes, caminaba hacia el altar por el pasillo de su pequeña iglesia luterana, Peace of Prince de Wisconsin, del brazo de su padre. El pasillo estaba cubierto de pétalos de rosas que iba lanzando su prima de tres años. La sobrina de Caleb le llevaba la cola del vestido, rematada con un festón de encaje que había sido del vestido de novia de su abuela. Todo según lo planeado.

Miró a Caleb. Le sonreía mientras ella avanzaba por el pasillo. Y, después, le pareció que todo empezaba a temblar. El suelo. El brazo de su padre. Las caras de los invitados. Caleb. Sintió una mezcla de mareo y náuseas al tiempo que la luz desaparecía y la oscuridad se apoderaba de ella.

—Briony —dijo Jamie, y su voz la alejó del recuerdo de la horrorosa mañana—. ¿Qué infusión quieres? Tengo naranja con especias, hierba limón, té negro *chai*, Earl Grey, menta y no sé cuántas más. Hace poco que me he pasado a las infusiones. No es que haya dejado el café, así que si prefieres uno, te lo preparo. Además, tengo zumo de arándano y de naranja. Y agua con gas. O sin gas. Así que, ¿qué te apetece?

Demasiadas opciones. Briony no recordaba ni la mitad, seguramente porque parte de sí misma tenía la impresión de seguir en la iglesia mientras el mundo se abría bajo sus pies.

—Elige tú.

—¿Seguro? No todas las infusiones son para todo el mundo —replicó Jamie, que la miró con preocupación.

—Es que creo que... no sé por qué... —Meneó la cabeza con impotencia—. Es que no puedo tomar decisiones. Ni siquiera a la hora de elegir qué beber. Sé que es ridículo.

—No es ridículo. Debes de estar agotada —repuso Jamie.

—Sí, pensé que me dormiría en el avión, pero no he podido —admitió. En vez de ver una película, se había pasado todo el vuelo rememorando una y otra vez el momento del pasillo de la iglesia, como si fuera incapaz de desterrarlo de su mente.

—Tranquila. Yo elegiré por ti. —Jamie estiró un brazo, abrió el armario situado encima de la cafetera y les echó un vistazo a las cajas de infusiones.

Briony suspiró, aliviada. Jamie acababa de ocupar el lugar de sus padres. Desde el «Incidente de la Iglesia», tal y como había empezado a llamarlo para sus adentros, no había tomado ni una sola decisión. Sus padres la llevaron al aeropuerto y le prometieron que se encargarían de todo. Después, se subió al avión. Luego le dio a un taxista un trozo de papel en el que estaba escrita la dirección de Jamie. Y allí estaba, mientras su prima actuaba como si fuera lo más normal del mundo ocuparse de ella, aunque no se hubieran visto desde la reunión familiar que tuvo lugar unos once años antes.

Jamie le colocó una taza delante.

—Es una infusión relajante. No sé por qué, pero creo que va a sentarte bien. Tengo un sexto sentido increíble —bromeó.

La taza tembló entre sus dedos mientras se la llevaba a los labios. La soltó sin haber bebido siquiera un sorbo.

—Tienes razón. Todavía estoy... un poco alterada. —El eufemismo del milenio. Se sentía como una zapatilla deportiva en el tambor de una lavadora antigua mientras centrifugaba—. Gracias por permitir que me quede aquí. De verdad que...

—No, no y no. Ya me has dado las gracias ciento tres veces si mal no recuerdo. —Colocó una mano sobre la suya—. Me encanta tenerte aquí. A veces es mejor alejarse un poco de las cosas. Y Storybook Court es el lugar indicado para hacerlo. Hazme caso. Además, íbamos a llevarnos a los peludos, pero ahora podrán quedarse en casa.

Briony sintió el escozor de las lágrimas en los ojos. Jamie estaba portándose fenomenal con ella, como si no se diera cuenta de que era una persona malísima.

—¿Quieres hablar del asunto? —le preguntó—. Sé que no tenemos mucha confianza. Os mudasteis a Wisconsin cuando tenías unos diez años, ¿verdad? Pero recuerdo aquel día que me quedé de canguro contigo cuando tenía dieciséis años y te llevé a casa de mi novio, o mejor dicho a casa de mi espantoso exnovio, porque sabía que sus padres y él no estaban y...

—¡Y nos colamos! Me dejaste ponerle sal en el cepillo de dientes. Y pegamos el rollo de papel higiénico con cinta adhesiva. ¡Fue una de las mejores noches de mi vida! Aquella noche me sentí como una gamberra de lo peor. ¡Una gamberra de nueve años! —exclamó Briony mientras el recuerdo la distraía del motivo que la había llevado a la casa de su prima. No pudo evitar sonreír—. Fue muy divertido.

—¡Pero tus padres se enfadaron muchísimo conmigo! —exclamó Jamie—. Y ni siquiera sabían lo que habíamos hecho. Solo se enteraron de que te saqué de la casa. Les dije que te llevé a Dairy Queen. Y es cierto que fuimos. Después. ¡Y eso los espantó!

—Sí, eran un poco sobreprotectores —replicó Briony.

—¿Un poco? Me apuesto lo que sea a que no te dejaron cruzar sola la calle hasta que estuviste en la universidad. —Bebió un sorbo de infusión—. Bueno, ¿quieres hablar del asunto?

Los pétalos de rosa. Su padre. La sonrisa de Caleb. Por un instante, sintió que se le olvidaba cómo respirar.

—No —logró decir—. Si no te importa —añadió al instante.

—Claro que no me importa —le aseguró Jamie.

—A ver, los animales —dijo, porque quería hablar de algo agradable y seguro—. ¿Qué comen? ¿Dónde duermen? ¿Qué tengo que hacer? Nunca he tenido mascotas.

—¿En serio? Creo recordar que tenías un hámster.

Briony negó con la cabeza.

—Pues desde luego, si no tuviste nunca una mascota te faltó algo en la infancia —comentó Jamie.

—Está claro que no recuerdas mi dormitorio. Tenía todos los juguetes habidos y por haber. Muchos educativos, sin bordes cortantes, ni nada que te pudieras tragar o que implicara el menor riesgo —dijo.

—Lo que yo decía, te faltó algo en la infancia. —Jamie se puso de pie y se acercó al frigorífico. Tomó un trozo de papel sujeto a la puerta con un imán que rezaba: «Dale una oportunidad a los guisantes» y se lo dio a Briony—. Aquí está todo lo que necesitas saber. Pero te advierto que *Mac* siempre desayuna a las siete y media de la mañana y no tolera retrasos. Está bien que intentes levantarte un poco más tarde, pero solo será eso, un intento. También cena a las siete y media de la tarde; pero si vas a salir, puedes ponerle la cena más temprano. Eso no le importa. *Diogee* no mastica, más bien se traga la comida. Lo que significa que a veces vomita. No es habitual, pero no quiero que te alarmes si sucede. Otra cosa, *Mac* es un sinvergüenza.

Mac soltó algo a caballo entre un maullido y un gruñido.

—Sí, estoy hablando de ti —le dijo Jamie mientras se echaba hacia atrás para acariciarlo debajo de la barbilla—. Cuando quieras salir de casa, seguramente lo mejor sea encerrarlo en uno de los dormitorios. En realidad, es imposible mantenerlo encerrado en cualquiera de ellos, pero por lo menos eso te dará cierta ventaja. Ah, y *Diogee* hace una cosa que David llama «Fastidiahombros». Si lo sacas a pasear y ve una ardilla o...

—Vas a aterrorizarla —dijo un hombre moreno que acababa de aparecer por el vano de la puerta. Se parecía un poco a Ben Affleck, pero era más joven—. Solo tienes que recordar que tú eres el alfa. Que tú mandas —le dijo a Briony. Jamie resopló, pero él no le hizo ni caso—. Tú le das de comer, así que eso significa que eres la jefa —siguió y después sonrió mientras le tendía la mano—. Soy David, el marido de Jamie.

—Qué raro me sigue sonando —dijo Jamie—. Raro, sorprendente, estupendo y maravilloso. —Se acercó a él y le pasó un brazo por la cintura. La cara le brillaba cuando lo miraba, lo mismo que le sucedía a él cuando la miraba a ella.

Briony tuvo que apartar la vista. Se alegraba por su prima, pero le dolía ver a una pareja tan enamorada. Ella había pensado que lo estaba, completamente, de Caleb. ¿No lo había estado? ¿Cómo iba a estarlo? No se plantaba en el altar a una persona de la que se estaba completamente enamorada. No se sufría un ataque de pánico mientras se atravesaba el pasillo de camino al altar.

—Voy a sacar el automóvil —dijo David—. Siento mucho que tengamos que marcharnos ahora que acabas de llegar. Cuando volvamos, saldremos a cenar —añadió antes de marcharse.

—No deberías haberte entretenido preparándome una infusión —protestó Briony, sorprendidísima. Su prima intentaba empezar su luna de miel—. No quiero que pierdas el avión.

—No lo perderemos. Tranquila. Ya tienes las instrucciones para los animales. El dormitorio de invitados está arriba a la izquierda. David también te ha dejado una lista con los mejores restaurantes y sitios del vecindario. Aunque creo que yo conozco Los Ángeles casi tan bien como él. Cuando me mudé, salía mucho por ahí.

—¡Lo sé! —exclamó Briony—. ¡Me compré tu libro! —Jamie había publicado un libro con fotos de personas que vivían en Los Ángeles y los trabajos que realizaban.

—Ah, ¿sí? ¡Oh, qué detallazo! —exclamó Jamie—. Aquí tienes las llaves. Muy bien, ¿qué más? También te hemos dejado una lista de los vecinos que pueden resolver cualquier duda que tengas. Estoy segura de que Ruby vendrá a verte por si necesitas algo. Si no eres capaz de controlar a *Diogee* durante los paseos, díselo a Zachary, el vecino de enfrente, y él se encargará. También puedes dejarlo salir al patio. Antes teníamos una puerta para perros. Pero con *Mac*... no. La hemos cerrado y ya no se puede abrir. —Respiró hondo y siguió a toda prisa—: Tienes mi número de teléfono y el de David, ¿verdad? ¿Qué más, qué más? —Echó un vistazo por la estancia.

—Muy bien, Jamie, ya es suficiente —dijo David cuando regresó a la cocina—. Deberías haberla visto las semanas previas a la boda... Iba dejando listas de cosas que hacer por todas partes y se pasaba el día hablando por teléfono y pegada al ordenador, al mismo tiempo, mientras hablaba sola —le dijo a Briony, que pensó que en su caso no había sido así. Caleb había contratado a la mejor organizadora de bodas del estado y ella se había hecho cargo de todo como si fuera un general a punto de entrar en combate—. Voy a por las maletas —añadió.

—¿Puedo ayudarte? —preguntó Briony. Estaba deseando que se fueran. Cierto que la habían recibido con los brazos abiertos, pero no había estado sola desde que empezó a estresarse por la boda el día anterior, ¡el día anterior! Todavía llevaba el peinado de novia y el vestido largo que había planeado ponerse para viajar en el avión que los llevaría a la luna de miel. Necesitaba intimidad para llorar, o gritar, o derrumbarse, o lo que fuera.

—No, gracias. Puedo solo. —David se marchó de nuevo.

—¡El escarabajo! —exclamó Jamie—. Sabía que se me olvidaba algo. Si tienes que salir, úsalo. Está aparcado en Gower, un escarabajo de color verde. Es la calle que está al otro lado de la fuente de la rotonda. Desde allí lo verás. No se puede aparcar en la urbanización. —Sacó un juego de llaves de uno de los cajones y lo dejó sobre la mesa.

—Estupendo. Gracias. Muchas gracias. Siento mucho haber aparecido justo cuando...

Jamie levantó una mano con la palma hacia Briony.

—Déjalo. Ya te he dicho que has llegado en el momento perfecto.

—¡Muy bien, Jam, ya está todo! —exclamó David.

—A veces me llama Jam —explicó Jamie—. Es muy cariñoso. —Se puso de pie y agarró a *Mac* para abrazarlo—. Muy bien, gatito precioso. Sé bueno con Briony. Yo volveré pronto y te traeré un regalo. —Enterró la cara en su pelo un momento y lo acarició—. Voy a llevarlo arriba para despedirme de *Diogee*, pero no te sorprendas si el señor *MacGyver* baja dentro de un rato —la avisó.

—Muy bien —replicó Briony, que salió de la cocina detrás de ella y siguió andando hasta la calle, donde David esperaba a Jamie al lado de su automóvil. Había sido tan simpático con ella como su prima, pero ¿qué pensaría de ella después de lo que le había hecho a Caleb? Desterró la idea. No todo giraba en torno a ella—. Así que un mes en Marruecos. ¡Caramba! —Su madre la había puesto al día sobre los planes de la pareja.

—Todo gracias a un productor de cine a quien le encantan mis *cupcakes* de mojito —replicó David—. Cuando se enteró de que me casaba, nos ofreció su casa de vacaciones en Esauira.

—¿Puedo admitir que no sé dónde está ese lugar? —repuso Briony.

David se echó a reír.

—Yo tampoco lo sabía. Está en la costa atlántica de Marruecos, a unas tres horas por carretera de Marrakech. Queríamos...

—¡Marruecos, allá vamos! —exclamó Jamie mientras salía en tromba por la puerta de la casa y se acercaba a ellos casi de un salto—. Espero que Storybook Court sea tan bueno para ti como lo fue para mí. Venir a este lugar me cambió la vida —confesó mientras miraba a David con una sonrisa.

«Marchaos, por favor, marchaos ya», pensó Briony. Ver tanta felicidad casi le dolía en el cuerpo. Ella también debería estar de luna de miel en ese momento. Con el hombre perfecto. ¿Qué le pasaba?

Por fin, la feliz, o más bien felicísima, pareja se subió al automóvil, que se alejó por la calle. Briony los observó hasta que desaparecieron de su vista al tomar la curva del final de la calle.

Solo entonces entró de nuevo en la casa.

Cerró la puerta.

Echó la llave.

Cerró las contraventanas redondas de madera, tan apropiadas para la casita, que parecía el escondite de un hobbit, para impedirle la entrada al radiante sol del sur de California.

Y, después, se echó en el sofá.

Solo quería olvidar. Pero su mente no dejaba de dar vueltas y de recordar momentos. Caleb sonriéndole desde el altar. Su tía abuela MeMe, abriendo la boca de par en par mientras ella se desmayaba. Sus padres, que fingieron no sentirse decepcionados con ella mientras la llevaban al aeropuerto.

Algo le golpeó el abdomen, sacándola de la película de terror que eran sus pensamientos. Abrió los ojos un poco. Era el gato, *MacGyver*, que le devolvió la mirada mientras empezaba a ronronear. Le resultó... agradable. Su calorcito la rodeó y la vibración de su ronroneo la relajó en cierto modo.

Al cabo de unos minutos, el perro, *Diogee*, se acercó despacio y logró colocar su enorme corpachón en el otro extremo del sofá. No tardó en tener una húmeda mancha de babas sobre una rodilla. Eso no debería resultar reconfortante. Pero lo era, asqueroso y reconfortante a la par. Igual que sus ronquidos cuando se quedó dormido y pareció invitarla a dormir con él. Cerró los ojos de nuevo, agradecida por la compañía de los dos animales, aunque no se mereciera semejante consuelo. No después de lo que había hecho.

CAPÍTULO 2

La respiración de la mujer era lenta y acompasada. El cabeza de chorlito estaba emitiendo esos ronquidos ahogados que indicaban que también dormía. Pero *Mac* estaba rebosante de energía. Había llegado el momento de salir a la aventura.

Saltó al suelo antes de darle al chucho un zarpazo en el trasero sacando las uñas. *Diogee* se despertó con un resoplido y las babas colgando a ambos lados del hocico. El cabeza de chorlito daba asco, pero podía ser de utilidad. *Mac* entró en la cocina, se subió de un salto a la encimera y abrió con facilidad el tarro de las galletas de *Diogee*. Usó una pata para sacar una galletita. *Diogee* ya estaba esperando abajo, suplicando con gemidos. Ningún gato suplicaría. Ni se comería algo que olía a polvo.

Mac miró hacia la ventana redonda que quedaba demasiado alta para él... o eso creían sus humanos. Afinó la puntería y luego lanzó de un zarpazo la galletita para que cayera de la encimera al suelo justo debajo de la ventana. *Diogee* corrió hacia la galletita y agachó la cabeza hacia lo que el perro creía que era una recompensa. Perfecto. *Mac* saltó sobre su cabeza. *Diogee* la levantó, sorprendido. Y, en un magnífico *alley oop* digno de la NBA, *Mac* consiguió el impulso necesario para llegar al alféizar. Abrió la ventana de un cabezazo y se internó en la noche.

Se detuvo un instante en el jardín para deleitarse con todos los olores. Le encantaban los conocidos olores del hogar, pero estaba preparado para más emociones, esas que no encontraría en su propio patio trasero. Esa noche no. Atravesó Storybook Court y dejó atrás las casas que había llegado a conocer tan bien. La mayoría de los humanos olía a felicidad. Gracias a él. Había ayudado en la medida de sus posibilidades. Ese era el deber de todo ser superior.

Se paró en seco, agitando los bigotes. Sardinillas. Había sardinillas cerca. Echó a correr, en dirección al delicioso olor. Dejó atrás los límites de la urbanización y se adentró en territorio nuevo. Un sinfín de olores desconocidos lo invitaba a investigar. Ya se pondría con ellos. Más tarde.

De momento, estaba concentrado en el olor de las sardinas. Localizó de dónde venía y se detuvo al llegar a una casa con paredes que le impedían llegar a su amor. Pero no por mucho tiempo. La primera opción para entrar en la que se fijó fue la chimenea. Tal vez hubiera una forma más fácil, pero no pensaba esperar para averiguarlo. Trepó por una palmera que crecía cerca de la casa y que le permitiría acceder al tejado. Después, fue cosa de descender por el tiro, con una pata delantera a cada lado. Y lo mismo con las patas traseras. Luego fue cosa de uno, dos, tres, cuatro y cinco, y ya estaba dentro.

Las sardinas estaban cerca, cerquísima. Pero también había cerca un humano. Un macho sentado delante de la tele, de espaldas a él. En la mesa, junto al sillón, tenía una lata abierta de aquel delicioso manjar.

Mac pasó a modo sigilo y se agazapó hasta rozar la alfombra con la barriga. El cabeza de chorlito habría salido disparado para empezar a gimotear y que le dieran un pedacito. Él no suplicaba. Se apoderaba de lo que quería. Reptó hacia la mesa hasta quedar en posición y, después, se levantó sobre las patas traseras e hizo ademán de tirar la lata al suelo de un zarpazo.

—¡Oye! ¿Se puede saber qué haces? —gritó el hombre al tiempo que apartaba su amor. La humillación abrumó a *Mac*. Se dio la vuelta y se retiró hacia la chimenea con el rabo entre las patas. Como un perro. No quería permanecer en el lugar en el que se había llevado un chasco tan monumental ni un segundo más.

El hombre suspiró.

—Qué demonios. Al menos que alguien se lo pase bien esta noche.

El olor de las sardinas se hizo un poco más intenso. *Mac* miró hacia atrás. Los ojillos de las sardinas parecían suplicarle que se acercara más. El hombre permanecía inmóvil. Podía ser una trampa. Claro que a él no le asustaban las trampas. Todavía no habían inventado una de la que no pudiera escapar.

Unos segundos después, estaba engullendo el primer pescadillo aceitoso. Casi pudo sentir cómo meneaba la colita. Qué delicia.

—Te gustan, ¿verdad? —parloteó el humano—. A mí también. Sobre todo, porque me las puedo comer en buena compañía. A diferencia de en el comedor. —Se comió una sardina mientras *Mac* masticaba las finas raspas de una segunda.

Mac estaba pletórico, feliz por comer sardinas, y su alegría aumentó cuando el hombre le dio una tercera. Sin embargo, nada más tragársela, se le pasó por la cabeza que aquel tipo no estaba tan contento como él. Aunque viviera mil vidas, *Mac* nunca acabaría de entender del todo a los humanos. Soltó un largo suspiro mientras se esforzaba por pasar del olor de las sardinas. Bufó. Ya tenía en casa una persona infeliz con la que lidiar. Sin embargo, cuando el hombre le dio otra sardina, *Mac* supo que tenía que encontrar la forma de ayudar también a ese humano. Se lo merecía.

❧❧❧

Nate Acosta entró en el comedor. Lo recibió el sutil aroma a limón y bergamota de los vaporizadores situados en los conductos de ventilación. Su abuelo se había percatado de que ese era el sistema que usaban en los casinos de Las Vegas y había instalado uno. Quería que el comedor y el resto de la comunidad pareciera un complejo hotelero de lujo y creía que el olor era tan importante como la decoración.

La estancia tenía buena pinta. El personal de servicio era atento. Los residentes y sus invitados disfrutaban de las hamburguesas de pavo y queso feta, y de las ensaladas de col y melocotones. Se recordó que tenía que pasarse por la cocina para felicitar a LeeAnne, la chef. Había sido todo un triunfo conseguir que dejara Suncafe para trabajar con él.

Desvió la vista hacia el ficus lira del rincón. Empezaba a estar demasiado copado. Tenía que encontrar el tiempo para adecentarlo un poco, tal vez incluso podarlo. Julio era un buen mes para hacerlo. La planta habría tenido tiempo de acumular buena energía y nutrientes. Entrecerró los ojos mientras se imaginaba la forma de sombrilla que quería e intentaba decidir hacia dónde le gustaría llevar las ramas.

Un coro de carcajadas le llamó la atención desde una mesa situada junto a la ventana. Parecía que el nuevo residente, Archie

Pendergast, se estaba aclimatando. Estaba cenando con Peggy Suárez, Regina Towner y Janet Bowman, tres de las señoras más populares de Los Jardines. Rich Jacobs, el epigramista oficial de la comunidad, que tenía tarjetas de visita para demostrarlo, también estaba sentado a la mesa, escribiendo en un cuadernillo con una mano mientras se comía una hamburguesa con la otra.

—¿Quieres oír lo último que he escrito? —le preguntó Rich a Nate cuando este se dirigió hacia el grupo.

—Como siempre —le contestó Nate. Se sentó en la silla vacía, la que solía ocupar Gib Gibson. Gib llevaba sin pisar el comedor tres noches seguidas. Nate se olía que era porque ver a Peggy coqueteando con Archie le revolvía el estómago. Para él era evidente, aunque no lo fuera para Peggy, que Gib estaba coladito por ella.

Rich sostuvo en alto el cuadernillo, carraspeó y empezó a leer.

—Érase una vez un hombre, Pendergast de nombre, al que todas las damas adoraban, que nadie se asombre; todas ellas se esforzaban, pues a ser su reina aspiraban, pero él nunca dejó que lo atraparan.

Archie se pasó una mano por el pelo canoso y ralo.

—Me pintas como si fuera un picaflor, Rich.

—¿Un qué? —preguntó Peggy, que se inclinó hacia él con una sonrisa que le sacaba los hoyuelos. Sí, eso era justo lo que Gib no querría tener que presenciar.

—Ya sabes, un donjuán —explicó Archie—. Estuve casado con la misma mujer durante casi cincuenta años. Fue la única para mí.

Peggy, Regina y Janet suspiraron a la vez. Estaban coladitas por él. Nate se percató de que todas se habían arreglado especialmente esa noche. Peggy lucía una falda que a Nate no le cabía la menor duda de que era nueva, de capa y con un enorme estampado floral en el bajo. La melenita rubia de Regina parecía contar con nuevas, aunque sutiles, mechas; y Janet se había cambiado el color de pelo por completo al pasar de un castaño intenso a un rojo cereza nada sutil con pintalabios a juego.

Escuchar el cariño que Archie demostraba hacia su difunta esposa lo convertía en una figura mucho más romántica si cabía. También ayudaba el hecho de que fuera un hombre de setenta y tantos años en muy buena forma que cuidaba su aspecto. De momento, había aparecido en el comedor todas las noches con americana, camisa blanca planchada y pajarita. A diferencia de, por ejemplo, Rich, que prefería ponerse un chándal de color chillón con zapatillas deportivas igual de chillonas.

—Te acompaño en el sentimiento y comparto tu dolor. —Regina extendió la mano por encima de la mesa para colocársela sobre el brazo.

—Reggie, ¿te gustaría probar la crema tan maravillosa que he descubierto? —le preguntó Janet mientras rebuscaba en el bolso—. Esta mañana me dijiste que odiabas lo mucho que se te ha resecado la piel. —Le ofreció un tubito a Regina, que consiguió fulminar con la mirada a su amiga y sonreírle a Archie, todo a la vez.

—¡Pamplinas! —exclamó Archie—. Tienes los dedos tan suaves como la seda.

—Gracias —replicó Regina, que apartó la mano muy despacio mientras miraba a Janet con una sonrisa triunfal.

—Es maravilloso que disfrutaras de semejante matrimonio. La pobre Regina se casó cuatro veces —le dijo Janet a Archie.

Nate esperaba que la competición por las atenciones de Archie no se convirtiera en un problema. En varias ocasiones, la llegada de un nuevo residente había alterado el equilibrio del lugar. Tendría que mantenerse atento. Antes de que Regina pudiera devolvérsela a Janet, dijo:

—Me he enterado de que las tres vais a organizar una exposición de arte.

—Así es. Queremos demostrar lo que hemos aprendido en clase —contestó Peggy—. Incluso vamos a hacer que un crítico de arte local sea el juez.

Archie meneó las pobladas cejas canosas que tenía.

—Estoy seguro de que no habrá nada más bonito en la exposición que estas tres damas. —Eso provocó sonrojos y risillas tontas en las tres. Nate se alegró al ver que las incluía a todas.

—Cuidado, abuelo. No está bien ir rompiendo corazones.

Nate se volvió hacia la voz aguda y dulce y vio a Eliza, la nieta de Archie, que se acercaba a ellos. Llevaba la blusa blanca abrochada hasta el cuello y una falda de flores que le llegaba por debajo de las rodillas. Le recordaba a una profesora de las de antes, la típica de la que se enamoraban todos los niños de la clase.

Peggy se echó la gruesa trenza plateada por encima del hombro.

—No te preocupes por mí. En mi caso, la rompecorazones soy yo. —Le guiñó un ojo a Archie, gesto que él le devolvió. Otra cosa que a Gib no le apetecería nada ver. Nate se recordó que tenía que interesarse por cómo estaba. Conociéndolo, el hombre estaría viviendo de comer alubias, sardinas y cualquier otra cosa que pudiera sacar directamente de una lata. Además de unas cuantas cervezas. Saltarse las comidas en el comedor de vez en cuando no era un problema, pero tampoco quería que Gib lo tomara por costumbre.

—Eliza, siéntate. —Nate se levantó para dejarle el sitio. La nieta de Archie acostumbraba a pasarse por Los Jardines a cualquier hora del día todos los días desde que Archie llegó. Seguro que se alegraba de lo bien que le iba a su abuelo. Mudarse a una comunidad de jubilados podía ser algo muy duro, pero Archie se había hecho un hueco enseguida. En poco más de una semana, ya había ido de excursión al cine, había asistido a una charla sobre la Seguridad Social y se había convertido en la estrella de la noche de juegos.

—¿Le importa que me siente al lado de mi abuelo? —le preguntó Eliza a Peggy.

—No es... —empezó Archie, pero Peggy ya se estaba sentando en la silla que Nate había dejado libre.

—Gracias. —Eliza se sentó y, después, extendió un brazo y le enderezó la pajarita a Archie. Su abuelo le dio un apretón en los dedos.

—Me gusta ver que una nieta cuida de su abuelo. —Rich se llevó un poco de ensalada de col a la boca—. Yo tengo tres, pero están repartidas por todo el país. Nos mensajeamos por Facebook y también hablamos por FaceTime de vez en cuando. Pero no es lo mismo. Al menos, mi nieto está cerca, en la Universidad de California en Los Ángeles. Me he ofrecido a pagarles el viaje, pero ni hablar. Están todas muy ocupadas. —Le brillaron los ojos—. Creo que de ahí sale un poema. —Se quitó el lapicillo de detrás de la oreja y pasó a una hoja en blanco del cuadernillo.

—Creo que es maravilloso que uséis FaceTime y Facebook para mantener el contacto —dijo Regina.

—Casi haces que se me caiga el lápiz —replicó él—. Y yo que creía que no me veías ni un hueso bien puesto.

—No tienes muchos —le aseguró ella—. Esos zapatos, Rich...

Nate les echó un vistacillo a las zapatillas deportivas. Ese día llevaba unas con estampado de leopardo. Un estampado de leopardo morado, con cordones elásticos redondos de color naranja fosforito.

—Yo también creo que es estupendo que te mantengas al día de las nuevas tecnologías —dijo Eliza. Rich soltó un gruñido, ya que estaba escribiendo en el cuadernillo—. Mi abuelo se niega a tener ordenador.

—Todo eso es un lío. Y también innecesario —añadió Archie, antes de atusarse el bigote con dos dedos.

—Podría enseñarte lo básico —se ofreció Peggy—. Yo no sabría vivir sin Google.

—Buscar en el buscador —masculló Rich al tiempo que borraba un verso.

—A lo mejor te tomo la palabra —le dijo Archie a Peggy.

—Si quieres aprender a usar el ordenador, debería enseñarte yo —protestó Regina—. He sido programadora durante casi cuarenta años.

—Sabes demasiado para ser buena profesora —replicó Janet—. Le darías demasiada información.

—Seguramente necesite la ayuda de las tres expertas para comprender una de esas máquinas —dijo Archie.

Sabía ser diplomático. Bien por él, pensó Nate. Miró el reloj. Quería pasarse por la cocina para felicitar a LeeAnne. Había descubierto que los halagos eran su kriptonita. Cuando intentaba quitársela a Suncafe, no sirvió de nada ofrecerle un salario mayor o más personal. Lo que acabó convenciéndola fue la valoración de su trabajo.

—Tengo que irme. Pasad una buena noche. Me alegro de verte, Eliza. ¿Has comido? Debería habértelo preguntado antes. Puedo traerte un plato. —Nate animaba a los familiares de los residentes a que se quedaran a comer.

—No, gracias. Puedo compartir el de mi abuelo. —Se adueñó de la hamburguesa de Archie y le dio un bocado.

Era un poco raro. Pero también dulce. Seguramente fuera algo que había hecho desde niña, lo de compartir un sándwich de mantequilla de cacahuete y mermelada con el abuelo.

—De acuerdo. Espero verte pronto de nuevo.

—Desde luego que me verás —replicó Eliza.

Nate se despidió del grupo con un gesto de la mano y cruzó el comedor mientras le dirigía una miradita al ficus lira. Le ardían los dedos por los deseos de ponerse con él. A lo mejor debería usar un poco de hilo encerado para reconducir las ramas... Pero no tenía tiempo para cuidar de la planta en ese momento. Le esperaba un montón de papeleo.

En cuanto entró en la cocina, supo que lo había coordinado mal. LeeAnne y su grupo estaban preparando los postres para los camareros. No era el momento de felicitar a nadie. Se sentó a la enorme mesa donde comía el personal y, sin pedírselo, Hope le puso un plato con una hamburguesa y ensalada de col por delante. Un segundo después, volvió con un té helado con limón y un poco de azúcar, su bebida preferida.

Hope no le estaba ofreciendo un tratamiento especial por ser el jefe. Su mayor habilidad era ver qué se necesitaba y hacerlo. Hacía un poco de todo, desde aceptar las comandas de los residentes que ya no podían comer en el comedor hasta reunirse con proveedores y hacer pedidos.

—¿Qué hay de postre? —le preguntó Nate.

—Sopa fría de cerezas —contestó Hope—. Con cerezas por encima.

—¡También conocida como *meggyleves* en Hungría! —gritó LeeAnne desde detrás de una de las islas de la cocina.

Los camareros empezaron a llevarse los cuencos al comedor y LeeAnne le había dirigido la palabra, así que Nate supuso que ya era seguro felicitarla por la comida, y hacerlo de corazón, porque no se podía olvidar de hacerlo si quería que la cocina siguiera funcionando a las mil maravillas.

—¿Cómo has conseguido cerezas frescas? —Después de haber sufrido en una ocasión una crisis con tarta de cerezas, sabía que era casi imposible conseguirlas en el sur de California.

—Hay que ir al mercado de agricultores antes del amanecer. Tienes que ser muy rápido. Lo demás viene todo rodado. —LeeAnne sonrió—. Hope me ha recordado que es el cumpleaños de Gertie, y quería hacerlo por ella. Le encanta la comida húngara.

Nate se recordó que tenía que encontrar la forma de darle un aumento a Hope. Se lo merecía. Trabajaba duro con muy buena actitud y se las apañaba de alguna forma para sacar adelante un curso casi completo en la Universidad de California en Los Ángeles mientras trabajaba casi a jornada igual de completa.

—Hope, ¿te importaría meterme la cena en una bolsa? Tengo que volver al despacho.

LeeAnne volvió la cabeza hacia él y entrecerró los ojos oscuros.

—Nada de bolsa, Hope. Si va a comerse mi comida, va a prestarle la atención que se merece.

Un error de novato, pensó Nate. Aunque dirigía el lugar y no tenía que aceptar órdenes de LeeAnne ni de nadie más, no prestarle a su comida la atención que merecía no era una buena decisión de gestión. A saber el tiempo que tendría que malgastar para conseguir que LeeAnne se calmase si se negaba a valorar como debía la comida.

—Lo siento. Es que tengo mucho pendiente. Pero llevas razón. Tengo que saborearla como se merece.

—Ya puedes apostar ese trasero tuyo tan estupendo a que se lo merece... —replicó LeeAnne.

Nate se preguntó si iba a tener que recordarle, otra vez, la política contra el acoso sexual en el trabajo. Pero como nunca la había oído decirles algo así a otras personas, lo dejó pasar. Sentía su mirada sobre él mientras le daba el primer bocado a la ensalada de col y melocotones.

—Tiene un punto muy bueno —le dijo.

—A medida que nos hacemos mayores, perdemos sensibilidad en las papilas gustativas. Por eso lo hago así.

Nate se dio cuenta de que LeeAnne estaba conteniendo la sonrisa. Le había regalado el oído. Misión cumplida. Él también contuvo la sonrisa. Sabía que era él quien le había contado a LeeAnne lo de las papilas gustativas.

—Hope va a supervisar la limpieza. Me voy.

LeeAnne se quitó la chaquetilla de chef. La camiseta verde lima que llevaba debajo dejaba al descubierto el tatuaje de un árbol con utensilios de cocina en vez de hojas.

—Pasadlo bien. Amber y ella van a Black Rabbit Rose, el local ese de magia —le explicó Hope a Nate.

—Llevo un tiempo queriendo ir —dijo él.

LeeAnne resopló al tiempo que se ponía los anillos de plata que llevaba en todos los dedos cuando no cocinaba.

—Claro, claro. Amigo, lleva abierto casi dos años.

—¿Tanto? El problema es que cuando termino de trabajar, solo me apetece meterme en la cama —admitió Nate—. ¿Cómo lo haces?

—El asunto está en que yo no trabajo todo el día ni la mitad de la noche —respondió LeeAnne. Se quitó el pañuelo que llevaba en el pelo y se sacudió la melena, que empezaba con un morado intenso en las raíces y que se aclaraba poco a poco hasta un tono lavanda—. Tengo vida propia, al contrario que tú. Tienes veintiocho años y te comportas como uno de los residentes.

Bueno, los residentes tienen mucha más vida social que tú. —Echó a andar hacia la puerta, pero luego se dio media vuelta y fulminó a Nate con la mirada—. ¿Cuándo fue la última vez que hablaste con una mujer?

—Para mí que lo estaba haciendo...

LeeAnne lo señaló con un dedo.

—No, sabes muy bien a lo que me refiero.

—¿Cuenta la nieta de nuestro flamante residente? —le preguntó Nate. Eliza era más o menos de su edad, supuso él. Guapa. Entregada a su abuelo y, a todas luces, responsable. Se tomaba la molestia de averiguar que se encontraba en un buen sitio.

—¿Saldrías con la nieta de un residente?

Lo había entendido.

—No.

—Pues entonces no cuenta.

Nate intentó recordar cuándo fue la última vez que salió con alguien.

—Este sitio me ocupa mucho tiempo.

Incluso a él le sonaba fatal.

LeeAnne se limitó a menear la cabeza y luego dejó que la puerta se cerrara de un portazo a su espalda. Hope se ajustó el coletero que le sujetaba el pelo.

—Si hace que te sientas mejor, yo tengo veinte y después de terminar los trabajos de la facultad esta noche, solo voy a dormir.

—¿Estás trabajando demasiadas horas? Podemos ajustarte el horario.

—¡No! —exclamó ella—. No —repitió, más calmada—. Necesito el dinero. Cuento con la beca, pero... —Agitó las manos en un gesto impotente.

—Puedes trabajar todas las horas que quieras. Todo va como la seda cuando estás aquí —la tranquilizó Nate.

La muchacha sonrió. Tenía una sonrisa preciosa. Era estupenda, responsable, de confianza. Si Hope fuera unos cuantos años mayor... No haría nada. Porque trabajaba para él. Se levantó con el plato en las manos.

—No se lo digas a LeeAnne —dijo con un susurro impostado al echar a andar hacia la puerta, arrancándole una carcajada a Hope.

Diez minutos después, estaba sumido en las cuentas mensuales.

Tres horas después, se estiró en un intento por relajar los hombros. A lo mejor podría volver al comedor a esas horas y planificar qué hacer con el ficus lira. Aunque llevaba días sin abrir el correo. Extendió la mano hacia el primer sobre y lo abrió de un tirón. Alguien intentaba venderle una serie de aparatos de gimnasia para mayores. Al reciclaje. Había actualizado el gimnasio hacía poco más de dos años. La siguiente. Otra carta de un agente inmobiliario que quería comprar la propiedad, seguramente para hacer apartamentos de lujo o lo que fuera. Le habían enviado mensajes de correo electrónico, lo habían llamado por teléfono y le habían enviado cartas durante meses. No pensaba molestarse siquiera en contestar. Ya se había negado. Al reciclaje. Y a la siguiente.

Una media hora después, había terminado con la correspondencia. Pero si no le metía mano a las cartas que les enviaba todos los meses a las familias de los residentes, nunca las tendría listas en la fecha prevista. La estridente música de violín de *Psicosis* empezó a sonar, anunciando que su hermana lo llamaba. La quería muchísimo y tal, pero era capaz de volverlo... en fin, loco, y el tono de llamada lo ayudaba a ver las cosas con la perspectiva adecuada.

Nate titubeó. Si contestaba, tardaría horas, unas horas que él necesitaba. Pero uno de los niños podía estar enfermo o... Contestó.

—¿Qué pasa, Nathalie? —le preguntó a su hermana melliza.

—He estado hablando con Christian y le he preguntado si quería hijos —empezó ella.

—Un momento. Has salido dos veces con él, ¿no? —A veces, le costaba seguirle el ritmo.

—Tres veces. Pero da igual, porque creo que es importante hablar de estos temas a fondo. Y me dijo que no. Que no quería hijos. Algo que me parece bien. Los dos que ya tengo son estupendos. Pero quería saber si él querría un hijo biológico. Así que seguimos hablando y resulta que no quiere hijos. Punto. Así, nada de hijos. Y aunque yo había puesto en mi perfil que los tengo, quiso conocerme. ¿Cuándo iba a contarme lo de que no los quería? ¿Qué se cree que voy a hacer yo con los míos?

Nate puso los ojos en blanco. ¿No se suponía que su hermana debería contarle todo eso a una amiga? ¡O a su madre! Así mataría dos pájaros de un tiro. Su madre vivía en la comunidad de Los Jardines, en la casa que había pertenecido a la familia desde hacía generaciones. Iba a verla casi todos los días, pero requería mucha, muchísima, atención. Le encantaría que Nathalie le contara sus problemas sentimentales.

—A lo mejor mamá sería la persona perfecta para hablar de... —empezó.

—¿Mamá? —repitió Nathalie—. ¿En serio? ¿Mamá? ¡Si empiezo a hablar de hombres y se echa a llorar! Han pasado años desde que papá se fue. Cualquiera pensaría que ya lo ha superado, pero salta a la vista que no. Además, cree que como ya tengo hijos, no necesito a un hombre para nada.

Nate abrió un documento de Word. Decidió que le escribiría al hijo de Gertie en primer lugar. Podía hablarle de... ¿Cómo había dicho LeeAnne que se llamaba la sopa esa? Mu algo.

—¿Qué crees que tengo que hacer con Christian? ¿Debería plantarme? ¿O debería empezar una campaña de desensibilización haciendo que pase cada vez más tiempo con los niños?

No. Era Me algo. Me... Me...

—¡Meggyleves!

—No estarás trabajando mientras hablas conmigo, ¿verdad, Nate? Estoy en plena crisis. Necesito que me prestes toda la atención.

Sopesó la idea de decirle que una crisis era un tornado, una peritonitis o un despido. Pero seguramente así alargaría la llamada otros cuarenta minutos, porque Nathalie se echaría a llorar, ya que nadie la entendía, ni a ella ni tampoco su vida como madre soltera.

Nate cerró el ordenador portátil, echó la cabeza hacia atrás y cerró los ojos.

—Ya tienes toda mi atención. Sigue. —Empezó a redactar mentalmente la primera carta mientras su hermana se desahogaba. Hablar con Nathalie solía consistir en dejar que se desahogara.

Y se desahogara.

Y se desahogara un poco más.

Un leve ruido lo instó a abrir los ojos y a enderezarse. Había un gato en la mesa. El gato atigrado lo miró a los ojos antes de tirar al suelo un montón de facturas con un zarpazo. Miró de nuevo a Nate y, después, lanzó por los aires el calendario.

—Nathalie, tengo que dejarte. Hablaremos mañana. Se ha colado un gato en mi despacho y está destrozándolo todo.

Colgó antes de que pudiera protestarle. Cuando las estridentes notas del violín volvieron a sonar unos segundos más tarde, no hizo caso de la llamada. Sabía que no tenía que llevar a uno de los niños a urgencias ni llamar a los bomberos ni nada por el estilo.

El gato le dio un zarpazo y tiró al suelo la terca rosa en miniatura que Nate había estado mimando. La tierra de la maceta se desparramó por la alfombra. ¡Vaya por Dios! Justo cuando había equilibrado el pH.

—Oye. ¡Ya basta!

El gato lo miró, parpadeó despacio, lanzó por los aires el pisapapeles y luego escapó por un roto que había en la parte inferior de la mosquitera. Un roto que no estaba allí cuando se pasó por el despacho antes de la cena. Sabía que se habría dado cuenta del rasgón si hubiera estado entonces. Porque en eso consistía su trabajo, en percatarse de los detalles.

Se levantó y limpió los destrozos del «gatornado». Estaba a punto de volver a sentarse, pero qué demonios. Casi eran las diez. Se iría a casa. A lo mejor hasta se tomaría una cerveza. Llevaba tres días seguidos quedándose en el despacho hasta después de la medianoche. Ya recuperaría el tiempo al día siguiente.

Sí, se lo merecía.

CAPÍTULO 3

Briony sintió que su padre le daba un golpecito en la nariz con un dedo.

—¿Qué se hace cuando cruzamos la calle? —Golpecito—. ¿Qué se hace cuando cruzamos la calle? —Golpecito—. ¿Qué se hace cuando cruzamos la calle?

Los golpecitos eran cada vez más fuertes. Las arrugas de su padre se hacían más evidentes a medida que su expresión se tornaba más y más furiosa.

—¿Y qué se hace cuando se acepta una proposición matrimonial? —Golpecito—. Pues... —Golpecito—. Que... —Golpecito—. Nos casamos.

«Esto no sucedió», se dijo Briony. «Estoy soñando. Tengo que despertarme».

—¡Nos casamos! —gritó su padre y su padre nunca gritaba. Su cara había adoptado un intenso tono rojo, casi púrpura. Parecía estar a punto de sufrir un infarto. Golpecito. Golpecito. Golpecito.

«Despiértate, despiértate, despiértate», se dijo Briony. Logró abrir los ojos y se descubrió mirando a un gato atigrado que tenía sentado sobre el pecho y que le estaba golpeando la nariz con una pata. Tardó un instante en ubicarse. Se encontraba en casa de su prima Jamie. Ese era *MacGyver*, el gato de su prima Jamie. Recibió otro golpecito en la nariz.

—¿Qué? —murmuró—. Es imposible que sea otra vez la hora de comer.

Sin embargo, al oír la palabra «comer», *Mac* maulló.

Briony se incorporó despacio hasta sentarse y tomó el teléfono móvil que había dejado sobre la mesa auxiliar. Las siete y media. Había dormido casi once horas. Esa mañana volvió a acurrucarse en el sofá, justo después de darles de comer a *Mac* y a *Diogee* y de sacar al perro al patio para que hiciera un pis. Soltó el teléfono móvil. No quería ver cuántos mensajes de texto y de voz tenía. Sabía que debía ponerse en contacto con... En fin, con todo el mundo, pero no lo haría en ese momento. Todavía no. Tan pronto como aterrizó, les mandó un mensaje de texto a sus padres para decirles que había llegado bien. Lo demás podía esperar.

Se obligó a levantarse con un gemido. *Diogee* empezó a dar saltos y a ladrar tan fuerte que a punto estuvo de dejarla sorda. *Mac* maulló con más fuerza.

—Ya me he levantado. Soy vuestra canguro y voy a cuidaros, sí. —Levantó al gato en brazos y le abrió la puerta al perro. Se aseguró de cerrar la puerta y, después, dejó a *Mac* de nuevo en el suelo. El gato se alejó con paso alegre hacia la cocina con el rabo en alto. Ese rabo parecía una vara de mando dando órdenes: «Sígueme». Lo siguió.

—¿Qué te parece pavo con batata? —le preguntó en cuanto abrió el armario donde estaban las latas de comida y las chucherías para los animales. Tenía un sabor espantoso en la boca. No se había lavado los dientes desde que llegó, y jamás pasaba un día sin cepillárselos. Dio un paso hacia el frigorífico para sacar la jarra del agua y *Mac* soltó un maullido airado—. De acuerdo. Tú primero. ¿En qué estaba pensando? —Le sirvió la cena, le abrió la puerta a *Diogee* para que entrara, se sirvió un vaso de agua y, después, se permitió regresar al sofá. Todavía era incapaz de enfrentarse a la tarea de instalarse en la habitación de invitados. Le parecía que estaba demasiado lejos.

Mientras se desperezaba, las emociones que habían plagado la pesadilla la invadieron. Los gritos de su padre le habían revuelto el estómago. No había sucedido en la realidad, se recordó. Su padre y su madre se habían encargado de todo después del Incidente, y ninguno de los dos expresó la menor crítica. Pero la emoción suscitada por la pesadilla seguía con ella. Deberían haberle gritado. Los dos. Todo ese dinero malgastado. Y lo que le había hecho a Caleb.

Le echó un vistazo al teléfono móvil. Debería llamarlos. Debería llamar a Caleb. Debería llamar a Vi y al resto de sus damas de honor. Debería llamar a la organizadora de la boda. Debería llamar... Cerró los ojos con fuerza. En ese momento no. Todavía no.

 espacial espacial espacial

Una vez que *Mac* se aseguró de que Briony había vuelto a dormirse, hizo una escapadita por la ventana con la ayuda de *Diogee*. Saltó al cedro y después lo arañó con ahínco para que desapareciera el hedor del perro, que meaba por todas partes en cuanto salía al patio. Había sido incapaz de que el cabeza de chorlito comprendiera que el patio era suyo. El patio, la casa, los humanos que la habitaban, el vecindario y todo lo demás era suyo. Incluso *Diogee* lo era, aunque en el fondo *Mac* no lo quisiera.

Una vez llevada a cabo esa tarea, debía ponerse manos a la obra. Tenía que echarle un vistazo al Hombre de las Sardinas. Echó a andar hacia la casa, disfrutando de la mezcla de olores del aire nocturno. ¡Qué rico! El Hombre de las Sardinas estaba comiéndolas otra vez. Echó a correr. Casi sentía la crujiente raspa entre sus dientes.

Dobló la esquina de la calle donde vivía el humano y se obligó a detenerse. Su misión no era la de conseguir sardinas. Su misión era la de ayudar al Hombre de las Sardinas. Agitó los bigotes con impaciencia mientras sopesaba sus opciones. Un regalo. Jamie no siempre apreciaba los regalos que le llevaba. A veces, incluso intentaba tirarlos. No era muy lista. Por suerte, contaba con él para cuidarla.

El Hombre de las Sardinas tenía mejor gusto que ella. Jamie le daba una sardina de vez en cuando, como premio, pero ella nunca las comía. Cuando las tocaba, ponía cara de asco. Pero el hombre parecía apreciarlas, así que puede que también supiera apreciar un regalo.

Mac echó a andar en dirección a la casa más cercana. Era evidente que no había nadie dentro. A lo mejor encontraba algo que le gustara al hombre. Podría bajar por la chimenea, pero las sardinillas lo llamaban, así que usó una uña para rajar la mosquitera de la puerta del porche. Jamie diría que era un gato malo. No entendía que ser un gato malo era divertido. Y útil. Sí, aunque la quería, debía admitir que tenía un intelecto muy inferior al suyo.

Se coló por el roto que había hecho y, tras registrar unas cuantas habitaciones, encontró algo que podría servirle. En una ocasión, le había dado a David algo similar y pareció gustarle. No lo tiró. *Mac* atrapó el suave objeto entre los dientes. Acto seguido, se marchó en busca de las sardinas.

No, en busca del hombre. El hombre era su misión.

Puesto que ya lo conocía, fue directo a la puerta de su casa. Se levantó sobre las patas traseras y golpeó el botón hasta que oyó un «ding dong».

—No estoy en casa —parloteó el hombre, aunque *Mac* oyó sus pasos al cabo de un momento. La puerta se abrió una rendija—. Ah, eres tú. —La puerta se abrió del todo. *Mac* dejó el regalo sobre una de las zapatillas del hombre, que se agachó para aferrarlo y lo observó detenidamente.

Una vez hecho el trabajo, *Mac* fue en busca de las sardinas.

☙☙☙

Nate llamó al timbre de Gib.

—¡No estoy en casa! —gritó y, acto seguido, oyó sus pasos acercándose a la puerta. Bien. Gib era un hombre sociable, normalmente, y si su intención fuera la de dejarlo plantado en la puerta de su casa, eso significaría que las cosas iban cuesta abajo para él—. Ah, eres tú —dijo Gib, que abrió la puerta—. ¿Quieres una cerveza?

—Claro —respondió Nate, que lo siguió hasta la cocina. Le dio una cerveza Schlitz que sacó del frigorífico y, después, llenó un plato con leche—. ¿Tienes gato? —le preguntó.

—No sé cómo entró ayer. Hoy ha llamado al timbre. Pero no se ha mudado de forma permanente.

—Pues muy bien. —Nate echó a andar hacia el salón con Gib y vio a un gato atigrado de color marrón y dorado, sentado en el sillón favorito del hombre. El mismo gato que le había destrozado el despacho el día anterior.

—Espero que no te apetecieran sardinas. Se ha comido la última —le informó Gib al tiempo que levantaba al gato para sentarse. El animal se acomodó en su regazo.

—No me gusta comer cosas que tengan ojos —repuso Nate, que abrió la cerveza y agarró un puñado de galletitas saladas.

—Es posible que las haya lamido —le advirtió Gib.

Nate no sabía qué hacer con las galletitas. Acabó metiéndoselas en el bolsillo mientras se sentaba en el sofá situado enfrente de Gib y del gato. El animal lo miró un buen rato y, después, parpadeó.

—Si has venido para decirme que debería comer en el comedor, que sepas que no es asunto tuyo.

Gib era un hombre franco. Nate decidió ser directo con él.

—La comida es mejor. Pero entiendo que no quieras ver a Peggy coqueteando con Archie.

—Eso me da igual —le aseguró mientras se llevaba una galletita salada a la boca como si tal cosa.

—Has dicho que el gato puede haberlas lamido —le recordó Nate.

Gib dejó de masticar, titubeó y, después, tragó.

—¿Qué más te da lo que yo piense del hecho de que Peggy le esté tirando los tejos a don Pajarita?

—Yo no he dicho que Peggy le esté tirando los tejos. He dicho que está coqueteando. Y he pensado que podría molestarte porque, en fin, tengo ojos en la cara. He visto cómo la miras. Por cierto, como no riegues esa peperomia, dentro de tres días estará muerta. —Nate se aseguraba de que todos los residentes tuvieran una planta. Lo normal sería que se llevara la planta a la cocina y la regara él mismo, pero quería mantener esa conversación. Claro que Gib no hablaba mucho. Se limitaba a mirar al gato y a acariciarlo por debajo de la barbilla, hasta el que el animal empezó a ronronear.

—¿Quieres decir que todos lo saben? ¿Incluso ella? —le preguntó Gib al final, sin alzar la vista.

—Lo dudo mucho. Yo me he dado cuenta porque soy observador. Mi abuelo estaba al tanto de todo lo que sucedía en Los Jardines. Me parece que esa es la mejor manera de hacer el trabajo —respondió Nate—. Conozco a ese gato —añadió, tras pensar que ya había presionado demasiado a Gib. Tal como había dicho, se había percatado de que el hombre miraba a Peggy, pero a lo mejor no había reparado en la profundidad de sus sentimientos—. Me destrozó el despacho.

El gato lo miró y parpadeó lentamente. Como si supiera que estaba hablando de él.

—¿Quieres un consejo? Invierte en unas cuantas latas de sardinas. —Gib bebió un trago de cerveza—. Solía mirarla en el instituto. Ya sabes que fuimos juntos al instituto. —Al parecer, no quería evitar el tema.

—Sí, me lo comentaste. —Lo hizo en cuanto Peggy llegó a Los Jardines para quedarse como residente unos años antes.

—En aquel entonces, no me hablaba con ella. Por lo menos ahora sí lo hago. O lo hacía hasta que llegó don Pajarita.

—Es la novedad del mes —le aseguró Nate—. Los nuevos siempre se convierten en el centro de atención. Ya lo sabes. Y no creo que Peggy haya dejado de hablarte.

Gib se encogió de hombros y siguió acariciando al gato.

—Lo que no entiendo es por qué te escondes —siguió Nate—. Cuando juegas a las cartas eres implacable; pero cuando se trata de algo importante, renuncias sin intentarlo siquiera.

Gib levantó la barbilla.

—Llevo intentándolo desde el principio.

—Ah. No lo sabía. Así que, ¿le pediste a Peggy que fuera tu novia y ella te rechazó?

—No. No exactamente.

—¿La llamaste por teléfono y ella te colgó?

—Sé distinguir cuándo una mujer no está interesada, y ella no lo está. Me parece bien ser su amigo y nada más —respondió Gib.

—Tal vez ella piense lo mismo de ti. Tengo la impresión de que no has hecho nada para demostrarle tus sentimientos.

—¿Quién te crees que eres para ir dando consejos sentimentales por ahí? —protestó Gib—. ¿Cuándo fue la última vez que hablaste con una mujer de menos de sesenta años?

«*Et tu, Gibson*», pensó Nate.

—Conseguir que este lugar funcione bien es más que un simple trabajo a jornada completa —le aseguró.

—Bobadas. Esa asistente que has contratado puede ocuparse de todo. Tienes buen personal trabajando para ti. No hace falta que estés aquí a todas horas.

—Para que lo sepas, me he dado cuenta de que has empezado a hablar de mí para dejar de hablar de ti.

—Para que lo sepas, me he dado cuenta de que insistes en hablar de mí para no tener que hablar de ti —contraatacó Gib.

—Por las evasivas —dijo Nate a modo de brindis mientras acercaba la botella a la de Gib, que asintió con la cabeza antes de beber un trago—. A ver, si no quieres comer en el... —Dejó la frase en el aire en cuanto sus ojos se posaron en un brillante trozo de tela que descansaba sobre la mesa, al lado de la lata de sardinas—. Eso son unas... —Se inclinó hacia delante para ver mejor—. ¿Eso son unas bragas?

Gib asintió con la cabeza. Asió la prenda con dos dedos y la levantó para que Nate la viera mejor. Un tanga. De seda. Rosa. Muy pequeño.

—A lo mejor sí que tienes la experiencia necesaria para aconsejarme sobre mujeres —dijo Nate, con la vista clavada en el tanga.

—Lo ha traído él —repuso Gib, que señaló al gato.

—¿Que lo ha traído él? —repitió Nate, que clavó la vista en el animal. El gato se lamió una pata delantera y, después, se limpió una oreja con ella. Parecía estar diciendo: «Sí, lo tengo controlado». Volviendo al tema de conversación, añadió—: Gib, si no quieres comer en el comedor, es asunto tuyo. Pero, al menos, deja que te traigan la comida. No puedes alimentarte de sardinas y cerveza.

—Las sardinas son todo proteína —replicó Gib—. Y la cerveza mantiene la tensión baja.

—¿Te lo estás inventando?

Gib sonrió.

—Me siento mucho más relajado cuando me tomo una cerveza, la verdad. —El gato se tumbó panza arriba y empezó a agitar las patas en el aire con las uñas extendidas.

—¿Cuántas cervezas le has dado al gato antes de que yo llegara? —quiso saber Nate—. Como siga relajándose, va a acabar en el suelo.

—Es el efecto de las sardinas —contestó Gib al tiempo que acariciaba al animal.

—¿Estás pensando en adoptarlo? —le preguntó Nate. Siempre animaba a los residentes de Los Jardines para que tuvieran mascotas. Los beneficios para la salud estaban más que demostrados—. He leído un artículo que afirma que tener un gato es tan satisfactorio desde el punto de vista emocional como mantener una relación sentimental. Y ya que no vas a intentar nada con...

—Si eso es cierto, eres tú quien deberías quedarte con él —lo interrumpió Gib—. Yo soy un viejo. Se me ha pasado la edad para el romanticismo.

—A diferencia de lo que le pasa a don Pajarita —le soltó Nate.

—De todas formas, no es un gato callejero. Tiene un número de teléfono en la placa del collar. Y su nombre. *MacGyver* —dijo Gib.

El gato se sentó y maulló.

Nate sacó el teléfono móvil.

—Es posible que alguien esté preocupado por nuestro amiguito. Vamos a llamar. —Marcó a medida que Gib le decía los números. Se oyeron varios tonos de llamada y, después, saltó el buzón de voz. Al oír el pitido, Nate empezó a hablar para dejar un mensaje—: Solo quería que supiera que su gato está en Los Jardines. Podemos cuidarlo hasta que...

—¿Cómo? —dijo una mujer con voz ronca. Carraspeó—. ¿Ha dicho que tiene a mi gato?

—Ajá. *MacGyver*. Atigrado con rayas marrones oscuras y claras —contestó Nate.

—Pero si está aquí. Estaba aquí. Me he quedado dormida. *Mac.* ¡Mini, mini, mini! ¡No lo veo!

—Porque está aquí —repitió Nate.

—Es imposible que haya salido. ¡Mini, mini, mini! ¡*Mac*! —Parecía estar al borde de la histeria—. Mi única responsabilidad es la de cuidar al perro y al gato. ¿Tan difícil es? Lo hago todo mal.

—Tranquilícese. Está aquí. Se encuentra bien. Está comiendo sardinas y pasando un rato con nosotros en Los Jardines. La comunidad de jubilados que está en la avenida Tamarind, en el cruce con Sunset.

—No sé dónde está eso. Acabo de llegar a la ciudad. Vivo en... en... ¿Cómo se llama esta urbanización? ¡Storybook Court! ¿Está usted cerca? —gritó la mujer.

—Muy cerca. En el mismo vecindario —le aseguró Nate.

—Deme la dirección. Ahora mismo estoy ahí.

En cuanto le dio la dirección de Gib, ella cortó la llamada sin mediar más palabra.

—La cuidadora del gato, o eso creo que es, va a venir. No sabía que se había escapado.

—Pues menuda cuidadora.

Pasaron cinco minutos. Después, diez. Y, después, quince.

El gato, *MacGyver*, se levantó y se desperezó con la vista clavada en la lata de sardinas, tras lo cual saltó al suelo. Se acercó a la puerta y maulló.

—No puedo hacerlo —le dijo Gib—. Van a venir a recogerte.

—Ya debería estar aquí —comentó Nate—. Vive en Storybook Court.

MacGyver volvió la cabeza para mirarlos y soltó cinco maullidos seguidos.

Gib se echó a reír.

—Cree que somos tontos. Nos está diciendo que le abramos ya la puerta. Le pondré un poco más de leche. Eso lo distraerá. —Se alejó en dirección a la cocina.

El gato siguió mirando a Nate, como si tratara de controlarlo mentalmente.

—Aquí tienes —dijo Gib cuando volvió y dejó el plato de leche al lado del gato, que lo olisqueó y procedió a soltar otra serie de maullidos—. Vamos, bébete la leche —le dijo Gib. *MacGyver* bufó, se dio media vuelta, echó a andar hacia la chimenea... y empezó a trepar por ella—. ¡Demonio de gato! —exclamó Gib meneando la cabeza—. ¡Demonio de gato!

Nate corrió en pos del gato, se agachó al llegar a la chimenea y usó la linterna del teléfono móvil para examinar el interior.

—Ya ha salido.

En ese momento sonó el timbre, tras lo cual alguien aporreó la puerta. Y, después, llamó de nuevo al timbre.

—¡No estoy en casa! —anunció Gib mientras caminaba hacia la puerta, que se abrió antes de que él llegara. Una mujer entró en tromba.

—¿Dónde está? ¿Dónde está el gato? —gritó.

Gib la miraba sin pestañear. Nate intentó no hacerlo, pero era imposible. Se le había corrido el rímel. Llevaba la melena cobriza medio recogida en una especie de moño complicado que se había soltado por un lado, de manera que los mechones le caían por encima de los hombros. Lucía un vestido largo de color azul celeste, arrugado y manchado de verde por haber caminado por la hierba, y desgarrado, de manera que la raja dejaba a la vista un muslo bien torneado. Le faltaba un zapato, así que se le veía un precioso pie con las uñas perfectamente pintadas de color rosa.

—El gato... —titubeó Nate. Era evidente que esa mujer estaba al borde del colapso nervioso. No quería decirle sin más que el gato se había escapado.

—El gato se ha ido —le soltó Gib.

—¿Cómo? —gritó ella con esos ojos azules brillantes por las lágrimas, que no llegaron a derramarse—. ¿Cómo? Alguien ha llamado diciendo que estaba aquí.

—He sido yo —dijo Nate.

—¿Y lo has dejado escapar? —Volvió la cabeza hacia él y después retrocedió como si le hubieran dado un puñetazo. Guardó silencio un instante y luego empezó a hablar otra vez, más rápido que antes—. Sabías que venía de camino. Se supone que solo tengo una responsabilidad. Una sola. Cuidar a las mascotas. ¿Y *MacGyver* desaparece? ¿Cómo es posible que se haya escapado? He venido lo antes posible. Me he perdido por el camino. Después, se me salió un zapato. Y me resbalé. ¿Por qué lo has dejado salir?

—Se ha escapado por la chimenea —le informó Gib.

—¿Cómo?

Nate asintió con la cabeza.

—Ha conseguido trepar por ella. Seguramente vaya de vuelta a casa.

—¡Seguramente! ¿Seguramente? —chilló—. Seguramente dice. —Se dio media vuelta a toda prisa y salió hecha una furia—. ¡*MacGyver*! ¡Mini, mini, mini!

—Yo la oigo y ni me acerco —dijo Gib—. Y ese gato no se acercará tampoco. Es demasiado listo.

Nate empezó a seguirla. Lo que le faltaba, otra loca con la que lidiar, como si no tuviera bastante con su hermana y con su madre. Pero antes de que pudiera llegar siquiera a la puerta, lo llamaron al teléfono móvil. Miró la pantalla. La encargada del turno de noche.

—Dime —respondió Nate.

—Tenemos un problema en el centro comunitario —anunció Amelia—. Un problema gordo. Del tamaño del primo grande del titanosaurio *Argentinosaurus huinculensis*. Y ese bicho pesaba más noventa y seis toneladas. Tienes que venir. Ya.

CAPÍTULO 4

—Tú. ¡Tú! Estás aquí.

Briony meneó la cabeza mientras observaba a *MacGyver*, que estaba acurrucado en el sillón junto al sofá. Empezó a dar vueltas por la casa. La puerta trasera estaba cerrada con llave.

Se detuvo. ¡Había una rendija en la ventana! Pero estaba demasiado alta incluso para un gato muy ágil. Siguió inspeccionando la casa, sin ver posibles rutas de escape. Sin embargo, *MacGyver* se las había apañado para salir.

Briony entró en el baño principal. La ventana estaba bien cerrada. Se dio la vuelta y se quedó de piedra al ver su imagen en el espejo.

—Ay, Dios. —Inspiró hondo y, después, encendió la luz para mirarse mejor—. ¡Ay, Dios!

El precioso vestido largo que había comprado con la ayuda de su mejor amiga y dama de honor, Vi, tras pasar un día entero de compras era una arruga enorme... Aunque no le sorprendía, ya que lo llevaba puesto desde que se quitó el vestido de novia. Estaba manchado de hierba y tenía un rasgón tan grande, por culpa de la caída, que era casi obsceno.

Y el pelo. ¡El pelo! El elegante recogido que había tardado meses en escoger era un desastre. Tenía una parte pegada al cráneo, todavía recogido. Y otra parte, suelto, enredado. El pintalabios había desaparecido, pero el rímel seguía intacto, solo que debajo de las pestañas, no en ellas. Era un desastre con patas.

Se le aflojaron las piernas, de modo que se sentó en el borde de la bañera. Era un absoluto desastre. Tenía que cambiar. En primer lugar, una ducha. Empezó a quitarse el recogido, dejando las horquillas con perlas junto al lavabo. Una vez que terminó, fue en busca de la bata, que tenía en la maleta. Otra cosa que tenía que hacer: deshacer el equipaje. Pero, antes de nada, la ducha. No, primero los dientes. Volvió al cuarto de baño y se cepilló tres veces los dientes antes de desnudarse y meterse en la ducha. Se lavó el pelo, se echó dos veces acondicionador para deshacer los enredos y, después, se quedó debajo del chorro de agua caliente hasta que empezó a enfriarse.

Se vistió con los pantalones ceñidos y la camisa de rayas que todas las revistas aseguraban que sería el conjunto perfecto, muy Audrey Hepburn, para una luna de miel en París. Se secó el pelo y se lo recogió, recogió la ropa sucia y los accesorios, y luego se plantó delante del espejo para examinar su imagen. Mucho mejor. Ya podía salir a la calle sin ponerse en ridículo. Solo le cabía rezar para no encontrarse con esos dos hombres en la vida. En especial con el que tenía esos ojos castaños tan oscuros que...

¿En qué estaba pensando? No quería ver jamás a ninguno de los dos porque habían sido testigos de su comportamiento de lunática. Los dos.

De acuerdo. Adecentarse solo era un pasito. Ya solo tenía... solo tenía que... ¿Cuál era el siguiente paso? La respuesta la golpeó como un mazazo. Disculparse con Caleb. No había hablado con él desde que se desmayó de camino al altar. Había dejado que sus padres se disculparan con los invitados. Seguro que también le habían dicho algo a Caleb. Pero a saber qué.

Sí, ese tenía que ser el siguiente paso. ¿Verdad? Sí. Disculparse. Y también devolverle el anillo. Estaba guardado en el bolsillo interior con cremallera del bolso. Se lo había quitado durante la huida. Despacio, trazó un plan. Tenía que asegurar el anillo. La oficina de correos estaba cerrada. Pero seguro que había una de FedEx. La buscaría en Google e iría. Añadiría una nota al paquete. Aún no estaba preparada para hablar con Caleb. Era lo correcto, pero no podía, todavía no. Así que ese era el plan.

Asintió con la cabeza sin dejar de mirarse en el espejo. Asintió con la cabeza de nuevo. Y una tercera vez. Era la decisión correcta. Podía hacerlo. Se obligó a acercarse al teléfono móvil y a buscar en Google la oficina más cercana de FedEx. Solo estaba a un par de manzanas. Podía ir andando. Buscó el bolso y comprobó que el anillo estuviera dentro. Efectivamente, lo estaba, por supuesto.

Permaneció inmóvil, con el bolso agarrado. «Vamos, el siguiente paso. Sal de la casa. Ve a FedEx».

—Muy bien, guapos. Voy a salir un ratito —les dijo a *MacGyver* y a *Diogee*. El perro empezó a gimotear, entusiasmado—. Sola. Esta vez. —También tenía que sacar a pasear al perro. Pero eso estaba unos cuantos puestos más abajo en su lista de prioridades—. Por favor, quiero verte aquí cuando vuelva —le dijo al gato.

Al recordar las instrucciones de Jamie, lo metió en el dormitorio de invitados antes de intentar salir por la puerta. Una vez fuera, la cerró con llave y se quedó inmóvil de nuevo. «El plan. Sigue el plan», se ordenó. Y echó a andar. Solo era cuestión de mover un pie detrás del otro. Podía hacerlo.

Vio la oficina de FedEx/Kinko en la esquina, justo donde Google le había dicho que estaría. Entró y escogió un sobre de envío urgente del pequeño mostrador. Siguiente paso. Rellenar los datos. Le temblaban los dedos cuando empezó a escribir el nombre de Caleb. Sacudió la mano con fuerza un par de veces antes de continuar. La letra no le salió muy bien, pero se podía leer.

«Tú sigue», se ordenó. Tuvo que inspirar hondo dos veces y soltar el aire con un suspiro entrecortado antes de poder sacar el anillo de compromiso del bolso. Lo envolvió con un pañuelo de papel del paquetito que su madre siempre le metía en el bolso cuando ella no se daba cuenta y, después, lo introdujo en el sobre. Ya le tocaba ponerse con la nota. ¿Por qué no había escrito la nota antes de marcharse? Aquel no era el lugar indicado para escribir una disculpa sincera, una explicación de verdad. Al final, se limitó a garabatear como pudo «Lo siento» en un trocito de papel que había en el mostrador, lo metió en el sobre, lo cerró y se acercó al mostrador de atención.

—¿Estás bien? —le preguntó el hombre.

Briony asintió con la cabeza sin mirarlo. Parecía agradable, y mucho se temía que, si intentaba hablar con alguien mínimamente sensible, acabaría hecha un mar de lágrimas. Eso era... Tenía la sensación... Era como si estuviera andando por el pasillo de la iglesia de nuevo. Salvo que, en vez de temblorosos, sentía los huesos como témpanos de hielo, como si pudieran partirse sin más, uno tras otro, y ella se caería al suelo. Para no volver a levantarse.

—No pareces estarlo —insistió el hombre.

—¿Cuánto? —consiguió preguntar Briony.

—Nueve noventa.

Le dio un billete de veinte y salió corriendo, haciendo caso omiso de los gritos del hombre mientras le recordaba que se le olvidaba el cambio. Necesitaba volver a casa. Necesitaba estar en algún sitio donde pudiera cerrar las puertas, apagar las luces y respirar. Necesitaba concentrarse por completo en la respiración.

«Unas manzanas de nada», se dijo. «Solo estás a unas manzanas de la casa de Jamie. Sigue andando. Sigue andando. Paso a paso, paso a paso».

Dobló la esquina, y Storybook Court apareció ante ella. Oía la fuente de la rotonda. «Ya queda poco. Ya queda poco». Echó mano de toda la fuerza de voluntad que le quedaba para continuar andando hasta llegar allí. Después, se dejó caer en la cerca de piedra. Las palmeras se difuminaron delante de sus ojos. Era como si la cabeza fuera un globo, atado al cuerpo por un fino hilo.

Se llevó las manos al pecho. Se movía. Los pulmones le funcionaban. Aunque no se lo pareciera, estaba recibiendo el oxígeno necesario. Cerró los ojos con fuerza y dejó las manos donde las tenía. Estaba respirando. Solo tenía que quedarse allí sentada, seguir respirando y, en algún momento, podría volver a andar. Volvería a casa de Jamie. Se le pasaría.

«Inspira. Espira. Inspira. Espira. Inspira. Espira», se ordenó. «Inspiraespirainspiraespirainspiraespira».

—¿Puedes echarme una mano? Me encanta Storybook Court, pero no poder aparcar es una lata. Así que... ¿puedes echarme una mano?

Briony tuvo la sensación de oír las palabras con retraso. No, no las palabras. El significado de las palabras. Alguien le estaba pidiendo ayuda. Abrió los ojos despacio. Una mujer de pelo corto y negro, con canas, estaba delante de ella. Llevaba dos bolsas de la compra en los brazos más un par de rollos de tela debajo de uno.

—Soy Ruby, amiga de David y de Jamie. Y tú eres Briony, la prima de Jamie, ¿verdad? —Ruby le tendió una de las bolsas de la compra y Briony se vio extendiendo el brazo para aceptarla.

—Briony. La prima de Jamie. Eso —fue lo único que atinó a decir ella.

—Jamie me mandó un mensaje para decirme que te ibas a quedar con *Mac* y con *Diogee*. Pensaba llamarte en cuanto te hubieras aclimatado un poco —dijo Ruby—. Vivo cerquísima. Si pudieras llevarme eso... —Dejó la frase en el aire.

Y Briony se vio siguiendo a la mujer. Se detuvieron delante de lo que parecía la casa de la bruja de un cuento. Incluso tenía un llamador de hierro fundido con forma de araña.

Ruby abrió la puerta y la invitó a pasar.

—Déjalo en la mesa de la cocina. La cocina está a la izquierda.

Una vez más, Briony se vio obedeciendo a la mujer. Por algún motivo, al no pensar en la respiración, se le había acompasado un poco.

—Siéntate, siéntate —le dijo Ruby en cuanto ella soltó la compra.

Briony se sentó.

—Lo siento.

—¿Qué sientes? ¿Haberme ayudado con la compra? —le preguntó Ruby mientras soltaba la tela y la otra bolsa. Buscó un paño de cocina y lo mojó antes de estrujarlo.

—Sien... —Briony se señaló con una mano.

—No tienes que disculparte por nada. —Ruby le ofreció el paño húmedo—. Póntelo en la nuca. Jamie me comentó que habías tenido un ataque de pánico hace poco. Supongo que eso es lo que te está pasando. ¿He acertado?

Briony asintió con la cabeza.

—Yo... sí. —La doctora de la familia la examinó después de que se desmayara de camino al altar. Como estaba invitada a la boda, pudo hacerlo de inmediato. Dijo que no tenía ningún problema físico y les explicó que un ataque de pánico podría ser la causa de todos los síntomas que Briony había presentado en la iglesia.

—Prueba con el paño. David solía sufrir ataques de pánico. Dijo que eso ayudaba.

—¿David? —Briony solo había pasado unos minutos en compañía del marido de Jamie, pero le costaba imaginárselo desmayándose mientras el corazón intentaba salírsele del pecho, y todo por culpa de la ansiedad.

—El paño —la instó Ruby.

Briony se pegó el paño a la nuca. La frescura la ayudó, sí. Cerró los ojos y se concentró en la sensación.

—Gracias —dijo sin abrir los ojos. Ya casi respiraba con normalidad—. Gracias —repitió—. Creo que podré irme dentro de unos minutos.

—De eso nada. Me debes una. Tomo café con Jamie casi todos los días y ya la echo en falta. Al menos, quédate a tomar algo y a hablar un ratito. Creo que una limonada. La limonada en un vaso de tubo es perfecta para una noche de julio.

Briony abrió los ojos. Ruby la miraba con una sonrisa, y le fue imposible no devolvérsela.

—Una limonada me parece bien.

—Estupendo. —Ruby abrió el frigorífico y sacó una jarra. A continuación, sacó dos vasos helados del congelador.

—¿David sufría de ataques de pánico? —preguntó Briony. Tenía la sensación de que debía decir algo, y eso fue lo primero que se le ocurrió.

—Durante un tiempecillo, cuando Jamie y él empezaron a salir —contestó Ruby—. Como si parte de él no quisiera volver a enamorarse después de Clarissa. De ahí los ataques de pánico cuando empezó a sentir algo por Jamie.

—¿Clarissa?

—La primera esposa de David. Supuse que Jamie te lo había contado al hablarte de David. Y sé que tiene que haberte hablado de David. Hablar de él es una de sus actividades preferidas. —Ruby canturreó un poco de *Sonrisas y lágrimas* mientras dejaba la limonada en la mesa—. La verdad es que Jamie me recuerda un poco a María. No se lo digas. No, díselo. Seguro que le encanta. Se lanza de cabeza a las cosas con la misma alegría que María les cantaba a las colinas.

—No hemos mantenido mucho el contacto desde que éramos niñas. Solo las felicitaciones de Navidad y algún comentario en Facebook —admitió Briony—. Y David y ella se fueron en cuanto llegué yo. Fue algo de última hora. —Briony se preguntaba cuánto le había contado Jamie a Ruby. Le había hablado del ataque de pánico. ¿También le había dicho que había plantado a su novio en el altar? Empezó a arderle la cara, ya que detestaba la idea de que Ruby supiera lo mala persona que era. Se quitó el paño de la nuca y se lo pasó por las mejillas.

—¿Quieres que lo vuelva a mojar? —le preguntó Ruby.

Briony negó con la cabeza.

—Pero me ha venido bien. De verdad, me siento mucho mejor.

—Todo lo mejor que cabría esperar. Al menos, había conseguido mandar el anillo de vuelta. Sin embargo, le debía a Caleb muchísimo más. Tenía que aclararse las ideas, y rapidito—. *MacGyver* se las ha apañado para escaparse —soltó sin más—. Pero ha vuelto. No sé cómo ha entrado. Ni cómo salió. Pero al menos ya está en casa.

—*MacGyver*. Tenemos mucha suerte de que ese gato no haya aprendido a usar la cinta adhesiva —replicó Ruby.

—¿Cómo?

—No me hagas caso. No me sorprende que se haya escapado. *MacGyver* siempre se escapa de cualquier sitio. Y se mete en otros. —Ruby se inclinó hacia delante con una expresión preocupada en los ojos oscuros—. ¿Es lo que ha provocado el ataque? ¿Te has asustado por *Mac*?

—No. Me alteré. Mucho. Pero no tanto como cuando me has encontrado. Es que... acabo de mandarle a... a mi novio... bueno, mi exnovio... el anillo... —Ya empezaba a jadear de nuevo. Intentó beber un sorbo de limonada, pero fue incapaz.

—Me pregunto dónde se habrá metido don *MacGyver* esta vez. Seguro que Jamie no te ha contado todas las aventuras que ha vivido ese gato. Creó el caos absoluto en la comunidad cuando Jamie se mudó con él, porque no dejaba de robarle a todo el mundo.

Retomar el tema de *MacGyver* la ayudó. Razón por la que, seguramente, Ruby lo había hecho.

—Se ha metido en una de las casas de Los Jardines. La comunidad de jubilados que está aquí cerca —explicó Briony. Ruby asintió con la cabeza—. Me llamó el hombre que dirige las instalaciones. Pero cuando llegué, *Mac* ya se había ido. Me dijeron que subió por la chimenea. Jamie me dijo que era capaz de hacerlo, pero me parece imposible.

—«Imposible» no es un adjetivo que se pueda usar con ese gato —le dijo Ruby—. Me pica la curiosidad. ¿Era guapo el dueño?

—¿Guapo? —preguntó Briony.

—Sí. El que te llamó para avisarte de que *Mac* estaba allí. ¿Era guapo?

—Sí —contestó ella, sin titubear. Esos ojos casi negros. El hoyuelo en la barbilla. El pelo castaño oscuro más largo de la cuenta. Unos hombros estupendos. Una nariz que parecía haberse partido en una ocasión. Cuando lo vio por primera vez, incluso retrocedió un paso. Era como si le hubiera lanzado una bomba de feromonas.

Ruby se echó a reír.

—*Mac* es un casamentero de tomo y lomo. ¿Sabías que fue él quien emparejó a Jamie y a David? Yo que tú me andaría con ojo. Seguramente esté planeando... —Dejó la frase en el aire antes de extender el brazo para ponerle la mano sobre la muñeca—. Te has quedado blanca. Qué burra soy. He hablado sin pensar.

—Tranquila —le dijo Briony—. En fin, supongo que Jamie te contó dónde y cuándo tuve el primer ataque.

Ruby asintió con la cabeza.

—Porque se preocupaba por ti. Quería que te echara un ojo. Siento mucho la broma de que *Mac* es un casamentero. Solo quería hablar un rato de gatitos y tal, pero ¡pum! —Dio una palmada.

—De verdad, no pasa nada. Tendré que acordarme de decirle a *Mac* que hacer de casamentero conmigo es una pérdida de tiempo. Ya tenía al hombre perfecto. Y lo planté en el altar. —Al menos, parecía haberse recuperado por completo del ataque de pánico. Estaba hablando de Caleb sin palpitaciones.

—¿Se te ha pasado por la cabeza que tal vez el ataque de pánico no tuviera nada que ver con él? —le preguntó Ruby, con tiento—. A lo mejor solo era por el estrés de la boda. Planificar una boda es algo muy gordo.

—Tenía a una organizadora. Y a mis padres. Y a Caleb. Casi no tuve que mover un dedo —replicó Briony—. Y fue... fue al ver a Caleb allí. Esperándome. Eso fue lo que lo provocó. Incluso ahora, pienso en él y me siento mal. Por lo que le hice. Pero no tengo la sensación de que quiera recuperarlo. He sido incapaz de escribirle una nota sin venirme abajo. La verdad, creo que es lo que me ha pasado al final. —Hablaba cada vez más deprisa mientras le contaba a una desconocida cosas que no le había contado a nadie—. No puedo explicarlo. Como acabo de decir, es perfecto. Todo el mundo lo cree así. Es inteligente, guapo y atento. Tiene un buen trabajo.

Mis padres lo quieren con locura. A mis amigas les cae bien. ¿Quién tiene un ataque de pánico cuando está a punto de casarse con alguien perfecto? Lo que me has contado de los ataques de pánico de David tiene sentido. Pero ¿los míos? No. La familia de Caleb también es perfecta. Son maravillosos, me acogieron con los brazos abiertos. No sé qué me pasa. Tiene que pasarme algo.

—No creo que te pase nada —le dijo Ruby.

—No, tiene que pasarme algo —insistió Briony—. ¿Rechazar a alguien como Caleb? Si lo conocieras, dirías que estoy loca. Que estoy loca y que soy una desalmada. Claro que no tardará en encontrar a otra. A una mejor.

—Cuando empecé la universidad, estudiaba Biología —comenzó Ruby—. Sé que parece que no viene a cuento, pero ahora te explico la relación. Tenía la idea de que acabaría curando el cáncer o algo por el estilo. La verdad, era una idea muy vaga, pero no creo que me diera cuenta. El asunto es que cuando me faltaba un año para graduarme, empecé a sufrir dolores de cabeza. Muy intensos. Muy frecuentes. Y no tenía problemas en clase; menos con Física, claro. Para abreviar, cambié de carrera y me puse a estudiar Interpretación, y los dolores de cabeza desaparecieron. Biología es la carrera perfecta para muchas personas. Pero no para mí.

—Pero cambiar de carrera no es como plantar a alguien en el altar. No le hacía daño a nadie. Ni costaba una fortuna. Ni...

—¿Habría sido mejor que te dieras cuenta antes de que no querías casarte con...? ¿Cómo se llama, Caleb? Pues sí. Pero no te diste cuenta. Así que no te queda más remedio que seguir adelante desde este punto.

Briony abrió la boca para protestar. Pero lo que Ruby acababa de decir tenía sentido. Desde luego que su intención no fue la de hacerle daño a Caleb. Ni la de hacer que sus padres malgastaran un montón de dinero. Pero aún tenía un interrogante muy grande pendiente.

¿Qué quería decir eso de «seguir adelante desde este punto»?

☙☙☙

Nate salió a la cálida noche de julio, con los ojos llorosos y la nariz, la garganta y los pulmones ardiendo. Se quitó la mascarilla y tomó una honda y lenta bocanada de aire. El cerebro le funcionaba a mil por hora. Tendrían que fumigar la moqueta, las cortinas y los muebles de la biblioteca y de la sala de televisión. Sustituir todo lo que no funcionara. También tendría que...

Amelia se reunió con él en los escalones de entrada del centro comunitario y le ofreció una botella de agua. Se bebió la mitad e intentó hablar, pero empezó a toser.

—Bebe un poco más. Yo tampoco podía dejar de toser cuando salí. Y tú has estado más tiempo que yo dentro —le dijo.

Se terminó la botella antes de intentar hablar.

—No he podido encontrar nada que produjera semejante olor. Tenemos que llamar a los de Scentsations para que vengan.

—Ya los he llamado. Les he dicho que un gigante intolerante a la lactosa se ha bebido unas cuantas decenas de batidos de alubias y coles de Bruselas antes de ponerse a soltar pedos. Muchos pedos. —Amelia meneó la cabeza—. Ni una sonrisilla. Solo intentaba animarte, jefe.

—Lo siento. No le veo la gracia a ese hedor por ninguna parte.

—Cierto. Los técnicos de Scentsations no podrán venir hasta mañana por la mañana. Les dije que era una emergencia, pero no ha habido suerte.

—De acuerdo. —Nate se tomó unos minutos para aclararse las ideas—. Quiero conseguir ubicaciones temporales para las salas antes de que alguien aparezca mañana para usarlas. Estaba pensando en la casa que hay junto a la de Gertie, porque está vacía. Y necesitamos colocar carteles. No quiero que nadie ponga un pie siquiera en ese pasillo.

—Me pongo a ello.

—También vamos a sacar los muebles y las cortinas al patio trasero. Lo mejor sería no dejar que se sigan cociendo en ese hedor, aunque seguramente ya no puedan oler peor. Ya nos ocuparemos de las alfombras.

—Se cierra el patio, ¿no? —preguntó Amelia.

—Sin duda. Acordónalo. El cenador y los bancos del jardín servirán para los que quieran reunirse fuera. —Se apartó el pelo de la cara—. Creo que ya no podemos hacer nada más por esta noche.

—¿Quieres que le diga a Bob que entre?

Nate meneó la cabeza. No veía razones para sacar al jefe de mantenimiento de su casa a esas horas.

—Le diré que compruebe las salas por la mañana. Por si se me ha escapado algo.

—Me pasaré por Aldine mañana y compraré los libros que tengan en oferta en la calle, y también veré qué ganga puedo conseguir —se ofreció Amelia.

—Mañana descansas —le recordó Nate.

—¿Y qué?

—Apúntate las horas extra.

—Lo haré, oh, capitán, mi capitán. Y no te pediré plus de peligrosidad por los pedos gigantescos.

En esa ocasión, Nate sí se echó a reír. Amelia llevaba en Los Jardines más de veinticinco años. Había jugado al escondite con Nathalie y con él en la comunidad cuando eran niños. En su momento, creyó que le costaría asumir el papel de su jefe, pero ella había facilitado la transición. Algunos trabajadores se marcharon cuando él se hizo con las riendas, al pensar que no sería capaz de llevar el mando. Aunque no podía culparlos. Acababa de salir del instituto. Sin embargo, la mayoría se había quedado a su lado.

☙☙☙

Mac estaba acostado en el cojín de *Diogee*. Olía al cabeza de chorlito, y su propio cojín era más cómodo y olía mucho mejor. Pero le hizo gracia obligar a *Diogee* a cedérselo. Solo tuvo que mirarlo fijamente. *Diogee* intentó devolverle la mirada. Un error. Él nunca había perdido en un enfrentamiento de miradas. *Diogee* se rindió nada más empezar y se alejó, cabizbajo.

Pensó en inventarse otro juego con el perro, pero *Diogee* no suponía desafío alguno. *Mac* decidió salir. En esa ocasión, usó la ventana del baño. Fue muy fácil abrir el pestillo de un zarpazo, y una vez abierto, descender por el árbol hasta el patio. Titubeó, agitando los bigotes. Un hedor espantoso le impedía recabar la información habitual del aire. Sintió cómo se le erizaba el lomo. Era el hedor de algo muerto, pero había más. El hedor de la muerte estaba mezclado con algo dulce y podrido, algo que no brotaba de la cosa muerta. La muerte era demasiado reciente para eso.

Fuera cual fuese el origen, *Mac* sabía que no era algo de lo que él pudiera encargarse. Sin embargo, el olor procedía de la misma dirección que el Hombre de las Sardinas. Como el hombre no tenía las mismas habilidades que él, *Mac* decidió comprobar cómo se encontraba.

Emprendió el camino, atravesando el complejo. A medida que se acercaba, fue capaz de dar con el rastro del Hombre de las Sardinas. No detectaba miedo en su olor. No necesitaba que lo rescatasen. Sin embargo, a lo mejor necesitaba otro regalo. Apenas había mirado el último que le llevó.

Mac se detuvo delante de la casa que había junto a la del Hombre de las Sardinas. Oía el agua correr dentro. El humano estaba en la ducha. Humanos... ¿cuándo aprenderían que la lengua estaba diseñada para mantenerse limpio?

Se coló gracias al desgarrón que había hecho en la mosquitera. El hedor no era tan fuerte dentro de la casa, pero seguía inundando las fosas nasales de *Mac* cada vez que tomaba aire en su búsqueda de algo... Pero ¿de qué?

Vio algo peludo en la cómoda y se subió encima. Le encantaban las cosas peludas. Su Ratoncito era muy peludo. Esa cosa era más pequeña que Ratoncito, pero se parecía a su juguete. Le dio un zarpazo. Cayó desde la cómoda al suelo. «Estupendo».

Mac mordió la cosa peluda y se la llevó a la casa del Hombre de las Sardinas. No oía movimiento dentro. Solo el sonido que emitían algunos humanos al dormir. Y algunos perros, como *Diogee*. Se decantó por la chimenea para entrar, de modo que no despertase a su amigo. Dejó la cosa peluda junto a la cafetera. Jamie siempre iba derecha a la cafetera... después de darle a él de comer.

Satisfecho, *Mac* regresó a casa. Ojalá que *Diogee* hubiera decidido reclamar su cojín. Se lo pasaría en grande al obligarlo a que se lo devolviera.

❧❧❧

A la mañana siguiente, Nate se presentó en el comedor comunitario en cuanto se abrió para el desayuno. Durante las siguientes horas, se preocupó de pasarse por todas las mesas para poner al día a los residentes.

—Las cosas están así —dijo en el momento en que se detuvo junto a Peggy y el grupito de siempre. Eliza se había sentado junto a Archie, y la silla habitual de Gib volvía a estar vacía—. La biblioteca y la sala de televisión seguramente permanezcan cerradas todo el día.

—Nos hemos enterado. Y también lo hemos olido. Pero le ha dado alas a mi imaginación. —Rich carraspeó y empezó a leer de su cuadernillo—: Érase una vez un lugar Los Jardines llamado, de olor tan sublime que todos los corazones había conquistado, pero luego empezó a apestar, llevando a la gente al codo empinar, y ahora todos queremos ver allí las llamas del fuego brotar. —Cerró el cuadernillo—. Tengo que retocarlo un poco.

—Muy bueno —replicó Nate—. Bob ha traído unos cuantos ventiladores industriales a primera hora, y un técnico de Scentsations, la empresa que usamos para vaporizar los aceites aromáticos a través del sistema de ventilación, ha venido para ver si hay algún problema en el sistema.

—¿Sabes qué es lo que provoca el olor? —preguntó Eliza, con el ceño fruncido—. Me preocupa que sea algún tipo de bacteria.

Archie le dio unas palmaditas en la mano.

—No te preocupes, nena. No he pisado ninguna de esas salas desde que empezaron a oler mal.

—¿Nena? —Janet arqueó las cejas—. ¿Así llamas a tu nieta? Nate había estado pensando lo mismo.

—Nena, sí, «niña» —explicó Eliza.

—¡Aaaaah! Si lo usas con ese significado... —Janet miró a Archie con una sonrisa—. ¡Qué bonito!

—Todavía no sabemos de dónde sale el olor. Pero os pondré al día en cuanto lo sepamos —le aseguró Nate a Eliza—. Mientras tanto, vamos a usar la casa vacía que hay junto a la de Gertie como biblioteca y sala de televisión temporales.

—Me pregunto si «y la gente los pelos de la nariz se dejó de depilar» quedaría mejor que lo de empinar el codo —murmuró Rich mientras mordisqueaba el lápiz.

—No es para tomárselo a broma —le soltó Regina.

—Todos esos maravillosos libros... —Peggy suspiró. Participaba en todos los grupos de lectura de Los Jardines—. No creo que sea fácil quitarles el olor.

—Estoy buscando un sitio donde poder fumigarlos —la tranquilizó Nate. En fin, pensaba buscarlo—. Mientras tanto, Amelia se va a pasar por una tienda de libros de segunda mano y va a comprar algunos.

—No era una broma —le dijo Rich a Regina—. Estaba expresando mi punto de vista sobre la situación por medio de mi arte.

—Arte. Es estirar un poco el término, ¿no te parece? —replicó Regina—. Es como decir que ese... chándal es un atuendo adecuado para un adulto. —Se atusó la melenita rubia. Claro que no le hacía falta. Nate no creía haberla visto jamás con un pelo fuera de su sitio ni con una prenda que no fuera elegante o no tuviera una confección exquisita.

—Me gusta el color. Me gusta la chispa —dijo Rich. Extendió una pierna para admirar la raya verde y azul que le corría por la pernera del chándal amarillo—. Creo que es la clase de ropa que habría diseñado Picasso.

—Picasso me da dolor de cabeza —repuso Regina—. Si tuviera que ponerme algo diseñado por un pintor, sería algo de Monet.

—Qué aburrido —le soltó Rich—. Aunque mejoraría algo con respecto al triste beis que llevas siempre.

—Esto que llevo no es beis. —Regina se tocó uno de los botones de perla de su rebeca—. Es un rosa achampanado.

La verdad, a Nate le parecía de color beis, pero no pensaba meterse.

—Ahora que habéis terminado todos —le dijo al grupo—. ¿Por qué no os acercáis a la casa y veis cómo ha quedado todo? Tenemos té y café, y los periódicos del día están allí.

—Me preocupan más los peligros sanitarios que las bebidas y las posibles lecturas —aseguró Eliza.

—Antes de reabrir las salas, me aseguraré de que se comprueba la calidad del aire.

No había pensado hacerlo, pero así se aseguraría todavía más de que todas las personas de Los Jardines estaban a salvo.

Eliza jugueteó con el camafeo con forma de corazón e incrustaciones de diamantes que siempre llevaba colgado y, después, asintió con la cabeza.

—Supongo que con eso bastará.

—Siempre me cuida, y no es una cabeza hueca —dijo Archie al tiempo que le daba un apretón a su nieta en la cintura.

El teléfono móvil de Nate vibró, y al mirarlo, vio que tenía un nuevo mensaje.

—Es de Amelia. Ya ha comprado varios libros. ¿Vamos a la casa? Sé que necesitáis ya vuestra dosis de crucigramas —les dijo a Rich y a Regina.

—¿Haces crucigramas, Archie? —preguntó Janet al tiempo que se atusaba su brillantísima melena pelirroja—. Esos dos —continuó, señalando con un gesto de la cabeza a Rich y Regina— compiten todas las mañanas para ver quién termina antes el de *The New York Times*. Y lo hace con bolígrafo. A lo mejor podríamos intentarlo juntos.

—Si Archie quiere competir, debería hacerlo contra mí —replicó Regina—. Tú deberías competir contra Rich. Así podrá ganar alguna vez.

—¿Pasan cosas así a menudo? —preguntó Eliza, que se colocó junto a Nate cuando el grupo se puso en marcha—. Tenías muy buena calificación en *U.S. News* y *World Report.* ¿Sabes cada cuánto tiempo se recalifican las residencias?

—Anualmente —contestó Nate—. Y si bien tenemos algún que otro problemilla de mantenimiento de vez en cuando, esto no es nada habitual.

—En absoluto —añadió Peggy—. Llevo aquí tres años, y Nate lo tiene todo estupendamente. Me encanta.

—Y a mí también me encanta —le dijo Archie, mirándola con tal intensidad que Nate se percató de que a Peggy se le habían puesto coloradas las orejas. A lo mejor era bueno que Gib se hubiera saltado el desayuno.

Nate agradecía que Peggy saliera en defensa de Los Jardines, pero no creía que Eliza se hubiera dado por satisfecha. Iba a ser uno de esos familiares que necesitaba mucha atención. Pero prefería tener a alguien como ella, que lo controlaba todo al detalle, a tener a un residente cuya familia apenas mantenía el contacto.

Abrió la puerta de la casa. Amelia había sacado unos cuantos muebles del almacén y había medio llenado una estantería. Había varios ejemplares de distintos periódicos en la mesa, delante de un sofá de rinconera.

—Ya tiene muy buena pinta —dijo Nate. Echó a andar hacia la cocina para ver si había café y té, pero de repente sonó la música de *Cazafantasmas*, el tono de su madre, porque tenía un montón de cosas con las que necesitaba ayuda y... «¿A quién vas a llamar?»—. Hola, mamá. ¿Qué pasa? —le preguntó.

—Hay alguien merodeando fuera de la casa —le soltó con voz tensa.

A Nate no le preocupó. Su madre se sentía sola de vez en cuando, y lo entendía. Pero ojalá en vez de inventarse una crisis, se limitará a invitarlo a cenar. «No, no se las inventa», se recordó en un intento por ser justo. Su madre estaba convencida de que era cierto cuando le dijo que había mapaches en el sótano. Estaba convencida de que había olido cables quemados. Y, en ese momento, estaba convencida de que había alguien fuera de la casa.

—¿Merodeando? —le preguntó, aunque ya se dirigía hacia la salida más cercana.

—¡Sí! —masculló ella—. Puedo verlo ahora mismo. Debajo de la jacaranda.

—¿Estás segura de que no es una sombra creada por el árbol? —le preguntó al salir a la calle.

—¡Estoy segura! ¿Vas a venir?

—Voy para allá. Podemos seguir hablando hasta que llegue. —Debería llegar a su casa en menos de dos minutos. Vivía en la propiedad, en la casa donde él creció, la que había construido su bisabuelo—. ¿Sigue ahí el hombre? —Apretó el paso. El miedo de su madre era real, aunque él estuviera seguro de que era infundado.

—Eso... eso creo —contestó ella.

Se la imaginaba frotándose el dedo donde solía llevar la alianza. Se la quitó cuando su padre se marchó, pero incluso después de tantos años, seguía tocándose ese punto cuando estaba nerviosa.

—No te preocupes. Ya casi he llegado. Ya veo la casa. —Llegó corriendo a la jacaranda. No había nadie.

Pero alguien había estado allí. Había huellas bajo el árbol, entre el murete de piedra y la base del tronco.

—¿Y bien? —le preguntó su madre desde la puerta.

—¡No veo nada de lo que preocuparse! —le gritó. Acto seguido, borró las huellas que había encontrado con un pie. No pensaba aterrorizarla al contarle la verdad—. Voy a reforzar las rondas de seguridad por aquí, solo para curarnos en salud —añadió al tiempo que subía los escalones de entrada—. Y asegúrate de conectar la alarma, ¿de acuerdo? —Para ser una persona tan miedosa, se le olvidaba conectar la alarma casi tantas veces como llegaba a conectarla.

—¿Puedes quedarte un ratito? —le preguntó su madre—. Prepararé chocolate caliente.

—Estupendo. —Nunca había sido capaz de decirle que, en algún momento de la adolescencia, había empezado a parecerle demasiado dulce, sobre todo con los malvaviscos que le encantaban de pequeño. Y tampoco era algo que le apeteciera tomarse en julio.

Su madre le sonrió.

—Tenían malvaviscos de colores esta semana en la tienda. Sé que son tus preferidos. He comprado la bolsa gigante.

—Gracias, mamá. —Una vez más, le sorprendió pensar lo joven que era su madre en comparación con la mayoría de los residentes de Los Jardines. No tenía ni sesenta años, pero Peggy, Janet y Regina eran mucho más activas que ella, aunque ya pasaban de los setenta. Siempre estaban haciendo algo. Seguían interesándose por las cosas. Seguían interesándose por el amor. Su madre iba a la tienda una vez a la semana y una vez al mes iba con Nathalie a la peluquería. Nada más.

El teléfono móvil empezó a sonarle con el tono que había elegido para Bob, el jefe de mantenimiento.

—Tengo que contestar —le dijo a su madre—. Vuelvo enseguida. —Ella asintió con la cabeza—. ¿Alguna novedad, Bob? —preguntó nada más contestar.

—¿Quieres la buena noticia o la mala? —replicó Bob. Siempre se comportaba como si tuviera que pagar por cada palabra que emplease.

—La mala —contestó Nate sin titubear. Siempre quería la mala noticia en primer lugar. A veces, las malas noticias necesitaban una actuación inmediata.

—El de Scentsations ha encontrado el problema.

—Estupendo. ¿Qué más?

—Partes de una mofeta muerta y trozos de comida podrida en las cajas donde echamos el aceite.

De esa manera, el sistema hizo su trabajo al llevar el hedor de la mofeta muerta a la biblioteca y a la sala de televisión. Sabotaje. Era la única explicación.

—Voy enseguida.

Primero, pruebas de que alguien había estado vigilando la casa de su madre. Después eso. ¿Qué narices pasaba en Los Jardines?

CAPÍTULO 5

Briony abrió la puerta una rendija y miró hacia el interior para asegurarse de que *Mac* no intentaba escaparse. No vio al gato por ninguna parte, así que abrió la puerta del todo, y *Diogee* tiró de ella en dirección a la cocina. Consiguió cerrar la puerta usando un pie, y, después, corrió detrás del enorme perro, que se detuvo delante de su tarro de galletas.

—Supongo que la caminata te ha abierto el apetito. —Briony le quitó la correa y le dio una galleta.

Muy bien, una tarea menos de la lista que había redactado el día anterior cuando llegó a casa después de visitar a Ruby. Había sacado a pasear al perro. Más bien había sido él quien la había paseado a ella, pero lo mismo daba. Sacó el teléfono móvil y ojeó la lista. Había elegido lo más fácil en primer lugar. Lo siguiente eran sus padres. Les había enviado un mensaje de texto para decirles que había llegado bien, pero les debía una llamada. Bueno, más bien una videoconferencia por FaceTime. Les gustaba verla cuando hablaban. Y estaba presentable. Se había puesto otra vez los pantalones negros y la camisa de rayas, pero había planchado ambas prendas. Se había recogido el pelo en un moño y se había maquillado un poco, además de disimular las ojeras con una buena capa de corrector. Además, se había echado unas gotas de colirio en los ojos para no parecer que llevaba días llorando. Estaba lista.

En cuanto su madre aceptó la videollamada, le soltó una andanada de preguntas y no le dio ni siquiera tiempo para responderlas.

—¿Estás bien? ¿Cómo llevas lo de estar sola? ¿Has hablado con Caleb? ¿Has hablado con algún invitado a la boda? —Tomó una bocanada de aire y siguió—: ¿Quieres que me vaya contigo? No sé en qué estábamos pensando cuando te mandamos ahí sola. Si tu prima estuviera en casa, sería distinto. Pero detesto pensar que estás ahí sola después... de lo que pasó. Creo que necesitas a alguien que te cuide. ¿Y si te desmayas otra vez? ¿Y si...?

—Mamá, estoy bien —la interrumpió—. De verdad.

—Eso es imposible. Nadie puede estar bien después de... lo que pasó. Sé que te llevamos al médico para que te examinara, pero creo que deberías ir a algún especialista. Ese tipo de desmayos... A lo mejor necesitas hacerte una resonancia magnética o un TAC. Puedo echar un vistazo y buscar...

—Estoy bien —repitió Briony.

—¿Has tenido algún síntoma raro desde que llegaste? —insistió su madre.

—Ninguno —contestó ella. Era más fácil mentir cuando su madre estaba en la otra punta del país.

—De todas formas, James, ¿tú qué opinas? ¿No crees que una segunda opinión médica sería lo más sensato? —preguntó su madre.

Su padre las miró, primero a una y luego a la otra, como si estuviera sopesando a quién apoyar.

—Daño no va a hacerle —contestó al final.

—Lo miraré —les aseguró Briony, porque si no, se pasarían una hora entera discutiendo sobre el asunto. Y, la verdad, a lo mejor no era mala idea. A lo mejor se había desmayado porque tenía algún déficit de vitaminas. O a lo mejor...

Sin embargo, en el fondo sabía la verdad. Ruby tenía razón. Su cuerpo se había percatado de lo que su mente no quería aceptar. Casarse con Caleb no era lo más adecuado para ella, aunque sus padres y sus amigos los creyeran la pareja perfecta. Aunque Caleb fuera, de hecho, perfecto.

—Vamos a hablar sobre los regalos —dijo Briony. Esa era otra de las cosas que tenía en la lista de tareas pendientes—. He pensado en escribir notas y en mandároslas a vosotros. Si lo hago, ¿os podéis encargar de devolver los regalos?

—Ya nos hemos encargado de todo —respondió su padre—. Tu madre ha escrito las notas de disculpa y los regalos ya están devueltos.

—Ah. Bueno, pues gracias. Gracias a los dos. —Titubeó—. ¿Qué has escrito en las notas de disculpa, mamá?

—Que has estado tan ocupada antes de la boda que has acabado agotada y deshidratada, algo que puede ser cierto, y que por eso te desmayaste. He dicho que como no sabemos exactamente la nueva fecha de la boda, hemos decidido devolver los regalos.

—Pero yo no he dicho en ningún momento que vayamos a retrasarla a otro momento —protestó Briony—. Ya le he devuelto el anillo a Caleb.

Briony oyó que su madre jadeaba.

—Es imposible que ahora mismo sepas lo que tienes que hacer. Necesitas tiempo para descansar y recuperarte. Y para asegurarte de que no tienes un problema de salud que necesitemos tratar, además del agotamiento.

—En realidad, no estaba agotada. Caleb, la organizadora de la boda y vosotros dos os encarg...

—No tomes ninguna decisión ahora mismo —le dijo su madre—. Y no te preocupes. Tu padre y yo nos encargaremos de todo.

—Tu madre tiene razón. —El aludido se inclinó hacia el monitor, como si eso pudiera acercarlo a ella—. Ahora mismo necesitas cuidarte.

Después de asegurarles varias veces más que iría al médico, Briony cortó la videollamada. Deseó que su madre hubiera esperado un poco antes de enviar las notas de disculpa; pero, al menos, el asunto de los regalos estaba zanjado.

Lo siguiente que debía hacer era ponerse en contacto con Vi. Su mejor amiga desde cuarto de primaria y su dama de honor había estado bombardeándola con mensajes de texto y de voz, pero ella había sido incapaz de leerlos y de oírlos.

El corazón empezó a latirle más rápido mientras sopesaba qué decirle sobre el chasco de la boda. Al final, se decidió por empezar con un mensaje de texto sencillo:

Hola.

Vi le respondió casi de inmediato:
DIOS MÍO. ¿Dónde estás? Tus padres no dicen ni pío.
Briony: *En Los Ángeles. Cuidando de las mascotas de mi prima.*
Vi: *Caleb está fatal. Tus padres no le cuentan nada. ¿QUÉ TE PASÓ?*
Briony: *Un ataque de pánico. Mi madre insiste en que fue por culpa de la deshidratación, del agotamiento o seguramente de un tumor. Pero fue un ataque de pánico.*
Vi: *No me entero. ¿Pánico por estar delante de toda esa gente?*
Briony: *Me di cuenta, más bien tarde, tardísimo, de que no quería casarme.*

Vi: *¡No! Te pasaste toda la despedida de soltera pregun-tándole a la gente si deberías casarte o no. Pero pensé que como eres así...*

Briony: *¿Cómo? ¿Eso hice? ¿A qué te refieres con eso de que soy así?*

Vi: *Ya sabes. Siempre pides consejo. Preguntas si deberías llevarte el paraguas, qué zapatos ponerte, si deberías pe-dir un aumento de sueldo. Le preguntaste al camarero de Olive Garden a qué universidad ir.*

Briony: *¡No, venga ya!*

Vi: *Sí. Lo haces tantas veces que seguro que ni te das cuenta. Por eso Caleb y tú hacéis tan buena pareja. Él nunca se cansa de que le pidas opinión. Pero no te controla. Así que, ¿no quieres seguir con Caleb? Me dejas muerta.*

Briony: *Así estoy yo. Es perfecto. Estoy loca por no querer seguir con él, pero no quiero. Solo de pensar en él se me acelera el corazón. Y no precisamente para bien.*

Vi: *¿Has hablado con él?*

Briony: *No.*

Vi: *¡Briony!*

Briony: *¡Ya lo sé! Pero es que no puedo. ¿Qué quieres que le diga? Le he devuelto el anillo. Le he dicho que lo sentía. En una nota. Solo eso. Lo siento. Sé qué tengo que hacer algo más.*

Vi: *¿Tú crees?*

Briony: *Es que no sé cómo explicarlo.*

Vi: *Ya. Me he dado cuenta.*

Briony: *¿Qué le digo?*

Vi: *¿Ves? ¡A eso me refería! Nunca haces nada sin pedirle opinión antes a un comité.*

Briony: *Tú no eres un comité. Y es difícil.*

Vi: *Sí, bueno. Dile que has decidido meterte a monja.*
Briony: *Puede que lo haga. Oye, a lo mejor debería irme
    a un convento. Después de lo que le he hecho a Caleb,
    nadie más debería sufrirme.*
Vi: *¡Oooh! No. No le has hecho daño a propósito. Pero
    tienes que hablar con él.*
Briony: *Lo sé. Y lo haré. En algún momento.*
Vi: *Tengo que irme a trabajar. Luego seguimos.*
Briony: *Gracias. Lo siento. Te pagaré el vestido.*
Vi: *No. Hasta luego, bombón.*
Briony: *Eso se merece una cara de resignación.*

Vi no respondió. Tendría que seguir hablando con ella más tarde.

¿De verdad le había preguntado a todo el mundo durante la despedida de soltera si debería casarse? No lo recordaba. Había cócteles de Nutella en la fiesta. Y a lo mejor se había tomado alguno más de la cuenta. No estaba acostumbrada a beber alcohol.

Recordaba que al día siguiente Caleb le preparó una bebida asquerosa para curarle la resaca que, sorprendentemente, funcionó; pero los detalles de la fiesta estaban borrosos. Se celebró una semana antes de la boda y, si Vi decía la verdad, para entonces ya tenía dudas. Soltó un largo suspiro. Habría sido de gran ayuda conocer ese detalle antes de poner un pie en la iglesia.

—Muy bien, sé que debo llamar a Caleb. —El corazón le dio un vuelco—. Pero por lo menos ya he empezado con la lista de tareas pendientes. Estoy mejorando, ¿verdad, amigos? —preguntó.

Diogee empezó a menear el rabo sin moverse del sitio en el que se encontraba, a sus pies. Briony le acarició la cabeza, y eso hizo que el rabo se moviera con más fuerza.

—¿Y tú, gatito? ¿Qué opinas?

«Por Dios. Acabo de preguntarle a un gato su opinión. ¿Tendrá razón Vi? ¿De verdad pido siempre consejo antes de hacer algo?».

—¿De verdad? —añadió en voz alta.

Diogee siguió meneando el rabo. Briony echó un vistazo a su alrededor para localizar a *Mac*. ¿Dónde estaba? Se puso en pie de un brinco.

—¿*Mac*? ¿*Mac, Mac, Mac*? ¿*MacGyver*? —lo llamó mientras hacía un giro completo para localizarlo—. ¿Quieres una galleta, gatito?

No obtuvo maullido alguno por respuesta, aunque al oír la palabra «galleta», *Diogee* corrió a la cocina y se colocó debajo del tarro de las suyas. Le dio una y, acto seguido, empezó a registrar la casa entera.

Después de haber mirado dos veces en cada estancia, tuvo que admitir que el gato se había ido. ¡Otra vez!

—¿Qué hago? —le preguntó a *Diogee*, tras lo cual se dio un guantazo en la frente. Otra vez acababa de hacerlo. Le había pedido consejo a un animal.

Se dio cuenta de que llevaba el teléfono móvil en la mano. Eso era. Llamaría al hombre ese de la comunidad de jubilados. No recordaba su nombre, pero tenía el número en el listado de llamadas recibidas.

Lo buscó y sí, efectivamente, allí estaba. Pulsó el icono correspondiente para llamarlo y, al cabo de unos segundos, el hombre respondió.

—Nate al habla.

—Hola. Soy Briony Kleeman. La mujer que está al cargo de *MacGyver*, el gato sobre el que me llamaste ayer. —Se obligó a hablar despacio y claro, no como si fuera una loca, porque ya le había dado razones de sobra a ese hombre para que la tomara como tal después de cómo se había comportado el día anterior—. El gato ha desaparecido otra vez, y he pensado que a lo mejor lo has visto.

—Pues no —replicó Nate—. Pero estaré atento y te avisaré si lo veo.

—Me harías un gran favor —repuso Briony. ¿Acababa de ponerse más fina de la cuenta? ¡Así no iba a corregir su impresión de que le faltaba un tornillo!—. Gracias de todo corazón —añadió. Sí, definitivamente se estaba pasando de rosca—. Creo que tú deberías ser el humano y que deberías cuidarme —le dijo a *Diogee* después de cortar la llamada—. Tienes más sentido común que yo. ¿Dónde crees que está *MacGyver*? —Ya estaba otra vez pidiéndole consejo al perro...

ɩɩɩ

Nate decidió hacerle una visita a Gib por si acaso el gato de la loca aquella estaba allí. Aunque no le había parecido muy desquiciada durante la llamada telefónica. Tal vez un poco remilgada, con esa voz tan fina que había puesto.

Lo mismo daba. De todas formas, tenía que hablar con Gib. Ese día, pensaba sacarlo de la casa, a la fuerza si era necesario. Ojeó los alrededores mientras andaba, fijándose en todos los detalles. Había hablado con los vigilantes de seguridad y no habían recibido ningún aviso de que sucediera algo extraño cerca de la casa de su madre ni en ningún otro lugar de Los Jardines.

Una vez que llegó a casa de Gib, llamó a la puerta y después, antes de que el hombre pudiera saludarlo con su frase habitual, gritó:

—¡Sé que estás en casa, Gib!

—Estoy en casa. ¿Qué pasa? —le preguntó en el momento en que le abría la puerta para dejarlo pasar.

—Nuestro amigo *MacGyver* ha desaparecido otra vez. He pensado que a lo mejor había venido a verte.

Gib negó con la cabeza.

—No lo he visto desde que se fue por la chimenea. —Cerró la puerta una vez que Nate estuvo dentro.

—¿Te he despertado? —le preguntó Nate.

Gib llevaba los pantalones del pijama y una sudadera vieja de Los Angeles Angels, el equipo de béisbol, iba descalzo y tenía el pelo alborotado.

Lo vio abrir y cerrar la boca unas cuantas veces.

—Llevo la dentadura puesta. Eso significa que no. ¿Quieres un café?

—Claro —respondió Nate, que lo siguió hasta la cocina—. Será mejor que te vistas. Falta menos de media hora para la clase de arte. —Gib era un alumno habitual y, además, tenía un talento nato. Para Navidad había pintado a la peperomia y le había regalado el cuadro. Nate lo había colgado en su despacho.

—No lo tengo en la agenda —repuso al tiempo que colocaba una cápsula de café en la cafetera Keurig, tras lo cual puso la taza en su lugar correspondiente y pulsó el botón.

—Tienes una agenda apretada hoy, ¿no? —le preguntó Nate—. A las diez y media, golf. A las once, cortarte las uñas de los pies. A las doce y media, abrirte una lata de alubias para almorzar. A la una...

—Ya está bien, graciosillo —lo interrumpió Gib—. Para que lo sepas, soy viejo, pero no necesito niñera.

Tenía que encontrar el enfoque correcto.

—En realidad, esperaba que fueras a la clase, porque ahora mismo me iría bien contar con otro par de ojos. ¿Puedes guardar un secreto?

Gib ni se molestó en contestarle. Le ofreció la taza de café a Nate y se sentó a la mesa de la cocina. Nate también se sentó, enfrente de él y lo puso al día sobre el sabotaje del sistema de ventilación.

—Si pudieras estar un rato en el centro comunitario y decirme si ves algo extraño, te lo agradecería mucho.

Gib tardó un momento en hablar. Se limitó a mirarlo con los ojos entrecerrados, seguramente mientras decidía si lo estaba engañando. Que también era verdad, pero no era toda la verdad. Gib era un hombre espabilado. A saber lo que podía descubrir si estaba atento.

—De acuerdo. —Le echó un vistazo al reloj negro con forma de gato que movía el rabo—. Todavía puedo llegar a tiempo a la clase. Voy a vestirme. Tú acábate el café.

Nate sintió una punzada de satisfacción. No había necesitado usar la fuerza. ¿Qué debía hacer a continuación? Encontrar a alguien que le echara un vistazo al sistema de ventilación. Y también tenía que encontrar un sitio donde fumigaran libros. Y muebles. Y alfombras. A lo mejor deberían cambiar las cerraduras de la casa de su madre. Bebió un sorbo de café. Estaba a punto de dejar la taza sobre la mesa cuando algo le llamó la atención. ¿Qué era eso? Al lado del fregadero, en la encimera, había algo gris y peludo. Una especie de oruga mutante. Se acercó para investigar. Fuera lo que fuese, no estaba vivo. Le dio un golpecito con un dedo. Parecía un poco pegajoso.

—Listo —anunció Gib cuando regresó a la cocina—. ¿Qué es eso?

—No lo sé —respondió Nate—. Acabo de verlo.

Gib frunció el ceño.

—La primera vez que lo veo. —Tomó la cosa peluda entre el índice y el pulgar, la toqueteó y, después, la dejó de nuevo en la encimera—. Si vamos a irnos, será mejor que lo hagamos ya.

Salieron de la casa y caminaron en silencio hasta el centro comunitario, ambos en modo de alerta. Al llegar a la Sala Manzanita, donde se impartía la clase de arte, Gib se quedó paralizado. Nate comprendió al instante cuál era el problema. Archie estaba sentado en la silla que usaban los modelos y varias mujeres, Peggy incluida, se arremolinaban en torno a él.

—Gib, ¿quieres oír el último? —le preguntó Richard desde detrás de su caballete.

El aludido miró de reojo a Peggy, y a Archie, y después enderezó los hombros.

—Claro. —Echó a andar como si tal cosa hacia el caballete situado junto al de Richard.

—Yo también quiero oírlo. —Nate siguió a Gib, ya que supuso que le debía un poco de apoyo moral, puesto que lo había convencido de asistir a la clase.

—«A un tal Archie conocí en una ocasión, que cuando abría la boca parecía un tontorrón. Quería a su nieta tal vez más de la cuenta, y no me gustaría encontrármelo en una fiesta entre ochenta». —Frunció el ceño—. Tengo que mejorarlo.

—¡Sam! —exclamó Peggy cuando vio entrar al voluntario que impartía las clases de arte—. Hoy queremos dibujar una figura humana y hemos encontrado al modelo perfecto —anunció al tiempo que le daba a Archie un apretón en un hombro.

Gib parecía estar muy ocupado organizando los carboncillos.

—Muy bien —replicó Sam—. No era lo que había planeado, pero soy flexible. Recordad que debéis empezar planteando la composición y, después, tenéis que dibujar la figura con trazos simples.

—Sam, ¿no crees que sería interesante que dibujáramos una pareja? —sugirió Janet, que acercó una silla a la de Archie—. Creo que intentar captar nuestras expresiones mientras nos miramos sería un reto artístico interesante. —Tomó a Archie por la barbilla con una mano y con delicadeza le volvió la cara para que la mirase—. ¡Oooh! Te has depilado las cejas. Me encantan los hombres que se cuidan.

—¡Ya te tengo en la órbita! —exclamó Archie.

Nate se preguntó si el hombre se habría criado en California. No reconocía la mitad de las expresiones que usaba. A lo mejor eran locales.

—Ah, pero Janet, si posas, no podrás dibujar —protestó Regina—. Y siempre haces unos trabajos magníficos.

Las obras de Janet eran... interesantes. Nate no creía que nadie más las catalogara como bonitas salvo Regina, que lo hacía porque en ese momento le convenía.

—Déjame que sea yo quien pose con Archie —siguió la mujer—. De todas formas, dibujo fatal. No me importa saltarme la clase de hoy. —Intentó quitar a Janet de la silla; sin embargo, la mujer no lo consintió.

—Bobadas, la semana pasada Sam dijo que le encantaba que hubieras hecho un esbozo tan detallado.

—¿Y si posamos Archie y yo? —sugirió Peggy—. Podría convertirse en el *Gótico Americano* de este siglo. Pero, en vez de una horca, Archie puede sostener un teléfono móvil.

—No tengo teléfono móvil. No me fío de esos chismes —adujo Archie, que miró a Peggy, a Janet y, por último, a Regina, con una sonrisa—. Pero me encantaría posar con cualquiera de vosotras, muñecas.

Gib eligió un carboncillo y empezó a dibujar con frenesí. Sam se acercó para observar su trabajo.

—¡Qué pasión! —comentó.

Nate echó un vistazo y tuvo que contener una carcajada. Las entradas de Archie se habían convertido en una calva con cuatro pelos mal contados, aunque tenía dos buenas matas que le salían de las orejas y de la nariz.

❧❧❧

Mac siguió el olor del Hombre de las Sardinas. Gib, ese era su nombre. Y Nate era el otro al que *Mac* le había echado el ojo. Había oído al otro llamarlo así. Gib no estaba en casa, pero le resultó fácil seguir su rastro. Se encontraba cerca. Lo descubrió en una habitación llena de humanos, entre los que se encontraba Nate.

Gib olía igual que Jaime cuando él se ponía a rebuscar en el cubo de la basura. Se preguntó si habría encontrado el regalito que le había dejado por la noche mientras dormía. A juzgar por su olor, no se estaba divirtiendo. Lo mismo le pasaba a Nate. Ambos necesitarían más trabajo. Se frotó contra una de las piernas de Gib primero, para asegurarse de que todos los demás supieran que contaba con su protección.

—¡Qué gatito más bonito! —exclamó una mujer, que corrió para arrodillarse delante de él. El olor de Gib cambió de inmediato. En ese momento, olía como Jamie cuando David llegaba a casa. La mujer lo acarició con suavidad en la cabeza. Pero, al mismo tiempo, se percató de que el olor a soledad que siempre envolvía a Gib aumentaba.

—Es amigo mío —dijo Gib—. Se llama *MacGyver*.

—Será mejor que llame a su cuidadora —comentó Nate—. A lo mejor es *MacGyver* quien debe posar con Archie —añadió para disipar la tensión que se había instalado entre las señoras.

—¡Una idea excelente! —exclamó Sam—. Nunca hemos tenido a un animal como modelo.

La mujer lo levantó en brazos y lo dejó en el regazo de un hombre que estaba sentado en un extremo de la estancia. *Mac* tomó una bocanada de aire para analizar la situación. El hombre parecía feliz por su olor; pero descubrió que, en realidad, su presencia no le gustaba en absoluto. Y eso no estaba bien.

Se iba enterar de lo que era bueno. Se acurrucó en su regazo y empezó a extender las uñas y a clavárselas en los finos pantalones.

—No sé yo —dijo Archie, que se quitó un pelo de *Mac* del chaleco y lo dejó caer al suelo.

—Un gatito muy guapo con un hombre muy guapo. ¿Qué más se puede pedir? —replicó la mujer.

—Que no se diga que soy un aguafiestas. ¡Que no decaiga! —repuso el hombre.

Mac sentía la dureza de sus piernas en la barriga. Sacó las uñas un poco más, lo justo para arañarlo en la piel y que se le quedaran las marcas. El hombre soltó un gritito. *MacGyver* empezó a ronronear.

CAPÍTULO 6

«Tranquila, educada y comedida», se dijo Briony una vez que localizó el centro comunitario de Los Jardines. «Me mostraré tranquila, educada y comedida. Después, meteré a MacGyver en el trasportín y me marcharé de forma tranquila, educada y comedida».

No sabía por qué le importaba tanto causarle buena impresión a Nate. Solo estaría allí unas cuantas semanas más y seguramente no tendría que volver a verlo en la vida. A menos que *Mac* siguiera encontrando la forma de volver.

Recordó el comentario de Ruby de que *MacGyver* era un casamentero. Si eso era lo que se traía entre manos, sería imposible porque, a ver: primero, era un gato y, segundo, ella ya le había estropeado el plan. Por más que se arreglara o por bien que se comportara ese día, estaba convencida de que cada vez que Nate la viera, siempre pensaría en la loca con cara de susto y pelo alborotado. Aunque daba igual.

El agradable olor a limón y algo más que no atinaba a identificar, tal vez bergamota, la recibió al abrir la puerta. La amplia estancia parecía más el vestíbulo de un elegante y antiguo hotel con las alfombras persas y los cómodos sofás llenos de cojines. En fin, eso con un toque a invernadero. Había plantas por todas partes. Se detuvo para admirar lo que creía que era un boj podado en espiral antes de continuar a la Sala Manzanita, donde Nate le había dicho que la estaría esperando... junto con *MacGyver*.

Vio a Nate nada más entrar. Los ojos le hicieron chiribitas. Las feromonas ya la estaban asaltando. Muy mal por su parte ser tan atractivo sin pretenderlo siquiera. Y, un segundo después, la consumió la culpa, porque estaba muy mal por su parte pensar en lo guapísimo que era un hombre cuando había estado a punto de casarse unos días antes.

Nate estaba de pie junto a un caballete en el que trabajaba el hombre mayor en cuya casa había entrado como una loca el otro día. Bien. Así también podría enseñarle a él su versión tranquila, educada y comedida. Su opinión importaba tanto como la de Nate. Aunque la de Nate no importaba, se recordó.

Echó un vistacillo por la sala y vio a *Mac*. Fue incapaz de contener la sonrisa al ver a ese bicho. Era el centro de atención, ya que todos los presentes lo pintaban mientras estaba sentado en el regazo de un elegante caballero con pajarita.

Don *MacGyver* no se le iba a escapar en esa ocasión. Sujetando con fuerza el trasportín que había encontrado en el armario de Jamie, cruzó la estancia. Se detuvo junto a Nate.

—Gracias por llamarme de nuevo —le dijo, tranquila, educada y comedida.

—¿Sería posible que nos dejaras a *MacGyver* media hora más? No sabía que iba a ser uno de los modelos —repuso Nate.

—Sin problemas —contestó ella, porque era la respuesta tranquila, educada y comedida.

—Estupendo. Podemos tomarnos un café en la cocina. —Nate se volvió hacia el hombre mayor—. Gib, ¿te aseguras tú de que nuestro amigo no salga de aquí?

Gib levantó la vista del caballete. Había retratado a *Mac* a la perfección. Las rayas de su suave pelo, la marca en forma de M que tenía en la frente, la inteligencia de sus ojos ambarinos. El elegante caballero parecía más un trol con pajarita.

—Cuando te arreglas, estás muy bien —le dijo a Briony—. Como aquí no hay chimeneas, creo que podré contener a tu gato.

—Se lo agradezco. —Así, así, regalando tranquilidad, educación y comedimiento a diestro y siniestro, y no solo delante de Nate, sino de los dos testigos de su locura—. Me encanta lo que he visto de este sitio —le dijo a Nate mientras este la acompañaba a la cocina—. Hay muy buenas vibraciones. Eres el gerente, ¿verdad?

—Es el dueño —le dijo una mujer con mechas moradas en el pelo. La mujer y una más joven, de unos veintipocos años, estaban junto a la isla de la cocina con un montón de verduras por delante.

—Bueno, la comunidad es el negocio familiar —puntualizó Nate, que se pasó una mano por el pelo castaño oscuro—. De mi madre, de mi hermana y mío.

—Pero ellas no meten mano —le dijo la del pelo morado a Briony—. Nate lo dirige todo. Y me refiero a todo, todo y todo.

—Todo —convino la más joven.

—Voy a presentarte a mi club de fans —dijo Nate—. Esta es LeeAnne. —Señaló a la del pelo morado—. Es nuestra chef. Y esta —siguió, al tiempo que señalaba con la cabeza a la más joven— es Hope. Es...

LeeAnne lo interrumpió antes de que pudiera terminar.

—Es quien va a lidiar conmigo, en este preciso momento, con la ardua tarea de hacer el inventario de la despensa.

—¿No lo hiciste el...? —empezó Nate.

LeeAnne lo señaló con un dedo.

—Cuando me contrataste, me prometiste que no lo controlarías todo. Y como ahora digo que hay que hacer el inventario, eso es lo que vamos a hacer. —Sacó a rastras de la estancia a Hope.

—Siéntate. —Nate le indicó una mesa redonda.

—Qué grande —dijo Briony. La mesa podría acomodar a unas quince personas.

—Animamos al personal a venir aquí para comer —le explicó Nate. Llenó dos tazas con una jarra bastante grande que había en la encimera—. ¿Cómo lo tomas?

—Solo con un chorrito de leche.

Nate metió una cucharilla en su café, le dejó la taza y una jarrita metálica delante, y se sentó. Briony hizo girar la cucharilla entre los dedos, sin saber qué decir de repente. ¿Debería disculparse de nuevo por su comportamiento del otro día? ¿O sería mejor no recordárselo? ¿Debería sacar de nuevo el tema de Los Jardines? ¿Sería grosero preguntarle por qué era el único miembro de la familia que se involucraba en la dirección de la comunidad?

¿Qué le pasaba? ¿Siempre había dudado tanto como en ese momento? A lo mejor Vi tenía razón. A lo mejor era incapaz de tomar la decisión más sencilla sin ayuda. ¿Cómo era posible que nunca se hubiera dado cuenta de ese detalle?

—Siento mi comportamiento del otro día. —Agitó las manos en el aire como una loca. Ay, qué bien. Muy tranquila, educada y comedida. Con lo bien que iba...—. Estoy cuidando las mascotas de mi prima. Me habría sentido fatal si le hubiera pasado algo a *MacGyver* por mi culpa.

—*MacGyver* —repitió Nate—. Le pega.

—La verdad es que no he visto la serie —replicó Briony. Así. Parecía, si no tranquila, educada y comedida, al menos racional.

—Mi abuelo y yo solíamos ver las reposiciones con algunos de los residentes —explicó Nate—. Su padre fue quien levantó este sitio. Compró la propiedad y la convirtió en una comunidad de jubilados. —Se acercó la planta que había en el centro de la mesa y empezó a inspeccionar la parte inferior de las hojas, con dedos seguros y ágiles.

—Las personas a las que he visto hoy parecen independientes. —Briony bebió un sorbo de café mientras lo veía cuidar la planta. Para su asombro, su mente le proporcionó una breve imagen de esos dedos en la piel. Se desentendió del pensamiento.

—Lo son. Tenemos otros residentes que necesitan más ayuda. En vez de vivir en casas, residen en uno de los tres edificios más grandes con atención las veinticuatro horas —le explicó mientras seguía examinando la planta—. Si pueden, también vienen al centro comunitario para comer o participar en alguna de las actividades.

—¿Qué se siente al formar parte de un negocio familiar? ¿Creciste con la certeza de que te harías cargo de todo en algún momento?

Nate titubeó. Parecía que había tocado un tema delicado. Briony decidió llenar el silencio.

—Mi familia no tiene nada parecido a este sitio, pero mi padre es contable y, desde que era pequeña, mis padres se comportaron como si estuviera decidido que yo también sería contable. Decían que, pasara lo que pasase, la gente siempre iba a necesitar un contable. De hecho, me regalaron una calculadora por mi séptimo cumpleaños.

—¿En serio? —Nate puso los ojos como platos, fingiendo sorpresa, antes de dejar la planta en su sitio—. Eso quería yo con siete años. Pero me regalaron una grabadora, como la de *Solo en casa 2: Perdido en Nueva York*. —Continuó con voz más ronca—:

«Soy el padre. Me gustaría uno de esos minifrigoríficos que se abren con llave». —Briony se echó a reír—. ¿De verdad querías ser contable? —le preguntó él.

—Sí. Yo... —De repente, no tuvo claro algo que siempre había dado por sentado—. Tampoco deseaba hacer otra cosa. Y me gustaba... esto... lo concreto que era. Todo cuadraba. —Era verdad. Sabía que era buena en su trabajo; además, le gustaba ir a trabajar todos los días, algo que no podía decir todo el mundo.

De repente, ¡pum!, se dio cuenta de que ya no tenía trabajo. Caleb había recibido una maravillosa oferta de trabajo en un bufete de Portland. Habían decidido que la aceptaría. Iban a mudarse después de la luna de miel. Caleb ya había encontrado una casa. El bufete pagaba todos los costes de la mudanza. Una vez que se hubieran instalado, ella pensaba buscar trabajo como contable. Tal como habían dicho sus padres, un contable siempre haría falta.

Claro que ya no se iba a mudar a Portland. ¿Podría recuperar su antiguo puesto?

—¿Estás bien? —preguntó Nate.

Briony asintió con la cabeza.

—Es que me acabo de acordar de algo que tengo que hacer cuando vuelva de... mis vacaciones. —Algo como labrarse un futuro diferente.

—¿Cuánto tiempo te vas a quedar?

—Unas tres semanas y media más. Mi prima está de luna de miel en Marruecos.

—Marruecos. Caramba. —Nate silbó por lo bajo.

—Lo sé. Nunca se me habría ocurrido ir a un lugar tan exótico. Demasiado extraño y lejano.

—Yo me iría sin pensármelo. Tienen un festival de rosas en primavera. Sería increíble ver las rosas del M'Goun en su hábitat natural. Y olerlas. —Nate parecía un niño con zapatos nuevos.

—¿Eres el responsable de la jungla del vestíbulo?

Nate sonrió y, ¡pum!, otra bomba de feromonas. Hizo que se le aflojaran las piernas, pero no como cuando se le aflojaron de camino al altar al ver a Caleb allí delante. Ese hombre era un peligro. ¿Qué le pasaba? Decidió olvidarse de la reacción física que le provocaba y se concentró en sus palabras.

—Yo lo planifiqué. El personal de la comunidad se encarga de que sigan vivas. Ojalá pudiera ocuparme yo, pero tengo demasiado que hacer. Siempre hay algo. —Frunció el ceño con cara de preocupación.

—Haces un trabajo increíble.

—¿De verdad? —Levantó una ceja oscura—. Llevas aquí veinte minutos como mucho, y casi todo el tiempo lo has pasado en la cocina.

—Sé que, en realidad, no lo sé. Pero acabo de conocer a dos personas que trabajan para ti, y te quieren con locura. Y el otro día estabas visitando a Gib. Seguro que otros gerentes, dueños, vamos, no hacen algo así. Esas dos cosas me dicen mucho de ti. Me reafirmo en lo que he dicho. Haces un trabajo increíble.

—Ahora tal vez, pero ¿cuando empecé? Solo tenía diecinueve años.

—Venga ya...

—Mi padre había relevado a mi abuelo. Solo llevaba dirigiendo este sitio unos cuatro años cuando cumplió los cincuenta y se compró un Mustang descapotable. Rojo. Y una cazadora de cuero para completar el equipo. Una crisis de mediana edad de manual. Unos meses después, se fue. Así, sin más. Tuve que hacerme cargo de todo. Mi madre no servía para nada. —Hizo una mueca—. No, esa es una afirmación injusta. Mi madre estaba destrozada. Yo había pasado mucho tiempo con mi abuelo primero y después con mi padre en la comunidad. Había absorbido muchas cosas, así que di el paso. No creía que fuera a ser permanente. Pero aquí estoy, casi diez años después.

—LeeAnne ha dicho que tienes una hermana.

—Una hermana melliza. Nathalie —dijo él—. Pero no le interesa este sitio. Pasó por una fase de adolescente durante la que no quería tener nada que ver con los ancianos. Como si fuera algo contagioso. Cuando era pequeña, venía por aquí, porque vivimos en la parte más alejada de la propiedad, pero luego, ni de broma.

—Nate y Nathalie. Qué simpáticos.

—Es peor de lo que crees. Nathaniel y Nathalie.

Briony entrecerró los ojos con gesto divertido.

—¿Os vestíais igual?

Nate se echó a reír, que era lo que ella buscaba.

—Tengo una foto que nos hicieron con unos tres años, en la que estamos los dos, yo vestido de marinero y ella vestida de marinera. Fue la última vez que nos vestimos igual. Desde entonces, me las ingeniaba para romper o estropear de alguna manera mi parte del conjunto combinado.

—Y te haces llamar «Nate», no «Nathaniel».

—Intenté que la gente me llamara «Parka» de pequeño, pero no funcionó.

—¿Parka? ¿Como la prenda de ropa? —Briony se descubrió enroscándose en un dedo un mechón de pelo que se le había escapado del recogido. Bajó la mano a toda prisa. Juguetear con el pelo era un gesto típico de coqueteo. Y no era su intención coquetear.

—¿La prenda de ropa? No. Me refiero a Parka. Como La Parka. El luchador profesional. El que iba vestido como un esqueleto.

—No tengo ni idea de lo que hablas. —Cayó en la cuenta de que estaba hablando. Tal cual hacía con Vi o con Ruby. Con Caleb siempre era más cuidadosa. Era tan perfecto que ella también quería serlo. Y con sus padres no quería decir algo que los preocupase, de modo que no decía nada que los llevara a pensar que algo la hacía infeliz.

—¿Practicabas la lucha en el colegio? —Briony intentó no imaginárselo con un mono ajustado de lucha.

—Me gustaría decirte que sí. Pero no quiero mentirte. Era...

A Nate lo interrumpió Gib, que entró en tromba en la cocina.

—Se ha ido. No sé cómo lo ha hecho. La puerta estaba cerrada. Las ventanas estaban cerradas. No hay chimenea. ¿Ese gato se apellida Houdini o algo?

☙☙☙

Ya había anochecido cuando Nate se despidió de Iris. A la mujer le habían colocado una prótesis de cadera unos días antes y le habían dicho que se resistía a trabajar con su fisioterapeuta. Se había pasado por su casa para regalarle unas flores y darle una charla.

Mientras regresaba a su despacho, decidió pedirle a Janet que fuera a verla al día siguiente. Janet también llevaba una prótesis de cadera desde hacía unos cuatro años y le iba fenomenal. Era una de las habituales del gimnasio.

Titubeó cuando tuvo el despacho a la vista. Aunque sabía que el personal de seguridad estaría vigilando la casa de su madre, se sentiría mejor si se dejaba caer por allí en persona.

A lo mejor incluso conseguiría que le hablara de su padre. Nunca lo había logrado. Para ella, era más fácil comportarse como si nunca hubiera existido, y Nate le había seguido el juego. La conversación con Briony lo había llevado a pensar que tal vez había llegado el momento de hablar de verdad con su madre, y tal vez también con Nathalie.

Se le encendió la pantalla del teléfono móvil con un mensaje de texto de LeeAnne mientras cambiaba de dirección. Lo leyó de camino a casa de su madre.

> LeeAnne: *Deberías invitarla a tomar una copa.*
> Nate: *¿Cómo?*
> LeeAnne: *No conoce a nadie aquí.*
> Nate: *¿Cómo?*
> LeeAnne: *Se va a quedar en casa de su prima unas semanas.*
> Nate: *¿Has pegado la oreja a la puerta? Da igual. Es evidente que sí.*
> LeeAnne: *En fin, hice el inventario hace dos días.*
> Nate: *¿Por qué sigues aquí?*
> LeeAnne: *No sigo. No vivo en el trabajo como tú.*
> Nate: *No estoy en el trabajo. Voy de camino a casa de mi madre.*
> LeeAnne: *Huy. Qué emocionante.*
> Nate: *Cierra el pico.*
> LeeAnne: *Ya cuelgo.*
> Nate: *No puedes colgar un mensaje.*
> LeeAnne: *Pues suelto el teléfono móvil.*

Nate se metió el teléfono móvil en el bolsillo. Tal vez sí debería comprobar si a Briony le interesaba quedar. Podía enseñarle un poco de Los Ángeles. LeeAnne seguramente tenía razón en lo de que no conocía a...

Las sombras bajo la jacaranda del patio de su madre se movieron. Pero no soplaba viento. Las ramas estaban quietas.

Había alguien.

Nate echó a correr. Saltó el murete... en el preciso momento en el que alguien saltaba por el otro lado para llegar a la acera. Nate se abalanzó hacia el lugar. Vio cómo se cerraba la puerta lateral de la casa de la acera de enfrente. Corrió hacia allí y entró en el patio.

—¡A por él, *Peanut*!

¡Chin! La gatera metálica se abrió de golpe. Se encendieron las luces de las ventanas que daban al patio. Una de dichas ventanas se abrió.

—¿Quién anda ahí? —gritó Martin Ridley.

—¡Es Nate! —exclamó Carrie Ridley.

Peanut, su orondo teckel, soltó un ladrido agudo. Solo consiguió pasar medio cuerpo por la gatera antes de quedarse atascado.

—¡*Peanut*! —gritó Carrie.

—Iré en busca de las recompensas —dijo Martin.

Nate echó un vistazo por el patio. Quienquiera que fuese la sombra había desaparecido.

—Toma. Ponle una delante. —Martin se asomó por la ventana y le ofreció a Nate una caja con galletitas de perro. Nate creyó que así solo agravarían el problema, pero se acercó, obediente, y sacó una galletita antes de dejarla a un palmo del hocico de *Peanut*. El perro se agitó, ladró otra vez y terminó de salir. Se apoderó de la recompensa, se la tragó sin masticar y, después, le clavó los dientes a Nate en el tobillo.

Nate hizo ademán de quitárselo de encima.

—¡No! —protestó Carrie—. Tiene mal los dientes.

—¡*Peanut*, recompensa! —Martin abrió la puerta y agitó una galletita.

El perro soltó de inmediato a Nate y se acercó despacio a Martin.

—Siento haberos molestado —se disculpó Nate. Se devanó los sesos para no alarmarlos—. He visto que la puerta trasera del patio estaba abierta y quería cerrarla para que *Peanut* no se escapara. Me habéis debido de oír. Siento el alboroto.

—No te preocupes —replicó Martin.

—¿Os veré mañana en la competición de bolos con la Wii? —les preguntó Nate.

—No nos la perderíamos por nada del mundo.

—Tenemos que poner en su sitio al equipo Muertos de Miedo —añadió Carrie desde el otro lado de la ventana abierta.

Nate se despidió de la pareja y echó andar hacia la casa de su madre mientras le mandaba un mensaje al jefe de seguridad para contarle lo sucedido. Intentó abrir la puerta. Cerrada con llave. Menos daba una piedra. Llamó y cuando su madre abrió, la vio muy sonriente.

—Te vas a enorgullecer de mí —le dijo su madre—. Se me ha bloqueado el ordenador, pero llamé al número que ponía y hablé con el informático. Se hizo con el control del ordenador desde donde estaba, remotamente. Ni siquiera sabía que eso se podía hacer. Luego...

—Mamá —la interrumpió—, es un timo. —Consiguió mantener a raya la frustración. Le había hablado de seguridad cibernética.

—No me pidió dinero. Era de Microsoft —explicó su madre.

—La cosa va así: en cuanto alguien entre en tu ordenador, tal como ha pasado, puede conseguir el número de tu tarjeta de crédito y...

—¡Ay, no! —exclamó su madre—. ¿Y ahora qué hago? ¡No sé qué hacer!

—Todo se arreglará —le aseguró Nate. Le echó un brazo por encima de los hombros—. Voy a revisarte el ordenador y llamaremos al banco para informar de lo que ha pasado. El seguro del hogar cubre el robo de identidad, en caso de que sea necesario, aunque no creo que lleguemos a eso.

Desechó la idea de empezar una conversación sobre su padre esa noche. Ya estaba muy alterada.

Su madre se apoyó en él.

—Nos cuidas de maravilla a Nathalie y a mí. ¿Qué haríamos sin ti?

—No tendrás que averiguarlo —le prometió Nate.

ೲೲೲ

Mac no perdía de vista esa peligrosa cosa con plumas mientras se agitaba despacio por el suelo. Meneó las caderas hacia delante y hacia atrás para asegurarse de que el equilibrio era perfecto y, después... ¡se abalanzó hacia ella!

La cosa con plumas se quitó del sitio justo antes de que la atrapara. *Mac* gruñó, frustrado, cuando su némesis empezó a dar vueltas a su alrededor. Burlándose de él.

Mac meneó las caderas de nuevo. En esa ocasión, se abalanzó en el momento preciso. Aplastó la cosa con plumas contra el suelo con el cuerpo antes de clavarle los colmillos, y se negó a soltarla aunque empezó a hacerle cosquillas en la nariz hasta que estornudó tres veces seguidas.

Peggy, cuyo nombre había oído por las palabras que soltaban los otros humanos, se echó a reír.

—¡Tú ganas, sí! —Se dejó caer en un sillón, sin aliento—. Mi boa nunca volverá a ser la misma. Pero ha merecido la pena. Además, iba a hacer algo nuevo para el concurso de talentos de este año. Deberías haberme visto el año pasado, con esa boa al cuello. Interpreté *These boots were made for walkin'* y puse en pie al público.

102 / *Melinda Metz*

Empezó a emitir una especie de ronroneo. No sonaba del todo bien, porque el tono subía y bajaba demasiado. Aunque era de esperar. Al fin y al cabo, no era una gata. Sin embargo, *Mac* agradeció el esfuerzo. Abandonó la cosa con plumas muerta. Porque sí. La había matado. Era el rey. Saltó al regazo de Peggy y se tumbó para tomarse un descansito.

Peggy empezó a acariciarle la cabeza, y *Mac* se puso a ronronear. Que viera cómo se hacía de verdad. Podría quedarse allí horas, pero se estaba haciendo tarde. Llevaba más tiempo fuera de casa que nunca. Estaba convencido de que el cabeza de chorlito habría orinado por todo su patio. Así que tendría que ocuparse de ese asunto. Y tenía que ver cómo estaba Briony. Esa tarde había olido mejor, pero a saber cuánto le duraría. Los humanos eran del todo impredecibles.

Mac disfrutó de unas cuantas caricias más antes de ponerse en pie y desperezarse. Saltó al suelo, se acercó a la puerta de Peggy y maulló una sola vez. Peggy fue hasta la puerta y la abrió sin titubear.

—¡Gracias por la visita! —le dijo mientras él salía.

Mac entendía por qué a Gib le gustaba su olor. A él también le gustaba. Sin embargo, parecía que Peggy no se había fijado en el olor de Gib. Bueno... tendría que buscar la manera de arreglarlo.

CAPÍTULO 7

—Tengo antojo de pollo y gofres —anunció Ruby cuando Briony abrió la puerta a la mañana siguiente—. Y no me refiero a cualquiera. Quiero los de Roscoe. Y ya que eres nueva en la ciudad, y que todavía no has probado las delicias de Roscoe, he venido para llevarte. ¿Has comido?

Briony echó un vistazo para localizar a *Mac*. El gato estaba en casa para desayunar, así que seguramente seguía allí, pero no quería ofrecerle la menor oportunidad de escapar.

—Unas tostadas.

—Tostadas. Puaj. Bueno, ¿vienes o qué? Yo invito. —Ruby sonrió—. Si te estoy molestando, solo tienes que buscarte una excusa educada y me largo.

—Me parece fantástico. Te acompaño —le dijo Briony. Echó otro vistazo para localizar a *Mac* mientras corría hacia la mesa auxiliar en busca de su bolso y después salió de la casa y cerró de un portazo.

—¿A que es divertido cuidar de *Mac*? —se burló Ruby.

—¡Se escapó otra vez! —exclamó—. Luego volvió, pero de todas formas...

—Roscoe no está lejos de aquí. Podemos ir andando —dijo Ruby—. ¿Sabes adónde fue esta vez?

—Volvió a Los Jardines. Fui a por él con un transportín y me lo encontré posando en una clase de arte. —Ruby empezó a reírse tanto que Briony acabó resoplando—. Sí, a ti te parece gracioso. Pero porque la responsabilidad no es tuya —le soltó—. Les di permiso para que lo tuvieran hasta el final de la clase; pero, cuando acabó, desapareció de nuevo.

—Bien. No hay mucha cola. —Ruby saludó con un gesto de la cabeza a varias personas que estaban sentadas en un banco delante de un edificio alargado con fachada de madera y una ventana rectangular demasiado alta como para que la gente pudiera asomarse.

—Pasé por aquí delante cuando fui a FedEx y ni me fijé —comentó Briony—. Claro que estaba pensando en otras cosas. Como, por ejemplo, en devolverle el anillo de compromiso a mi novio después de dejarlo plantado en el altar. —Se le aceleró la respiración de repente.

Ruby no hizo el menor comentario sobre el novio plantado, seguramente para evitar que acabase hiperventilando.

—La decoración es pésima, pero la comida es para chuparse los dedos —le aseguró cuando se colocaron en la cola.

—¿Alguna vez has sentido una atracción enorme por un desconocido? —le preguntó Briony—. Tan enorme que no puedes casi resistirte, no solo que alguien te parezca guapísimo y más que guapo.

—¡Houston tenemos un problema! —Ruby la miró fijamente—. O a lo mejor no. Creo que a lo mejor esto es fruto de la lógica. Estábamos hablando de Los Jardines. Y eso te hizo pensar en el dueño. Ese que es tan simpático. De ahí que me hayas hecho esa pregunta. ¿Tengo razón?

Briony gimió.

—Todavía no deberías conocerme tan bien. Y yo todavía no debería sentirme tan cómoda contigo. No pensaba preguntarte algo así. Es que... me ha salido sin más. —Lo que quería era decir algo que no estuviera relacionado con Caleb, pero le había salido eso.

—Así que tengo razón.

—Sí, te lo preguntaba porque ayer vi a Nate, el dueño. Y ¡pum! Nunca me había pasado. No de esta forma. Sí, me fijo si algún hombre es guapo o simpático o lo que sea, pero es que fue... —Meneó la cabeza—. Eso sí, conseguí disimular. Estoy segura de que no se dio cuenta. Mi objetivo era demostrarle que no siempre me comporto como una histérica. Creo que no te he dicho que la primera vez que lo vi debió de tomarme por una desquiciada. Más o menos igual que debió de pasarte a ti.

Ruby le dio unas palmaditas en el brazo.

—No me pareciste una desquiciada. Estabas en pleno ataque de pánico, algo comprensible después de tu experiencia.

—Bueno, la primera vez que vi a Nate no estaba en pleno ataque de pánico, no del todo, pero sí que estaba horrorizada porque *Mac* se me había escapado. Cuando me llamó, salí corriendo hacia Los Jardines sin pensar siquiera en el aspecto que llevaba. Al llegar a casa, me di cuenta de que tenía el rímel corrido por las mejillas, y del pelo mejor no hablamos... ni del rasgón que le hice al vestido que me llegaba hasta el muslo, digno de una trabajadora de la noche. Además, perdí un zapato.

—Como Cenicienta.

—Ah, sí. Se me había olvidado que Cenicienta fue al baile y empezó a gritarle al príncipe por haber dejado que su gato se escapara —replicó Briony—. Ruby, en serio, me comporté como una loca. Pero ayer estuve muy compuesta. Incluso es posible que pareciera demasiado remilgada, aunque ofrecí una imagen tranquila, educada y comedida. En realidad, acabamos manteniendo una conversación agradable.

—¿Una conversación agradable? —repitió Ruby. Por lo menos no había preguntado por lo de parecer remilgada, algo que no sabía bien cómo explicar.

—Sí, una conversación agradable sobre por qué asumió la dirección de Los Jardines después de que su padre sufriera una crisis de mediana edad, se comprara un descapotable rojo y, básicamente, se largara en él y desapareciera para siempre.

—Parece una conversación íntima. —El grupo que las precedía en la cola entró en el restaurante y ellas avanzaron.

—Sí, supongo que son asuntos muy personales para una primera conversación, la verdad —admitió Briony.

—¿Y tú? ¿También desnudaste tu alma? —quiso saber Ruby.

—Mi alma se quedó tapadita, que es como debe estar. Le dije que era contable, como mi padre. Hasta ahí llegaron mis confesiones. —De repente, se le ocurrió algo. Algo que no debería preguntar. Algo que no debería pensar siquiera—. ¿De verdad *Mac* fue el artífice de la relación entre mi prima y David?

—Ajá. *Mac* insistía en robarle cosas a David. Nada valioso. Calcetines y eso. Y los dejaba en la puerta de Jamie. También le llevaba cosas de otros hombres que viven en la urbanización, pero David era su preferido. Le llevaba más objetos suyos que de los demás —le explicó Ruby—. Y no son la única pareja que ha logrado unir. Hay otras dos. Además de haber reunido a dos gemelas que llevaban años sin hablarse.

—Nate tiene una hermana melliza que no está interesada en Los Jardines. No me ha dicho por qué —comentó Briony. Como si fuera una adolescente deseando que apareciera una excusa para hablar de su amor. «Las feromonas te están afectando», se recordó. «Y ya eras una persona inestable. Recuerda que en el fondo no conoces a ese hombre de nada».

—Nos toca. —Ruby la precedió al interior del oscuro restaurante, cuyo elemento decorativo principal también era la madera: paredes de madera y suelo de madera. La jefa de sala las acompañó hasta una mesa situada junto a una pared curva, también de madera—. Decoración pésima, comida para chuparse los dedos —le recordó en voz baja después de que la jefa de sala se alejara.

Antes de que pudieran retomar la conversación, se les acercó el camarero que iba a atenderlas, un muchacho simpático con la cara tatuada, que se presentó y les preguntó qué querían beber.

—Yo siempre pido una Puesta de Sol —dijo Ruby.

—No sé lo que es, pero yo también quiero una —replicó Briony, dirigiéndose al camarero, que se alejó una vez tomada la comanda.

—Es ponche de fruta con limonada. El ponche se queda arriba, así que en parte por eso la pido, porque es una bebida preciosa de color rosa y amarillo —le explicó Ruby.

—¿Podemos retomar el asunto de *Mac*? —preguntó Briony—. Me cuesta trabajo aceptar que hiciera de casamentero. Y que ayudara a dos hermanas a reconciliarse.

—Nadie entiende cómo lo hace. Pero todos tenemos claro que lo hace. —Ruby se apartó el flequillo de la frente—. No es que haga exactamente de casamentero, pero podría llamarse así. Yo no tengo hijos, pero siempre he querido tenerlos.

—Muy bien —replicó Briony, que no entendía por qué de repente la mujer soltaba eso. *Mac* no iba a dejarle un bebé en la puerta. O, al menos, eso esperaba.

—Hay una madre soltera que vive en Storybook Court. Tiene dos hijos, una adolescente llamada Addison y una niña pequeña llamada Riley. Addison tenía que ocuparse de su hermana en muchas ocasiones y, siendo una adolescente, no siempre lo hacía de buena gana —dijo Ruby—. No sé cómo *Mac* se enteró de todo eso o si acaso lo hizo siquiera, pero le quitó a Riley su juguete preferido, el que no podía perder de vista, y lo dejó en mi puerta. Resumiendo, ahora soy la tía honoraria de Riley y me he convertido prácticamente en un miembro de la familia.

Briony se percató de que la mujer tenía los ojos llenos de lágrimas.

—Es como si el gato supiera que existía un vacío en mi corazón y tuviera la solución para llenarlo. —Ruby contuvo una carcajada—. No me puedo creer que esté hablando ahora mismo como si estuviéramos en una película ñoña. Pero así es como me siento.

Briony tenía dificultades para tragarse la historia. Era como una especie de leyenda urbana que todos habían decidido creer.

—Y ¿no crees que eso habría podido pasar sin la intervención de *MacGyver*? ¿No crees que es posible que hubieras podido trabar amistad con Riley y con su familia de alguna otra forma? Al fin y al cabo, tú misma has dicho que sois vecinas.

Ruby se encogió de hombros.

—Es posible. Pero han vivido cerca desde que Riley nació, y no hemos intimado hasta que *Mac* robó el poni y lo llevó a mi casa.

—A ver, que no digo que crea en la magia de *Mac*, pero si es verdad, tal vez *Mac* me llevó hasta Nate por algún otro motivo. ¡O tal vez no me ha llevado concretamente hasta Nate! Tal vez se trate de Gib. Es uno de los residentes de la comunidad de jubilados. *Mac* estaba en su casa el primer día que se escapó y en su clase de arte el segundo. A lo mejor se supone que Gib y yo debemos conectar. —«Parezco una loca», pensó. «Todo esto es una ridiculez».

—Es posible, salvo por la parte de la atracción enorme, que supongo que no sentiste por Gib —le recordó Ruby—. Y la conversación, que trascendió la charla insustancial.

El camarero les llevó las bebidas.

—Qué bonito —dijo Briony antes de beber un sorbo—. Y qué rico. Gracias por la sugerencia. Ahora dime qué debo pedir para comer.

—Tenemos en el menú la comida preferida de Obama. Tres alitas de pollo y un gofre —le sugirió el camarero.

—Yo siempre pido una pechuga de pollo y un gofre. Además de unos macarrones con queso —terció Ruby—. Que es lo que voy a pedir hoy. —El camarero tomó nota en su tableta y miró a Briony.

—Que sean dos. Me pondré en sus manos —le dijo ella. Cuando el muchacho se alejó, se dio cuenta de lo que acababa de hacer. Había dejado que Ruby decidiera por ella. Tal cual Vi le había dicho, era incapaz de decidir hasta el punto de no saber si necesitaba o no un paraguas.

—¿Qué? —dijo Ruby—. Te has puesto muy blanca de repente, y eso que de entrada ya eres muy blanca.

—Es que... es que el otro día estaba hablando con una amiga, con mi dama de honor, y me dijo que me pasé la despedida de soltera preguntándole a todo el mundo si debería casarme. Supongo que estaba muy borracha. No podía creerme que Vi no me lo hubiera dicho antes, pero me dijo que así soy yo. Que nunca hago nada sin pedir opinión antes. —Briony agitó el vaso y observó cómo el color rosa y el amarillo empezaban a mezclarse—. Cuando me puse a pensarlo en serio, a reflexionar de verdad, me di cuenta de que era cierto. Y acabo de hacerlo otra vez. Ni siquiera he mirado la carta. He dicho: «Lo que ella pida».

—Estás siendo un poco dura contigo misma, ¿no te parece? —Ruby le cubrió la mano con la suya para evitar que siguiera agitando la bebida por el nerviosismo—. Es un restaurante local.

Nunca habías estado aquí antes. Yo sí. ¿No crees que la mayoría de la gente le preguntaría a la californiana por la mejor opción?

—Preguntar sí. Y después pensar por uno mismo lo que se prefiere. ¡Yo ni siquiera he pensado! —exclamó Briony—. Vi cree que por eso Caleb era perfecto para mí. Porque es el tipo de hombre al que le gusta cuidar de los demás. Le encantaba ofrecerme consejo. Pero no en plan autoritario. Porque es perfecto.

—Otra vez la perfección.

—Ya te he dicho que no solo soy yo quien lo cree perfecto. Todo el mundo opina igual.

—Voy a contarte una historia, y así entenderás mejor lo que quiero decirte, como cuando te conté que quise ser bióloga —replicó Ruby—. Cuando estaba en el instituto, descubrí un vestido que era perfecto. Me encantaba. Me enamoré de él por completo. Todavía recuerdo cómo era hasta el mínimo detalle. De cuadros blancos y negros, con cinturón y una pequeña rosa en el cuello. Muy elegante. Y no me pegaba en absoluto. Nunca me lo puse, ni una vez siquiera, aunque le supliqué a mi madre que me lo comprara. Cuando me lo probé, aunque era un vestido perfecto, no me sentaba bien.

—¿No te lo probaste en la tienda?

—Claro. Pero me gustaba tanto que me convencí de que me quedaba fenomenal. Y no era así. Además, no tenía zapatos adecuados. Ni complementos. Ni el pelo. Ni el cuerpo. Simplemente, no era para mí.

—Así que crees que Caleb es como ese vestido perfecto que no es perfecto para mí —concluyó Briony.

—Es solo una posibilidad —repuso Ruby, que después exclamó—: ¡Ay, no! ¿Acabo de darte un consejo? No debería darte consejos después de lo que me has dicho. De hecho, te prometo que jamás de los jamases volveré a darte un consejo, ni siquiera para decirte qué debes desayunar.

—No pasa nada. Yo... —Una llamada a su teléfono móvil la interrumpió. Le echó un vistazo y el corazón le dio un vuelco—. Es Nate. —Contestó—. Hola, Nate. ¿Otra vez está *Mac* ahí?

—No que yo sepa. ¿Ha vuelto a desaparecer? —le preguntó él a su vez.

—No lo sé. No estoy en casa. Pero es posible —respondió ella.

—Te llamo porque me preguntaba si te gustaría salir esta noche para tomarte una copa y conocer un poco la ciudad de Los Ángeles.

El corazón le dio otro vuelco más.

—Un segundo —logró decir—. Tengo que... mmm... hacer una cosa. —Silenció la llamada y miró a Ruby—. Acaba de invitarme a salir. ¿Qué hago?

Ruby sonrió.

—No me preguntes.

Briony apretó los labios. ¿Debería aceptar? Era una mujer que había estado a punto de casarse una semana antes. Pero solo iban a tomarse una copa. Eso no llevaría a nada, aunque Nate le aflojara las piernas. Dentro de poco regresaría a casa.

Ruby empezó a tararear la sintonía del concurso *Jeopardy*.

Briony retomó la llamada.

—Gracias por la invitación, Nate. Me encantaría salir esta noche.

ↂↂↂ

—Prepárate, LeeAnne. Esto te va a encantar —dijo Nate cuando entró en la cocina—. Estoy a punto de ir en busca de Briony para salir a tomarnos unas copas. —LeeAnne soltó un grito de alegría y chocó los cinco con Hope—. ¿Adónde creéis que deberíamos ir? Los bares de copas parecen cambiar cada cinco minutos en esta ciudad.

LeeAnne resopló.

—Por favor. Me apuesto lo que sea a que llevas un año sin pisar un bar de copas.

Nate reflexionó un momento. Tenía razón. La última vez que salió fue un año y medio antes, cuando Nathalie lo llevó a regañadientes a un local en Echo Park donde uno de sus amigos hacía monólogos cómicos. Patético. Pero con Los Jardines, su madre y su hermana le había sido imposible encontrar... Sí, era patético.

—¿Dónde creéis que sería mejor ir?

—Está de paso en la ciudad. Querrá ver un sitio que sea típico. Claro, que tratándose de Los Ángeles... —murmuró LeeAnne, que clavó la vista en el techo como si allí arriba hubiera escrita una lista de bares—. Ya lo sé. A Mama Shelter. A la azotea, no al restaurante.

—Nunca he estado allí —admitió Nate.

—Ah, ¿no? ¿En serio? —le preguntó LeeAnne haciéndose la sorprendida—. Ambiente relajado, unas vistas increíbles y unos cócteles estupendos. —Miró a Hope en busca de su respaldo.

—Yo no salgo. Mi vida consiste en estudiar, trabajar, estudiar, trabajar, dormir y repetir el proceso —le recordó Hope con una sonrisa—. Además, de todas formas, estoy segura de que está fuera de mi órbita.

—¡A ver si dejas de decir esas cosas! No quiero volver a oírte hacer ese tipo de comentarios —la regañó LeeAnne con una aspereza que sorprendió a Nate.

—Lo siento —murmuró Hope—. Voy a ver si tenemos a alguien con nuevas restricciones en la dieta —adujo antes de salir apresuradamente de la cocina.

LeeAnne suspiró.

—Bueno, qué bien he manejado la situación. Es que detesto cuando piensa que es inferior a los demás. Se comporta como si fuera a la universidad con un cartel que dice: «Vivo con mis padres en una vivienda social», y como si creyera que eso de verdad la aparta de los demás. Con lo fantástica que es. Me dan ganas de estrangularla.

—Es bueno que te tenga cerca para decírselo. Aunque, la próxima vez, hazlo con un poco más de tacto —le aconsejó Nate—. Y evita estrangularla. Un asesinato en Los Jardines afectaría nuestras valoraciones.

Ella meneó la cabeza.

—Fuera de aquí. Y asegúrate de quedarte en la azotea hasta el atardecer. No hay nada más romántico.

—Esto no es una cita romántica. Es amistosa —protestó él—. No conoce a nadie. Acaba de llegar a la ciudad. Por eso me dijiste que debería llamarla, ¿recuerdas?

—De todas formas, quédate hasta la puesta de sol. Es la mejor atracción turística que tenemos. —LeeAnne lo aferró por los hombros y lo empujó hacia la puerta—. Y, ahora, vete de aquí.

෧෧෧

Nate supo que LeeAnne había acertado en su sugerencia en cuanto Briony y él pisaron la terraza de la azotea. Ella dio una vuelta muy despacio, admirando las vistas.

—Impresionante.

—Incluso se ve el océano. Allí —dijo al tiempo que señalaba.

—Tengo la sensación de que estamos en la playa con todos estos colores y las tumbonas —comentó Briony.

—¿Quieres sentarte o prefieres tumbarte? —le preguntó él.

—Mmm... —Briony miró las mesitas y, después, observó las tumbonas de gran tamaño.

Nate se preguntó si estaría pensando que las tumbonas eran demasiado íntimas. No tenían por qué serlo. Había espacio de sobra para dos personas. Aunque también sería fácil acercarse, claro.

—¿Qué pref...? —empezó a preguntarle ella, aunque acabó meneando la cabeza—. Las tumbonas. Definitivamente.

Nate la guio hasta un lugar desde el cual podrían observar la puesta de sol si acaso acababan quedándose hasta tan tarde. Briony se tumbó y cruzó las piernas por los tobillos.

—Aaah —exclamó Nate, que estaba a punto de sentarse cuando lo llamaron al teléfono móvil. Había activado la vibración, porque no había sido capaz de silenciarlo del todo. No cuando había alguien merodeando cerca de la casa de su madre y cuando alguien, seguramente la misma persona, estaba saboteando Los Jardines—. Necesitamos bebidas. Voy a la barra. —Eso le daría una oportunidad para echarle un vistazo a los mensajes—. ¿Qué te apetece?

Briony se lo pensó un momento, como si estuviera sopesando sus opciones.

—Algo... playero.

—¿Te refieres a que lleve sombrillita? —le preguntó él.

—Desde luego —respondió ella, que le sonrió.

La primera vez que hablaron, solo vio a una mujer hecha un desastre. Sí, con unas piernas fantásticas según se apreciaba gracias a la raja del vestido, pero hecha un desastre. La segunda vez, el cambio de aspecto lo sorprendió. El pelo cobrizo recogido y bien peinado, y la cara sin chorreras del maquillaje. En ese momento, la observó y admiró lo guapa que era, con esos ojos de color azul oscuro y esa piel tan blanca salpicada de pecas. Sintió el repentino impulso de jugar a unir los puntitos con los lunares que tenía en la base de la garganta. Si lo hiciera, trazaría una estrella perfecta.

Se dio cuenta de que la estaba mirando más de la cuenta y de que posiblemente ella creyera que le estaba mirando el pecho en vez de estar observando esos cinco lunares. Sí que les había echado un vistazo a los pechos, muy rápido, y había descubierto que había donde mirar. Pero no se había quedado embobado porque no tenía quince años.

El teléfono vibró otra vez.

—No tardo nada —le dijo a Briony y echó a andar hacia la barra. Se detuvo un instante para echarle un vistazo a los mensajes. Ambos eran del trabajo. Pero nada de lo que no pudiera ocuparse Amelia. Eso fue lo que dijo como respuesta ambos.

Unos minutos después, regresó junto a Briony y le ofreció una copa.

—Es el cóctel más playero que he encontrado. No lleva sombrillita, pero lleva un caramelo que parece un flotador, limón y un chorrito de Cherry Bitters.

Ella probó la bebida.

—¡Qué rico! ¿Qué te has pedido tú? —le preguntó mientras él se tumbaba a su lado.

—Algo que lleva tequila, jalapeño y lima. Me gustan los sabores fuertes. —Bebió un sorbo—. ¿Quieres probarlo?

—Claro. Si tú pruebas el mío.

Se intercambiaron las bebidas. Nate descubrió que su mirada descendía hasta los labios de Briony mientras ella se llevaba su vaso a la boca. La apartó porque no quería mirarla más de la cuenta y probó el cóctel.

—Mejor de lo que pensaba —dijo.

—El tuyo está increíble —replicó ella, que bebió otro sorbo.

—¿Quieres quedártelo?

—Vamos a compartirlos. —Briony bebió de nuevo y después se cambiaron los vasos otra vez—. ¿Quieres que te cuente una tontería? —le preguntó.

—Claro —respondió, intrigado.

—Hasta hace un año más o menos no sabía por qué a estos caramelos se les llama flotador... De repente, un día saqué uno del paquete, lo miré y fue como si lo viera por primera vez. Me resultó increíble que nunca me hubiera fijado en que parecían un...

—Flotador —dijeron ambos a la vez.

—Igual me pasó a mí mirando una foto de la Capilla Sixtina —replicó Nate—. De repente, me di cuenta de que la parte en la que Dios extiende el dedo en dirección a Adán parece un cerebro, la parte que envuelve a Dios.

—¡Oh, eso es injusto! —exclamó Briony—. Te digo que me he dado cuenta de algo que no puede ser más obvio sobre un caramelo, y tú me sueltas un detalle que no es nada obvio sobre una obra maestra.

Nate soltó un resoplido que acabó en carcajada.

—Obviamente soy más listo que tú. —Briony lo sorprendió al darle un suave manotazo en el brazo.

Se sentía muy cómodo a su lado. De no ser así, no bromearía con ella. Un detalle extraño tratándose de una primera cita, porque normalmente lo que hacía era cuidarse mucho de lo que decía. Aunque aquello no era una cita, claro. Tal vez ahí radicara la diferencia. Nunca había salido con una mujer en plan amistoso. Cuando estaba en el instituto con el grupo completo de amigos, sí, pero no de esa forma.

—Estamos casi a la misma altura que las copas de las palmeras —comentó Briony.

—Ahora que lo pienso, a lo mejor llevaba un buen subidón el día que descubrí lo de la Capilla Sixtina... —dijo Nate.

—Qué payaso eres. Me tenías engañada. Te tenía por un hombre responsable y sensato y ahora me doy cuenta de que eres un payaso —le informó ella.

Payaso. Nadie lo había llamado así. Tal vez fuera la reacción de haberse tomado la noche libre.

—Para que lo sepas, ¿el comentario del subidón? Era una broma. Aunque tenías que haberme visto a los quince, dieciséis y diecisiete. En aquel entonces iba de duro con mi camiseta de Electric Wizard, aunque no era duro en absoluto.

—Mmm... —Briony se mordió el labio inferior—. ¿Podemos seguir compartiendo las bebidas aunque admita que no sé lo que es eso?

—Ay, Dios mío. El mejor grupo de *heavy metal* de la historia. Parecían cantar las canciones al revés, aunque cantaran del derecho. —Meneó la cabeza al recordar su yo adolescente. Aquel chico jamás se habría imaginado asumiendo la responsabilidad de dirigir Los Jardines y de cuidar de la familia poco después de acabar el instituto.

—¿Una versión posterior de tu empeño de ser La Parka?

—¡Exacto!

—Y yo pensando que eras un adolescente educado que veía la tele con su abuelo y con los residentes de Los Jardines —bromeó Briony.

—También lo hacía. Pero antes me cambiaba de camiseta. Tampoco me pasaba todo el día con un subidón. Además, ¿alguna vez has visto *Un chapuzas en casa* con un subidón? Es tremendo.

—Nunca he fumado marihuana —confesó Briony, que parecía avergonzada—. Era tan buena que parecía tonta. Ni siquiera falté a clase el día de hacer novillos en el último curso. Obedecía todas las reglas. Pero sí que veía *Un chapuzas en casa* —se apresuró a añadir. Y pareció incluso más avergonzada.

—¿Te divertías en algún momento?

—¿Que si me divertía? —repitió, porque era evidente que no fue capaz de ofrecerle una respuesta inmediata—. Supongo. A veces. —Esbozó una sonrisilla—. Sacaba buenas notas. ¿Eso cuenta?

En vez de responderle, Nate le ofreció su bebida.

—Acábatela. Te lo mereces.

Briony apuró el cóctel.

—Sé que ya lo he dicho, pero este sitio es increíble. ¿Vienes mucho?

—En realidad, es la primera vez. Tuve que pedir consejo para decidir adónde íbamos —confesó.

—¿En serio? —Parecía sorprendida—. Yo estoy intentando dejarlo.

—¿Dejar el qué?

—Lo de pedir consejo. Me han dicho que lo hago demasiado.

—A mí me han dicho que no salgo lo suficiente. Algo que seguramente sea cierto, porque he tenido que pedir consejo para ver dónde íbamos. Es difícil encontrar el momento para alejarse de Los Jardines.

—Tuviste que crecer rápido —adujo ella—. Bueno, pero ahora estamos en la playa. No tenemos por qué pensar en el trabajo. No tenemos por qué pensar en nada. —Cerró los ojos y levantó la cara hacia el sol.

Nate la observó un instante y, después, la imitó. Sintió que sus músculos empezaban a relajarse. Ni siquiera se había percatado de que los tenía tensos. ¡Ni siquiera se había percatado de que los tenía!

Al cabo de unos minutos, sintió que la tumbona se movía un poco. Abrió los ojos y vio que Briony se había sentado y lo estaba mirando.

—A menos que quieras hablar de trabajo, porque...

Nate levantó una mano para interrumpirla.

—En la playa ni hablar.

Briony se tumbó de nuevo, bebió un par de sorbos de su propio cóctel y, después, le ofreció el vaso. Nate bebió e hizo ademán de devolvérselo.

En ese momento, sintió la vibración del móvil.

¡Caramba! Tenía que ver qué pasaba. Apuró la bebida.

—Necesitamos otra copa. ¿Lo mismo otra vez? ¿O algo distinto?

Ella abrió la boca, luego la cerró y, después, se frotó los labios con los dedos.

—Algo diferente. Que las dos copas sean distintas. Así podemos probar más. Cal... La gente siempre dice que no se deben mezclar las bebidas alcohólicas, pero ¡al cuerno con eso! —Levantó los brazos por encima de la cabeza.

—Eso es un mito. Lo que afecta es la cantidad de alcohol y lo rápido que te lo bebas. Resulta que lo de mezclar bebidas no tiene la menor consecuencia.

—Ahora vuelves a ser un hombre razonable y sensato. El respetable dueño de una comunidad de jubilados. Me gusta más el payaso —comentó Briony.

—Trabajaré al respecto en cuanto vuelva. —Le echó un rápido vistazo al teléfono móvil de camino a la barra. Un mensaje de texto de Amelia, preguntándole por algo que no era importante. Le contestó diciéndole que decidiera ella. Después, le envió otro diciéndole que tomara todas las decisiones hasta que él regresara.

Cuando llegó a la barra, no pudo evitar mandar un tercero:

> Nate: *A menos que sea una emergencia. En ese caso, ¡llama!*

Le pidió las bebidas al camarero, ataviado con una camiseta que rezaba «Mamá te quiere». Verlo lo hizo enviar un cuarto mensaje:

> Nate: *Si los vigilantes de seguridad ven algo extraño cerca de la casa de mi madre, llama. Sea lo que sea.*

Su madre lo llamaría si veía de nuevo a alguien merodeando cerca de la casa, pero puede que los vigilantes de seguridad vieran algo que a ella se le escapara.

—He pedido un Cómo conocí a vuestra madre y un Tira a mamá del tren. ¿Cuál quieres primero? —le preguntó a Briony cuando volvió a la tumbona.

—Tira a mamá.

Le ofreció la bebida.

—También he pedido dos botellines de agua. Debemos mantenernos hidratados mientras bebemos —adujo—. Intentaré que este sea mi último acto responsable de la tarde.

—Bien.

Se acomodó de nuevo en la tumbona al lado de Briony y empezaron a intercambiarse los cócteles mientras hablaban de cosas sin importancia. El silencio se impuso cuando el sol comenzó a descender por el horizonte, por detrás de las colinas donde se emplazaba el letrero de Hollywood, y las nubes se tiñeron de rosa oscuro y, después, de naranja a medida que el cielo se oscurecía.

—No imaginaba que las vistas pudieran mejorar —dijo Briony—. Este momento se me quedará para siempre grabado en la memoria.

Nate pensó que él recordaría muchas cosas de esa tarde. No quería que llegara a su fin, todavía no. Había planeado regresar a Los Jardines después de los cócteles. Tenía mucho trabajo que hacer. Pero siempre lo tenía. Y seguiría allí al día siguiente.

—¿Quieres que bajemos y comamos algo?

—¿Debería? No lo sé. ¿Debería? —repitió ella, entre carcajadas.

—¿Estás achispada con solo dos cócteles?

—Puede —respondió Briony—. Y sí, me gustaría bajar y cenar contigo.

Debía de haber algún tipo de magia en el aire, porque no tuvieron que esperar para conseguir mesa. Aunque tampoco habría importado de haber sido así. El techo estaba cubierto de frases sobre madres.

Briony leyó una de ellas:

—Una vez, mi madre me dijo: «Sé un mango, no un coco». —Miró a Nate—. No sé lo que significa, pero me encanta. Y espero que no me digas que sabes lo que significa, listillo, porque no saberlo forma parte de la diversión. Intentaré ser un mango a partir de ahora.

—No tengo ni idea de lo que significa. A lo mejor se refiere a la dureza de la piel, ¿no? —sugirió él.

—Una piel dura y peluda —añadió Briony.

—Exacto. A lo mejor el consejo es que no deberías ser duro y peludo por fuera.. Deberías ser más... cercano. Esa no es la palabra que estaba buscando.

—¿Vulnerable? ¿Abierto? ¿Desprotegido? —Briony frunció el ceño—. Débil. Indefenso. Expuesto.

—¡Caramba, caramba, caramba! —protestó Nate—. La conversación ha sufrido un vuelco demasiado serio. Seguimos en la playa. Estamos debajo del muelle.

—De acuerdo. Vaya por Dios. Lo siento —se disculpó ella—. Mis padres me enseñaron a ser cauta. Mi prima Jamie me dijo de broma que seguro que no me dejaron cruzar la calle sola hasta que llegué a la universidad, y prácticamente tenía razón. Eso me hace sentir... —Meneó la cabeza—. No es una conversación para la playa.

—No, sigue, quiero oírlo —le aseguró Nate.

—De alguna manera, hace que me sienta mal conmigo misma. Como si ellos pensasen que era una inútil. —Parpadeó varias veces—. Nunca había llegado a esta conclusión antes, pero es así. Sé que solo querían cuidarme, pero eran tan protectores que ahora tengo la impresión de que me creían incapaz de hacer ciertas cosas. —Agarró la carta—. La sesión de terapia ha terminado.

—No tiene por qué.

—¡Ah, tienen tostada de aguacate como entrante! —exclamó. Era evidente que quería dejar de hablar de aquel asunto, y Nate no pensaba presionarla—. Tengo entendido que en California todo el mundo toma tostada de aguacate, pero todavía no he podido probar una. Vamos a pedirla. Ah, y tienes que dejar que paguemos a medias. No deberías arruinarte solo porque hayas decidido ser simpático con una forastera.

Menudo jarro de agua fría. Nate se recordó que aquello no era una cita, aunque hubiera empezado a parecerlo.

Briony abrió las manos para cubrirle las suyas.

—¿No he acertado? Me he oído hablar sobre entrantes y me he dado cuenta de que a lo mejor no he tenido mucho tacto.

—Tranquila. Y sí lo has tenido —le aseguró Nate—. Puedes pedir todas las tostadas de aguacate que quieras, y espero que me permitas que te invite.

—Gracias. —Briony retiró la mano despacio, pero Nate todavía sentía su calor.

En ese momento, su teléfono móvil vibró. No podía ir a la barra para leer el mensaje.

—Tengo que atender un asunto —le dijo a Briony—. De Los Jardines. Les he dicho que no me molestaran si no era importante.

—Contesta. Por supuesto que puedes contestar —replicó ella.

Nate estuvo a punto de soltar un gemido al ver que se trataba de su hermana.

Nathalie: *Te necesito ahora mismo.*

—¿Todo bien?

—Es un mensaje de mi hermana. Voy a ver qué le pasa. Ahora mismo vuelvo. Pide la tostada si el camarero regresa antes que yo. —Salió del comedor y llamó a Nathalie usando la marcación rápida.

—¿Qué? —le preguntó con voz autoritaria.

—¡Necesito una niñera con urgencia! —gritó su hermana—. Necesito que vengas ahora mismo.

Nate estuvo a punto de cortar la llamada.

—Estoy cenando. En un restaurante.

—Pues cancela la cena. Tráete a Mike o a quien sea con quien estés —replicó Nathalie. Mike era uno de sus amigos del instituto con quien quedaba de vez en cuando.

—No. No pienso ir —le dijo él.

—Abel me recogerá dentro de un cuarto de hora. Acaba de enviarme un mensaje de texto. —Nate no sabía quién era el tal Abel—. Supongo que los niños son lo bastante mayores como para quedarse solos un par de horas.

—¿Estás loca? No lo son. —Sus sobrinos tenían diez y siete años—. No puedes pretender que Lyla... —Se dio cuenta de que su hermana había cortado la llamada. La llamó de inmediato, pero ella no contestó. Le mandó un mensaje de texto. Tampoco contestó. ¡Mierda! ¿De verdad iba a dejar solos a sus hijos? No lo creía, pero si su hermana estaba de cierto humor, todo era posible.

Volvió al comedor y corrió hacia su mesa.

—Me ha surgido un imprevisto. Es posible que mi hermana haya decidido dejar solos a sus hijos porque le he dicho que no puedo ir a cuidarlos. También es posible que esté haciéndome creer que esa es su intención para que yo vaya. Pero...

—No puedes arriesgarte —dijo Briony al mismo tiempo que lo decía él. Se puso en pie—. Te acompañaré.

Nate estuvo a punto de decirle que no. No quería involucrar a Briony en sus problemas y sabía que podría apañárselas solo. Pero ella se había ofrecido y...

—Gracias —le dijo—. Eso sería fantástico.

CAPÍTULO 8

Mientras Briony y Nate recorrían el camino de entrada de la casa de su hermana, la puerta se abrió de repente. Un niño salió corriendo y le estampó la cabeza a Nate en el abdomen. Briony supuso que era el saludo habitual, porque Nate se limitó a reír al tiempo que agarraba al niño de las axilas y empezaba a darle vueltas y más vueltas.

—¿Dónde está tu madre? —le preguntó al niño cuando por fin lo dejó en el suelo.

—En el cuarto de baño —contestó él.

—Bien —repuso Nate. Briony se dio cuenta de que estaba intentando ocultar la frustración, aunque creía que lo estaba haciendo muy bien—. Estupendo, Lyle, amigo mío, te presento a Briony. Briony, este es mi sobrino, Lyle.

—Hola, Lyle. —Briony estaba un poco cohibida. No se había relacionado mucho con niños y no sabía muy bien cómo comportarse. «No te pongas a hablar como una remilgada», se ordenó. «No te pareces a Mary Poppins ni en el blanco de los ojos.»

—Cuando te presentan a alguien, se dice «Hola» o «¿Qué tal?» y se da un apretón de manos —le dijo Nate a Lyle.

Lyle se apresuró a mirarla a la cara, tras lo cual extendió el brazo y le dijo: «¿Qué tal?». Se estrecharon las manos.

—Buen apretón —dijo Nate—. Antes creía que era un concurso para ver quién era más fuerte —le explicó a Briony.

—Ni demasiado fuerte ni con la mano lacia. Así se hace —repuso Lyle. Era evidente que Nate había estado trabajando el asunto de los buenos modales con él. A Briony le pareció muy tierno.

—¿Ya podemos jugar a los fuertes?

—Claro. Pero antes tengo que hablar con tu madre. ¿Por qué no le enseñas a Briony el...?

Nate dejó la frase en el aire, porque alguien tocó el claxon dos veces. La puerta de la casa se abrió y se cerró con un golpe seco, y apareció una mujer con un rabillo exagerado en los ojos y el pelo con unas ondas despeinadas, de esas que se despeinaban a propósito, no de las de no peinarse. La mujer corrió hacia el descapotable. Briony no sabía que era posible correr tan deprisa con unas sandalias que casi no tenían por dónde atarlas. Desde luego, ella sería incapaz.

—Nathalie, un momento —le ordenó Nate.

Su hermana ni se despidió con un gesto de la mano. Saltó al interior del descapotable que la esperaba y se fue en cuestión de segundos.

—¿El fuerte? —preguntó Lyle, esperanzado.

—¿Tú hermana y tú habéis comido ya? —quiso saber Nate.

—Ajá. *Pizza* —contestó Lyle mientras entraban en la casa—. Lyla le quitó todo el *pepperoni* a su parte. Anoche decidió ser crudívora. Así que yo me comí doble ración.

—Lyla, ven un momento. ¡Quiero presentarte a alguien! —gritó Nate mientras empezaba a recoger las servilletas usadas y los platos desechables que había en la mesa de centro.

Briony hizo lo propio con la caja vacía de la *pizza*.

—No hace falta que...

—A ver, ya —lo interrumpió Briony—. Estoy aquí y voy a echar una mano. —No recordaba haberle dicho jamás algo así a Caleb. Porque daba la sensación de que nunca necesitaba ayuda. Él la había ayudado con un montón de cosas, pero no era algo recíproco.

Una niña ataviada con unos pantalones cortos, una camiseta blanca y unas botas negras de estilo militar entró en la habitación. Tenía la misma melena larga que su madre, cubierta por una gorra de béisbol negra con orejitas de gato.

—Quiero esa gorra —le dijo Briony—. Soy demasiado mayor para ponérmela, pero la quiero. No la tuya —se apresuró a añadir—. Una como esa.

La niña levantó las cejas mientras miraba a Briony.

—Gracias.

—Lyla, te presento a mi amiga Briony —dijo Nate.

—Hola. —Le quitó la caja de *pizza* a Briony de las manos—. Ya lo hago yo. —Salió de la habitación, seguida por Nate, que llevaba el resto de la basura.

—Voy a por cojines y demás —anunció Lyle antes de desaparecer.

Briony vio una camiseta en el suelo. ¿Debería recogerla y doblarla? ¿O esa clase de limpieza resultaría ofensiva? No llevaba ni media hora lejos del mágico edificio de la playa y ya empezaba a ser la persona insegura de siempre. Por algún motivo, mientras había estado con Nate poco antes, las constantes dudas habían empezado a desaparecer. A lo mejor era por el alcohol, aunque debería quedarle algo en el cuerpo.

Nate y Lyla regresaron al salón al mismo tiempo que Lyle volvía con un montón de cojines en los brazos. Un montón más alto que él. Nate lo detuvo antes de que tropezara con el lateral del sofá.

—Supongo que toca fuerte esta noche. —Lyla parecía aburrida, pero Briony creyó captar un brillo de entusiasmo en sus ojos—. Voy a por mantas.

—¿Qué hago? —preguntó Briony.

—Ayúdame a mover el sofá —contestó Nate—. Después de muchas pruebas, llegamos a la conclusión de que el mejor fuerte de mantas se hacía con el sofá orientado hacia ese rincón. —Sostuvieron el sofá uno por cada extremo y lo dejaron en el lugar indicado mientras Lyle le quitaba los cojines.

—Nunca he hecho un fuerte con mantas —admitió Briony cuando Lyla se reunió con ellos con un montón de colchas, edredones y sábanas.

—Es evidente que te has perdido uno de los mayores placeres de la vida. —La miró con una sonrisa lenta y erótica.

No, erótica no. Esa noche no era para lo erótico. Solo habían quedado un rato. Con sus sobrinos. Para pasárselo bien. En plan tranquilo y sencillo. Era una sonrisa cariñosa, decidió ella. Una sonrisa bonita y cariñosa.

—¿Qué hacemos ahora?

—¿Nunca has hecho un fuerte con mantas? ¿En serio? —Lyle parecía horrorizado.

—En serio —contestó Briony—. Así que ¿me vas a enseñar?

—Muy bien. Primero necesitamos cinta de carrocero. —Salió corriendo del salón. Lyla empezó a arrastrar un sillón hacia el sofá, y Briony se apresuró a echarle una mano.

Nate y sus sobrinos eran expertos constructores de fuertes. Con rapidez y eficiencia, Nate pegó una sábana a la pared con la cinta de carrocero que Lyla dejó después sobre el sofá.

—Ahora lo sujetamos todo con libros —le dijo Lyle a Briony, que siguió sus indicaciones y puso varios libros pesados en la parte inferior de la sábana a fin de sujetarla.

Lyla pasó una sábana por encima de una silla, y Nate la pegó con cinta a la sábana que iba desde el sofá a la pared. Briony colocó otro libro en la parte baja de la sábana de la silla para que no se moviera. Empezaba a pillarle el tranquillo.

—¿Podemos hacerlo también con la mesa de la cocina? —le preguntó Lyle a su tío—. Somos más. Necesitamos un fuerte de tamaño mayor.

—Briony y yo traeremos la mesa. Vosotros id a por las sillas —replicó Nate, y Lyle chilló de felicidad.

En cuanto la mesa y las sillas estuvieron en su sitio y envueltas con sábanas, empezaron a meter los cojines dentro. Lyle fue corriendo a su dormitorio y regresó con un montón de animales de peluche.

—¿Quieres abrazar uno mientras vemos la película? —le preguntó.

Briony sintió que la emoción le crecía en el pecho.

—Sería estupendo. ¿Cuál crees que debería elegir? —No se sintió mal por pedirle su opinión, porque Lyle se tomó la decisión muy en serio y empezó a examinar cada peluche.

—*Panda*. —Le ofreció el enorme peluche—. Es el mejor.

—Perfecto. —Briony abrazó a *Panda*.

—Traed el ordenador portátil y escoged la película —les dijo Nate a los niños—. Briony y yo haremos las palomitas.

—Son estupendos —le dijo Briony cuando entraron en la cocina—. Y tú eres estupendo con ellos.

—Gracias. —Nate sacó un paquete de palomitas de la despensa y metió una de las bolsas en el microondas—. Me lo paso de maravilla cuando estoy con ellos. Pero detesto que Nathalie me manipule tal como lo ha hecho esta noche. Sabe que, si insinúa que puede pasarles algo a los niños, vendré enseguida. Esta noche estaba seguro al noventa y nueve por cien de que no iba a dejarlos solos.

—Pero ese uno por ciento...

—Ajá. Aunque seguramente Lyla podría ocuparse de todo. Solo tiene diez años, pero es muy responsable.

—Lyle y Lyla. La tradición familiar continúa —dijo Briony.

Nate sonrió.

—Lyla hasta se escribe con y. A ninguno parece molestarle como me molestaba a mí, a lo mejor porque no son mellizos. —Sacó la bolsa de palomitas y metió otra—. Necesitamos comida de verdad. —Abrió el frigorífico y empezó a sacar cosas: hummus, aceitunas, bolitas de *mozzarella* y tomates *grape*—. Mi hermana sabe hacer la compra. ¿Te importa sacar los platos?

Briony dio con el armario correcto al segundo intento y sacó cuatro platos de postre; acto seguido, Nate y ella volvieron con los niños.

—Tú primero —le dijo ella a Nate mientras señalaba la tienda. Su falda de cachemira azul y blanca, comprada para la luna de miel en París, no estaba hecha para gatear. No era ajustada, pero sí muy corta. De todas formas, consiguió entrar en la tienda conservando la decencia y se sentó en un cojín enorme.

—Oooh, qué bonito. Me encantan las guirnaldas de luces.

Lyla la miró con una sonrisa.

—Los fuertes no tienen que ser bonitos —replicó Lyle.

—Yo he puesto las luces. Tú eliges la película —le recordó Lyla.

—¿Qué vamos a ver? —preguntó Nate al tiempo que iba repartiendo las palomitas y, después, los platos.

—*Batman: La LEGO película* —contestó Lyle, que le dio a reproducir.

A sus padres seguramente les habría dado miedo la posibilidad de que se asfixiara entre las sábanas si se le hubiera ocurrido hacer algo así de pequeña, pensó Briony. O que la aplastara un mueble al caerse.

Se metió una aceituna en la boca y miró a Nate. El portátil le proyectaba cierto brillo sobre la cara. Nate ya se estaba riendo con la película, y sus carcajadas la hicieron reír a ella. Jamás había hecho algo así con Caleb. Habían pasado un rato con su sobrina de vez en cuando, pero habían hecho cosas como recolectar manzanas o ir al *ballet*. Actividades enriquecedoras.

ꙮꙮꙮ

Diogee estaba tumbado en su cama, babeando y roncando. *Mac* jamás pasaría de largo junto al perro mientras este dormía. Podía hacerle maldades de sobra.

Observó al perro un momento, sopesando sus opciones. ¡Hora de luchar! Dio un salto y cayó sobre la cabeza de *Diogee* antes de rodearle el cuello con las patas delanteras.

El cabeza de chorlito se puso en pie de un salto. *Mac* se aferró con fuerza con las patas, pero dejó caer el cuerpo de modo que le quedó colgando bajo el hocico. Flexionó las patas traseras y luego golpeó a *Diogee* en el pecho. ¡Pum! ¡Pum! ¡Pum! La temible maniobra de la doble patada inversa.

¿Y luego qué? Tal vez debería dejar que *Diogee* metiera la cabeza debajo del sofá otra vez. Ese descerebrado todavía no se había dado cuenta de lo grande que era. Tenía bigotes, pero parecía no saber cómo usarlos. Qué novedad.

Mac saltó al suelo y salió disparado. Oía cómo *Diogee* lo perseguía a paso de tortuga. Después, oyó que se abría la puerta principal. Se paró tan en seco que el cabeza de chorlito pasó por su lado y estampó la trufa contra la pared. ¡De regalo! El perro se dio la vuelta y regresó a la cama.

Mac bajó la escalera y vio a Briony y a Nate junto a la puerta. Olían felices, un poco como Jamie y David cuando estaban juntos.

El olor de la noche se hizo más intenso. Nate había abierto la puerta de nuevo. ¡Se iba! *Mac* estuvo tentado de salir, pero lo necesitaban allí. Ya saldría en busca de aventuras más tarde. Tampoco le hacía falta la puerta...

Mac cruzó el salón, llegó al vestíbulo y golpeó con el cuerpo la consola... ¡que se volcó con un estruendo! El jarrón que estaba encima se había roto. La puerta principal estaba bloqueada. *Mac* corrió escaleras arriba.

Misión cumplida.

☙☙☙

Nate miró fijamente la consola alta que estaba tirada en el suelo, rodeada por trozos de cristal.

—¿Ha pasado de verdad? —Miró por encima del hombro. No había ni rastro de *Mac*.

—Creo que es lo que se llama «catapulta». Voy a por un cepillo —repuso Briony. Dio un paso y gritó de dolor.

—¿Te has cortado?

Ella asintió con la cabeza.

—He retrocedido y se me ha salido el talón del dichoso zapato abierto, que será muy bonito, pero...

—¿Sabes si hay botiquín en la casa?

—He visto uno bajo el lavabo del cuarto de baño de arriba, el que está justo subiendo la escalera.

—Ahora mismo vuelvo. —Nate hizo ademán de subir la escalera, pero se dio la vuelta y levantó a Briony en brazos. La llevó al salón y la dejó en el sofá—. Ahora sí. —Subió los escalones de dos en dos, dio con el botiquín y volvió junto a ella.

—No es nada. —Briony se miró el pie descalzo—. Solo un trocito de cristal. Es demasiado pequeño para sacarlo bien.

—Por eso siempre hay una pinza en todos los botiquines. —Nate se sentó en la mesita auxiliar y le tomó el pie con una mano—. Ya lo veo. —Con cuidado, intentó sacarle el trozo de cristal con las pinzas. Oyó el clic metálico sobre el cristal, pero se le escapó de entre las pinzas antes de poder sacarlo. Lo intentó de nuevo con el mismo resultado—. Una vez más. —Briony movió el pie y se lo sujetó con más fuerza, y fue entonces cuando se percató del esmalte de color azul intenso que llevaba en las uñas. Irrelevante. Intentó sacarle el cristal otra vez. No pudo—. Creo que vas a tener que meter el pie en agua caliente antes de que pueda intentarlo de nuevo.

Le dejó el pie en la mesita auxiliar y se levantó.

—Voy a ver qué encuentro.

—¡No! No tienes que hacerlo. Ya lo hago yo. —Briony hizo ademán de ponerse en pie, tambaleándose.

Nate la aferró de los hombros.

—Te clavarás más el cristal si te apoyas en el pie —le dijo—. Tú espera aquí.

Nate entró en la cocina y estuvo buscando en los armaritos hasta dar con un cubo debajo del fregadero. Lo enjuagó y lo llenó con agua caliente y un poco de vinagre, un remedio casero del que le había hablado Peggy.

—Vamos allá —le dijo a Briony al volver al salón.

Ella metió el pie en el cubo con cuidado.

—Te has pasado horas ayudándome con mis sobrinos. ¿Por qué no puedo ayudarte yo con el pie?

—Me has ayudado. Y lo sigues haciendo.

—Si me llego a lastimar yo un pie, tendrías que traerme el mando a distancia, patatas, un cojín, varias bebidas...

Briony se echó a reír.

—Es que no me gusta sentirme una inútil.

A diferencia de su madre y de su hermana, pensó Nate, quienes parecían regodearse en esa sensación.

—En fin, intenta aguantar lo suficiente para que pueda sacarte el cristal —le dijo Nate.

—Puedo hacerlo después —protestó ella.

Nate no le hizo el menor caso.

—Lo de pasar la tarde con los niños y contigo en el fuerte... —empezó ella mientras él barría—. Llevaba meses sin pasármelo tan bien. Bueno, más que meses.

—Yo también me lo he pasado en grande. —Aunque mientras estuvo sentado tan cerca de ella, aspirando su sutil perfume, se moría por tocarla. Casi no pudo pensar en otra cosa mientras fingía estar absorto en la película.

Se sentó junto a ella y, de inmediato, volvieron a asaltarlo esos pensamientos. No era una cita, se recordó. Estaba siendo amable con una forastera. Amable. De repente, se le apareció una imagen del señor Rogers mientras se ponía el jersey en su programa de televisión. No, amable no era la palabra exacta. Tal vez era «sociable».

—¿Contáis con voluntarios en Los Jardines? —le preguntó Briony—. Porque se me ha ocurrido que necesito hacer algo de voluntariado. Hacer algo bueno por el mundo. Sé que solo voy a estar aquí unas pocas semanas, pero ¿hay alguna posibilidad?

—Claro. Mañana es la Noche familiar. Los familiares de los residentes pueden acompañarlos durante cualquier comida, pero una vez al mes organizamos un acontecimiento especial. Si pudieras pasar algo de tiempo con las personas que no tienen familia, sería estupendo. —Extendió un brazo y le apartó un mechón de pelo de la cara. No debería haberlo hecho. Sociable. Se suponía que estaba siendo sociable. Aunque a ella no parecía importarle...—. Y estarías ayudando de nuevo. Desde luego que no eres una inútil.

Briony lo miró a esos ojos azul oscuro con cara seria. Él fue incapaz de interpretar dicha expresión. ¿En qué estaba pensando? Se inclinó un poco hacia ella. «Sociable», se recordó.

—Sé que ningún familiar de Gib vendrá mañana. La mayoría vive en la zona de la bahía de San Francisco, y está demasiado lejos como para venir conduciendo todos los meses. Aunque tal vez no consiga que asista a la Noche familiar, claro. —Eso era, había sacado a colación un asunto seguro e inocuo. No había empezado a besarla en mitad de una conversación acerca de la tercera edad. Claro que tampoco la besaría en mitad de cualquier otra conversación.

—¿Por qué no?

Por un desquiciado segundo, Nate creyó haber pronunciado la frase de no besarla en voz alta. Después, se dio cuenta de que le preguntaba el motivo por el que Gib tal vez no asistiera a la Noche familiar.

—Ha estado evitando todas las actividades en grupo, incluso las comidas, desde que se mudó Archie, el nuevo residente. Lo viste el otro día, el hombre que posaba con *Mac*.

—El de la pajarita y los ojos de Paul Newman.

—Ni se te ocurra decir eso delante de Gib. Casi todas las residentes están enamoradas de Archie —continuó él—. Archie coquetea con todas, incluida Peggy, que le hace tilín a Gib. Le hace tilín desde que estaban en el instituto, pero estoy convencidísimo de que ni le hablaba por aquel entonces.

—¿Y qué opina Peggy de él?

—Creo que disfruta de su compañía. También creo que no ha pensado en él como potencial... No sé ni cómo llamarlo. ¿Las septuagenarias pueden tener novio?

—Parece un hombre que dice lo que piensa. —Briony movió el pie en el agua—. ¿Le ha dicho de alguna manera lo que siente?

—Qué va. He intentado hacerlo entrar en razón. Pero siempre me echa en cara que yo no salgo con nadie. —«Venga, Nate, échate tierra encima», pensó.

—Si quieres, te escribo una recomendación. Una cita contigo resulta muy entretenida. —Se miraron a los ojos un segundo antes de apartar la vista.

—Creo que ya puedes sacar el pie. Voy a por algo para secártelo. —Fue a la cocina, dio con el paño y volvió junto a ella. Se sentó de nuevo en la mesita auxiliar. Briony sacó el pie del agua y él se lo secó. De verdad que tenía que salir más a menudo, pensó Nate. Secarle el pie a una mujer para practicarle los primeros auxilios era lo más sensual que había experimentado en demasiado tiempo.

Examinó el punto donde tenía clavado el trocito de cristal antes de apretarlo con mucho cuidado.

—Empieza a salir. Creo que ya puedo atraparlo con las pinzas. —En esa ocasión, lo sacó a la primera—. Y ahora a por un apósito. —Encontró uno y se lo puso—. Listo. —Le dio una palmadita amistosa en el pie—. Tienes unos pies preciosos.

¿De verdad había dicho que tenía unos pies preciosos?

—Tengo los dedos arrugados —protestó ella.

—Mi abuela siempre fanfarroneaba con que podía pasarle un arroyo por debajo del puente y que eso era la seña de identidad de toda dama que se preciara. Tú tienes el puente como ella. —Dado que seguía sujetándole el pie, le recorrió el puente con la mano.

Briony tomó una bocanada de aire entrecortada. Y con ese sonido, todas sus buenas intenciones de ser «sociable» se desvanecieron. Muy despacio, le subió la mano por la pierna, acariciándole la pantorrilla. Briony entreabrió los labios.

Y, después, se besaron, y la boca de Briony le supo muy dulce, húmeda y cálida. Nate oyó un gemido y tardó unos segundos en darse cuenta de que lo había emitido él.

CAPÍTULO 9

Nate vio que el sol entraba por el lado equivocado y se percató de que estaba acostado en el lado equivocado de la cama. Tardó un momento en comprender el porqué. No estaba en su casa. Se había quedado a dormir en casa de Briony. Después de haber echado un polvo.

¿Dónde narices había quedado la amistad? ¿Llevaba tanto tiempo sin mojar que era incapaz de contenerse?

Volvió la cabeza despacio para poder mirarla y la descubrió mirándolo a su vez.

—Mmm... hola —lo saludó.

—Hola —replicó él, que tuvo la impresión de que debía añadir algo más.

Se miraron en silencio.

—Bueno —dijo ella.

—Bueno —repitió Nate—. ¿Cómo tienes el pie?

«¿Cómo tienes el pie?», pensó. ¿Eso era lo único que se le ocurría?

—Bien. —Le sonrió.

Y esa sonrisa le hizo recordar que no era porque llevaba mucho sin mojar. O que no solo era porque llevaba mucho tiempo sin mojar. Había sido una noche estupenda. No solo en la cama, ni en la azotea del restaurante, sino también el rato que pasaron con Lyle y Lyla en el fuerte.

—A lo mejor deberíamos echarle un vistazo. —Nate se pasó una mano por la barbilla y le devolvió la sonrisa—. ¿Qué sientes si te hago esto? —Le acarició el pie con uno de los suyos.

Ella soltó una risilla y se puso colorada.

—Es muy agradable.

—Tal vez sea mejor que no apoyes peso en él, por si acaso. —La aferró por la cintura y tiró de ella para colocarla sobre él.

—Seguramente sea lo mejor —susurró Briony, cuya boca estaba a escasos centímetros de la suya.

Y, en ese momento, lo llamaron al móvil.

Empezó a sonar «Dancing Queen». El tono de Amelia. Si intentaba cambiarlo, ella se las apañaba para ponérselo de nuevo. Gimió.

—Lo siento. Tengo que contestar. Es la gerente del turno de noche. Puede haber un problema.

—Desde luego. Tienes que contestar. —Briony se apartó de él. Tardó unos segundos en localizar el móvil, porque primero tenía que encontrar los pantalones—. Amelia, ¿qué pasa? —le preguntó en vez de saludarla.

—Archie no está malherido —empezó diciendo ella, y Nate se puso en modo crisis.

—¿Qué ha pasado? —consiguió preguntar con voz serena.

—Archie estaba en la cinta de andar. Dice que la máquina se volvió loca, que la velocidad subió de repente —empezó a explicarle Amelia, casi sin aliento—. Y se cayó al suelo. Llamé al médico nuevo. —Amelia no llamaba a sus compañeros de trabajo por el nombre hasta que llevaban cinco años como empleados de Los Jardines—. Dice que solo es un esguince.

—¿Dónde está Archie?

—Lo hemos mandado a casa. Ya he avisado a su nieta.

Nate deseó haber estado allí para ser él quien hubiera llamado a Eliza. Cuando se enteró de que habían manipulado el sistema de ventilación, se puso muy nerviosa por la posibilidad de la existencia de bacterias. Y después de que su abuelo hubiera sufrido una lesión, estaba seguro de que necesitaba una buena dosis de persuasión para tranquilizarse.

—Estaré ahí dentro de diez minutos.

Cortó la llamada y se puso los pantalones.

—¿Puedo ayudarte de alguna manera? —le preguntó Briony, que estaba sentada en la cama, envuelta con el cobertor.

—No, pero gracias —respondió Nate—. Tengo que irme. —Se puso los zapatos sin molestarse siquiera en buscar los calcetines y después echó un vistazo a su alrededor para localizar la camisa.

—No corras —le aconsejó Briony mientras se inclinaba para recoger su camisa del suelo, tras lo cual se la lanzó. Él se la puso mientras salía por la puerta.

Los zapatos que llevaba, unos clásicos de cordones, no eran el mejor calzado para correr, pero corriendo llegaría antes que si tenía que ir en busca del automóvil.

Una vez que llegó a la calle donde vivía Archie, se obligó a detenerse. Se abrochó la camisa y se metió los faldones por la cinturilla de los pantalones. Acto seguido, se pasó los dedos por el pelo. Entrar en casa de Archie como si estuviera en mitad de un ataque de pánico no iba a ayudarlo a controlar la situación. Respiró hondo, se cuadró de hombros y siguió andando.

Amelia abrió la puerta cuando él enfilaba el camino de entrada a la casa.

—Eliza ya ha llegado —le advirtió en voz baja.

Nate asintió con la cabeza.

—¿Cómo está el herido? —preguntó mientras entraba.

—Si convences a mi nieta de que me dé un vasito de algo, estaré estupendamente —respondió Archie desde el sofá. El pie vendado descansaba sobre un cojín colocado en la mesita auxiliar. No pudo evitar pensar en Briony un instante. Si no se hubiera cortado, dudaba mucho de que hubieran acabado en la cama. Pero una vez que la tocó, aunque solo fuera para quitarle el cristal, le resultó difícil detenerse.

Eliza apareció con un vaso de agua en la mano.

—Confórmate con un vaso de agua y un par de aspirinas —le dijo a su abuelo mientras le ofrecía el vaso de agua y las pastillas. Lo observó mientras se las tragaba y, después, se volvió para mirar a Nate—. Debería haberme llevado a mi abuelo de aquí cuando el sistema de ventilación contaminó el aire del centro comunitario. De haberlo hecho, no habría acabado haciéndose daño. Ha tenido mucha suerte. Podría haberse roto una cadera por la caída. Podría haberse golpeado en la cabeza y estar en coma ahora mismo.

—No seas tan tiquismiquis —la regañó Archie—. Estoy bien. Y estaría mejor si pudiera beber algo. Así era como mi padre lo curaba todo, ya fuera un dolor de muelas o una uña encarnada.

—No estoy siendo tiquismiquis, aunque no sé ni lo que es, solo porque quiero que estés en un sitio donde la seguridad de los residentes sea una prioridad. —La voz dulce de Eliza había desaparecido por completo.

—Los residentes...

Eliza no lo dejó terminar.

—No te molestes —lo interrumpió ella—. Creí que las excelentes críticas que todo el mundo le daba a este sitio eran fundadas, pero en el poco tiempo que lleva aquí mi abuelo, tu mala gestión lo ha puesto en peligro varias veces. Quiero rescindir el contrato y quiero un reembolso de lo que ya hemos pagado. Lo sacaré de aquí lo antes posible.

—¡Eliza! —protestó Archie—. Te estás pasando de la raya.

Por lo menos Archie estaba dispuesto a darle la oportunidad de averiguar qué estaba pasando, pensó Nate.

—Me gustaría poder revisar el material del gimnasio y... —dijo.

Pero Eliza volvió a interrumpirlo.

—Revisar el material del gimnasio debería ser algo rutinario —le soltó—. No hacerlo después de que alguien se haya hecho daño.

—Estoy de acuerdo, de ahí que tengamos personal de mantenimiento e inspecciones de seguridad programadas cada cierto tiempo.

—Llevadas a cabo por incompetentes —lo acusó Eliza.

—Entiendo que opines así. —Nate tenía muy claro que sería imposible razonar con ella, al menos hasta que tuviera tiempo para recuperarse del susto y convencerse de que su abuelo se encontraba bien.

—Este sitio es estupendo —dijo Archie—. Comida estupenda, gente estupenda. Me quedo.

Eliza se sentó al lado de su abuelo y le puso la mano sobre la rodilla para darle un apretón.

—Abuelo, entiendo que te guste estar aquí, pero tu seguridad es lo más importante para mí.

—Es mejor que Archie y tú habléis, y que después me digáis qué habéis decidido —les sugirió Nate—. El contrato y el reembolso no serán ningún problema si esa es la decisión final.

Eliza suspiró.

—De acuerdo. Es evidente que mi abuelo y yo tenemos mucho sobre lo que discutir.

Acababa de despacharlo sin más. Nate salió de la casa con Amelia al lado.

—¿Ha visto Henry lo que pasó en el gimnasio? —quiso saber Nate.

—Estaba recogiendo agua del suelo del vestuario de señoras —contestó ella.

—¿Agua? ¿De dónde ha salido? —Solo le faltaba una fuga de agua.

—Pues, la verdad, no lo sé —respondió Amelia—. He supuesto que había sido alguna de las señoras que acababa de salir de la piscina. Henry oyó gritar a Archie y corrió a ayudarlo sin pérdida de tiempo. No había nadie más en las instalaciones, pero Archie insiste en afirmar que la cinta de andar cambió de velocidad de repente. —Se frotó la cara con los dedos—. Eliza tiene razón. La lesión de su abuelo podría haber sido algo mucho peor.

Nate asintió con la cabeza. No recordaba la última vez que Amelia había hablado tanto sin soltar alguno de sus chistes malos. Sabía lo que tenían entre manos: otro acto de sabotaje. La equipación del gimnasio solo tenía año y medio de antigüedad, y Henry, el entrenador físico de Los Jardines, llevaba el mantenimiento al día.

El sabotaje iba en aumento. Manipular el sistema de ventilación para extender el olor a mofeta muerta era una broma si se comparaba con lo que podía haber sucedido esa mañana. Era evidente que a la persona que había manipulado la cinta de andar le daba igual si alguno de los residentes acababa herido. ¿Qué habría planeado a continuación? Tenía que ir por delante de quienquiera que estuviese haciendo aquello, porque no había motivos para creer que hubiera acabado.

ᘓᘓᘓ

Cuando Briony oyó que la puerta se cerraba detrás de Nate, la sensación de euforia la abandonó poco a poco. Era jueves. El sábado dejó plantado a su novio en el altar. Sí, a lo mejor no era la persona adecuada para ella. A lo mejor su cuerpo había tratado de advertírselo provocándole un ataque de pánico. Pero de todas formas... Seis días antes, tenía novio formal y, en ese momento, acababa de acostarse con otro, con un hombre al que, además, apenas conocía.

Tenía que hablar con Vi. Pero en Wisconsin sería demasiado temprano. Además, Vi conocía a Caleb. Le gustaba. ¿Sería capaz de admitir, aun cuando fuera su mejor amiga, lo que acababa de hacer?

¡Ruby! Podía hablar con ella. Eran casi las siete y media. Demasiado temprano para llamarla, salvo que se tratara de una emergencia y, aunque a ella le parecía una emergencia lo que estaba pasando, sabía que no lo era. El maullido largo y exigente de *Mac*, que estaba en la planta baja, la sacó de sus reflexiones. Estaría en la cocina, delante de su comedero. Esa mañana no estaba cumpliendo el horario. Debía de haberse quedado dormido. O tal vez ese gatito casamentero había decidido dejarla disfrutar unos minutos más con Nate. Meneó la cabeza al pensar semejante payasada.

—Ya voy, *Mac*.

Una vez que le puso la comida a Su Majestad, salmón salvaje y venado, con trocitos de frutas y verduras ecológicas, decidió sacar a *Diogee* a pasear. A lo mejor podía pasar por delante de la casa de Ruby. Y si por casualidad veía que tenía la luz encendida...

Unos minutos después, y ayudada por un exigente *Diogee* que no paraba de tirar de la correa, estaba delante de la casa de Ruby. Vio la luz encendida. Y ya sabiendo que Ruby estaba levantada, quizá debería volver a casa y llamarla. A nadie le hacía gracia recibir una visita intempestiva a esas horas de la mañana. Aunque Ruby fue en su busca el día anterior para ir a desayunar. Era más tarde, eso sí.

Los pensamientos la estaban volviendo loca. Por eso necesitaba a alguien que le dijera qué hacer. Era incapaz de decidirse... sobre cualquier asunto.

«No, eso no es cierto. Ese es mi antiguo yo, el yo que iba a casarse con Caleb», se dijo. «El nuevo yo está cambiando, tal vez no muy rápido, pero lo está haciendo. Voy a tomar mis propias decisiones y...».

Diogee empezó a ladrar como un loco.

—Calla, por favor, calla —masculló ella, pero el perro siguió ladrando. Era evidente que *Diogee* tomaba sus propias decisiones.

La puerta de la casita se abrió, y Ruby asomó la cabeza. Los ladridos aumentaron a medida que el perro la arrastraba por el camino de entrada a la casa. Una vez que llegaron al lado de Ruby, el perro se colocó a sus pies y se tumbó panza arriba mientras meneaba el rabo a toda velocidad.

—Quiere que le acaricie la barriga —le dijo Ruby a Briony mientras se acuclillaba al lado de *Diogee* para darle las caricias que le exigía.

—¿Te apetece salir para tomarte un café? ¿O para desayunar? —le preguntó Briony—. ¡Yo invito!

—Es que tengo compañía —contestó Ruby.

—Ah, qué pena. —Y en ese momento lo captó—. ¡Ay, lo siento! Vuelve dentro. —Le sorprendía que Ruby llevara un pijama de «Mi pequeño poni» cuando tenía un invitado. A Caleb le gustaba lo que ella llamaba «lencería elegante».

—¡No, no, no! Es Riley. La niña de la que te hablé, la que *Mac* hizo que conociera. Voy a llevarla más tarde al dentista y, ya que no iba a ir hoy al cole, su madre le ha permitido quedarse a dormir conmigo. Estamos a punto de preparar unas tortitas con forma de poni —le explicó Ruby, que dejó las caricias y empezó a rascarle directamente la barriga al perro—. Estáis invitados si queréis.

—Bueno, en realidad, quería hablar contigo de un asunto que no es apto para todos los públicos —confesó Briony.

—Ah, pues ahora sí que tienes que entrar. —Ruby se enderezó y dijo—: ¡*Diogee*, premio! —Acto seguido, entró en la casa.

Briony no tuvo alternativa. *Diogee* echó a correr detrás de Ruby, en dirección a la cocina.

—¡*Didi!* ¡Perrito bonito! —gritó una niña vestida con un pijama igual que el de Ruby y que se lanzó a por *Diogee* con los brazos abiertos. El perro empezó a lamerle la cara.

—Riley, esta es mi amiga Briony. Va a desayunar con nosotras —dijo Ruby.

—Encantada de conocerte —la saludó la niña antes de que Briony pudiera decirle hola. Después, se subió a horcajadas sobre el lomo del perro y lo aferró por las orejas con sus manitas. A *Diogee* no pareció importarle, a juzgar por el movimiento de su rabo, pero Briony aferró la correa con más fuerza, por si acaso.

—¿Puede hacer eso? —le preguntó a Ruby. Los pies de la niña apenas si rozaban el suelo—. No me parece que sea seguro.

—Lo hace siempre —la tranquilizó Ruby mientras regresaba junto a la cocina.

—*Didi* es mi caballo y tengo un poni que se llama *Paula*. Y más que se llaman *Patricia, Paisly* y *Elvis*. ¿Te gustan los ponis?

—Me encantan. —Les suplicó a sus padres durante un año entero que le permitieran ir a clase de equitación. Ellos, en cambio, la llevaron a clases de piano y de pintura insistiendo en que esas actividades eran igual de divertidas. Era una de las pocas cosas por las que había llorado y suplicado. Hasta que su madre le explicó que, si se caía de un caballo, podía acabar sufriendo una lesión grave, incluso podía quedarse paralítica.

—Muy bien, vaquera —le dijo Ruby a Riley—. Voy a empezar a hacer las tortitas. Eso significa que tú tienes que desmontar y lavarte las manos ahora mismo.

—Voy, jefa —replicó la niña, que bajó del lomo de *Diogee* y salió a la carrera de la cocina.

—Por si no lo has notado, a Riley le gusta la jerga vaquera. He encontrado una lista en Internet. —Ruby sacó una chuchería de un armario, una tira de piel seca, y se la dio a *Diogee*. El perro se tumbó en el suelo con un suspiro de contento y empezó a mordisquearla—. Habla rápido. Tenemos unos cinco segundos antes de que vuelva la de los oídos menores de edad. —Echó mantequilla en la sartén.

Briony soltó la correa de *Diogee*.

—Bueno, Nate y yo salimos anoche para tomarnos unas copas. Me llevó al sitio más...

—No tenemos tiempo. Al grano —la interrumpió Ruby.

—*Acabamosenlacama* —dijo del tirón, en parte porque intentaba hablar rápido y, en parte, porque se sentía muy avergonzada.

—*Mac. Mac. Mac.* —Ruby meneó la cabeza—. Si no me encantara mi trabajo, me metería a casamentera con ese gato como mi arma secreta. —Miró por encima del hombro para ver si ya había vuelto Riley—. ¿Cómo fue?

—¡Ruby! ¡No he venido para contarte los detalles picantes! —exclamó Briony—. He venido porque... ¿Qué he hecho?

—Supongo que darte un buen revolcón —respondió Ruby con una enorme sonrisa—. ¿A qué sí, vaquerilla? —añadió en voz muy alta y con entusiasmo.

—Eso solo se les dice a las tontas —le dijo Riley a Briony mientras regresaba al galope al a cocina, después de haber cambiado a *Diogee* por un caballo imaginario.

—A lo mejor lo soy —admitió Briony. Pero se sentía muy bien. Su cuerpo parecía estar compuesto de miel cálida; tenía las piernas tan relajadas que no entendía cómo la habían llevado hasta allí. Era como si fuese otra persona distinta de la que era la última vez que se sentó a la mesa de la cocina de Ruby.

Riley arrastró un taburete para colocarlo delante de la cocina y se subió en él.

—Me gusta ver los biberones —le dijo a Briony.

Estaba a punto de preguntarle si era seguro que estuviera encima de un taburete tan cerca de los quemadores, pero se detuvo. Era evidente que tenían una rutina y Ruby debía de saber bien lo que Riley podía hacer.

—¿Qué significa «biberón» en el argot de los vaqueros? —preguntó, en cambio.

—¡Por mis espuelas! Los vaqueros no dicen «biberón» —le contestó Riley.

Ruby alzó un biberón lleno con la masa de las tortitas y lo agitó en el aire para que Briony lo viera. Acto seguido, presionó y vertió en la sartén un chorro de masa ¡de color morado! Riley exclamó, emocionada.

—Yo hago las crines —dijo la niña.

—Ahora mismo. —Ruby siguió añadiendo más masa a la sartén y, tras soltar el biberón, eligió otro y se lo dio a Riley—. ¿Quieres que te ayude? —le preguntó.

Riley negó con la cabeza y aceptó el biberón, que aferró con las dos manos. Tan concentrada estaba que hasta frunció el ceño, apretó y empezó a verter la masa de color rosa en la sartén.

—Precioso —le dijo Ruby una vez que la niña le devolvió el biberón, aunque añadió un poco más de masa a la sartén—. Ahora tenemos que esperar...

—Hasta que salgan burbujas —añadió Riley.

Briony se moría por hablar con Ruby de lo que había pasado con Nate, pero no pudo evitar disfrutar de la relación entre Ruby y Riley. Cuando ella tenía la edad de la niña, sus padres pasaban mucho tiempo con ella, pero siempre se mostraban extremadamente precavidos. «No te alejes de nuestra vista. Nosotros lo hacemos. Ten cuidado». Una vez que lo analizaba, comprendía que se había perdido parte de la diversión.

—¡Mira! —exclamó la niña. Mientras ella reflexionaba, perdida en sus recuerdos, le habían dado la vuelta a la tortita y habían acabado de cocinarla, y Riley se la estaba mostrando ya en el plato.

—¡Asombroso! —replicó Briony. El poni morado y rosa era una preciosidad—. Las crines te han salido fenomenal.

Riley se sentó en la silla situada al lado de la de Briony.

—También he hecho el ojo.

—Está estupendo —la elogió Briony mientras Ruby le ponía un plato delante.

—¿Sabes lo que estaría riquísimo con esto? Un poco de baba de vaca —dijo Riley.

—A ver si lo he entendido. «Baba de vaca» es caramelo, ¿a que sí? —preguntó Briony.

La niña estaba bañando la tortita con una buena cantidad de caramelo.

Riley soltó una risilla y meneó la cabeza.

—¿Mantequilla?

La niña negó de nuevo entre carcajadas.

—¿Gotas de chocolate, plátano, fresas? —siguió Briony, encantada con la reacción de la niña—. ¡Ah, ya lo sé! Nata montada. Eso se parece un poco a la baba de vaca.

—Caliente, caliente, ¿verdad, ternerilla? —dijo Ruby, que se sentó a la mesa con ellas.

—Es «meranche» —contestó la niña.

—Merengue —tradujo Ruby—. Y no sé si estaría bueno o no con las tortitas, pero lo probaremos la próxima vez que vengas a desayunar —le dijo a Riley.

Ruby debía de ser la niñera más fantástica del mundo, pensó Briony. Aunque Nate no se quedaba atrás. Se preguntó qué estaría haciendo en ese momento. ¿Experimentaría también esa sensación en el cuerpo como si tuviera miel tibia por dentro? Esa mañana se había mostrado muy tierno al preguntarle por la herida. Esa mirada que le echó justo antes de acariciarle los pies con el suyo... Fue casi como si la estuviera acariciando con los ojos.

—¿Briony?

El tono de voz con el que Ruby pronunció su nombre hizo que pensara que la había llamado más de una vez.

—¿Eh?

—No quiero saber en lo que estabas pensando. O a lo mejor sí, pero más tarde —le dijo Ruby.

Jamás le diría a Ruby que cuando Nate la miraba era como si la acariciase con los ojos. Eso parecía salido del diario de una adolescente. No del suyo, claro. Ella no había salido con ningún muchacho durante la adolescencia. El diario de otra persona. No era algo que debiera estar en la mente de una mujer de veintisiete años.

—¿Qué me has preguntado?

—Que si quieres otra tortita.

—No me he... —Briony miró su plato. La tortita había desaparecido. Debía de habérsela comido con el piloto automático puesto mientras soñaba despierta pensando en Nate—. No, gracias —dijo al final.

Diogee se zampó la tira de piel y se acercó a ellas, tanto que tenía el hocico demasiado cerca de la mesa. Antes de que Briony pudiera reaccionar, sacó la lengua y lamió su plato.

—¡Atrás, atrás, atrás! —le ordenó. Sin embargo, el perro logró acercarse un poco más y dar otro lametón—. ¡No sé cómo controlarlo! —gimoteó.

—A sus dueños les pasa igual —replicó Ruby, que se levantó y sacó otra tira de piel para el perro—. Este es mi método. —Aferró el reluciente plato de Briony—. Listo para el lavavajillas. No hace falta enjuagarlo.

—¿Puede limpiar el mío? —preguntó Riley.

—No. El caramelo no es bueno para él —contestó Ruby—. Si has acabado, ¿por qué no vas a vestirte? Te he hecho una cosa. Está en tu dormitorio. —No hizo falta más. Riley salió corriendo de la cocina.

—¿En su dormitorio? —preguntó Briony.

—El dormitorio de invitados. Lo usa más que ninguna otra persona —respondió Ruby—. Estar con esta niña es como un subidón para mí. Me siento en deuda con *Mac*. Pero, volviendo a lo tuyo. Con él. Iré al grano: lo he buscado online. Es un caramelito, como dirían en Texas.

Briony gimió.

—Estoy muy confundida. Lo de anoche fue increíble, la cita al completo. Pero hace una semana estaba comprometida con otro. Algo que Nate no sabe. Como no pensaba que fuera a acostarme con él, no se me ocurrió que tuviera que decírselo. Y ahora no sé qué hacer. ¿Qué hago?

—Ah, no. No pienso caer en la trampa. Te prometí que no te daría consejo alguno.

—¿Puedes decirme al menos si soy mala persona? Eso no es un consejo. —Tenía la sensación de que en su interior se estaba librando una batalla. «Mala persona» contra «cuerpo relleno de miel».

Ruby meneó la cabeza y, después, se rindió.

—No creo que seas una mala persona. Pero eso no te va a ayudar si tú crees que lo eres. ¿Es así?

—Si alguien me dijera que ha hecho lo que yo he hecho, tal vez no lo catalogara de mala persona, pero sí le diría que lo que ha hecho ha estado mal —contestó.

—Muy bien. —Ruby golpeó la mesa con las palmas de las manos—. Esto no es un consejo. Solo es otra pregunta. Digamos que has venido de vacaciones, que no tienes un exnovio, que solo es un viaje de placer a California. Y conoces a Nate. Y os sentís atraídos el uno por el otro. Y acabáis en la cama. Ambos sabéis que tú no eres de aquí y que solo es una aventura. ¿Cómo te sientes?

—Eso es algo tan disparatado para mí que me resulta difícil imaginarlo siquiera —contestó Briony—. No soy mujer de aventuras. O nunca lo he sido, mejor dicho. He tenido dos relaciones largas. Nada más. —Reflexionó un instante—. Si los dos supiéramos que estoy de vacaciones y que solo es una aventura... no me parece tan horrible. Pero esa no es la situación real.

—Más preguntas. ¿Le estás haciendo daño a Nate?

Briony sopesó la respuesta.

—No.

—¿Le estás haciendo daño a... como se llame... a Caleb?

—No más del que ya le he hecho —admitió—. Entiendo lo que quieres decirme. Anoche fue como una explosión. No me paré a pensar. Bueno, solo lo justo para tomar precauciones. Pero ahora sí estoy pensando. —Se frotó la frente, como si eso la ayudara a aclararse las ideas—. Se supone que voy a ayudar a Nate con la Noche familiar que celebran en Los Jardines. Pero tal vez sea mejor no volver a verlo. Claro que es tan bueno... Tengo que darle alguna explicación al menos. —Abrió la boca como si fuera a gritar por la frustración, pero sin emitir sonido alguno. No quería asustar a Riley—. Ea, ya sabes lo que hay dentro de mi cabeza a todas horas. Soy incapaz de tomar una decisión.

—Hasta que te desmayaste en la iglesia. —Ruby sonrió para quitarle hierro a sus palabras.

—Sí. Hasta ese momento.

259

Mac volvió a casa a tiempo para que Briony le abriera la puerta. Había decidido hacer unas compras matutinas para Gib. Hasta el momento, no había encontrado nada que alegrara al humano, pero seguiría buscando hasta dar con algo.

—¿Otra vez fuera? —le preguntó Briony cuando lo vio entrar.

Mac fue directamente al bebedero. Uno de los regalos le había dejado un regusto graso en la boca. Había mucha agua, pero el olfato le indicó que llevaba ahí desde la hora del desayuno. Así que maulló para ordenar que se la cambiara.

—No es la hora de la cena —le dijo Briony—. Todavía faltan muchas horas. —Sacó una galleta del tarro y se la ofreció. Él la golpeó con la pata.

Diogee apareció en ese momento y la atrapó en el aire. *Mac* deseó habérsela comido, aunque no la quisiera. Ese cabeza de chorlito no debería comer galletas para gatos. No se las merecía.

Mac maulló de nuevo. Briony necesitaba más adiestramiento. No lo entendía tan bien como Jamie.

—¡*Mac*! ¿Qué te ha pasado en la boca? Tienes la lengua de color marrón. —Briony se arrodilló e intentó abrirle la boca, así que se vio obligado a darle un mordisco. Pequeñito—. ¡Ay! —exclamó ella. Pero, acto seguido, levantó el bebedero para vaciarlo y llenarlo de agua fresca.

«Muy bien, humana», pensó *Mac*.

Briony dejó el bebedero en el suelo y observó cómo *Mac* empezaba a beber al instante. La capa grasa que tenía en la lengua desapareció.

—Sea lo que sea, parece que se está yendo —dijo Briony—. Por lo menos, no tendré que decirle a Jamie que has contraído una enfermedad extraña además de escaparte una y otra vez.

CAPÍTULO 10

Nate se sentía inquieto. Intentaba quitarse papeleo de encima, pero era incapaz de concentrarse. En cambio, seguía dándole vueltas a todo lo que había hecho para encargarse del sabotaje. Le había ordenado a Bob que revisara la cinta de andar y todas las máquinas del gimnasio. A Henry también. No habían encontrado nada. Había probado la cinta de andar en persona y no había encontrado nada raro. De todas formas, para curarse en salud, iba a sustituirla.

Le había enviado un mensaje de texto a Eliza, porque no creía que otra conversación fuera a resultar productiva. Ella no le había contestado. Después, le mandó un segundo mensaje preguntándole si quería que se encargara de que a Archie le hicieran una radiografía del tobillo para asegurarse de que no se lo había roto. Recibió una lacónica respuesta informándolo de que ya se había encargado ella de ese asunto.

Hizo instalar cámaras de seguridad en el centro comunitario y en el gimnasio esa misma tarde, y él mismo había comprobado que funcionaban. Había hablado con todos los miembros del personal para averiguar si habían notado algo raro, por insignificante que fuera, pero nada. Por una vez, ni Nathalie ni su madre lo habían llamado ni le habían mandado mensajes para que solucionara alguna crisis, aunque en ese preciso momento casi la recibiría con los brazos abiertos. No tenía ni idea de qué paso dar a continuación.

Aún faltaba más de una hora para hacer acto de presencia en la Noche familiar. Acabó por aceptar que no iba a conseguir trabajar en el despacho, de modo que se levantó. Y decidió ir a casa de su madre. Lo habría llamado de haber visto de nuevo a ese hombre, pero ella se sentiría mejor si se pasaba por allí. Y él también.

Cuando llegó, se la encontró en pijama.

—¿No te encuentras bien, mamá? —le preguntó.

—No, no. Estoy bien.

Él asintió con la cabeza. Se habría enterado si su madre estuviera enferma.

—¿Quieres vestirte y acompañarme a la Noche familiar? —le preguntó mientras entraban en el salón. Llevaba un tiempo sin invitarla, aunque ella no necesitara invitación, por supuesto, porque siempre se negaba—. La comida siempre es excepcional y después vamos a ver *Hairspray*.

—No, no. Estoy bien. —Se sentó con la mirada perdida.

Nate se sentó a su lado, presa de la preocupación. La tele estaba apagada. No había un libro abierto boca abajo en la mesita auxiliar. Ni tampoco había sacado su bolsa de manualidades.

—¿Qué has estado haciendo todo el día?

Su madre tardó mucho en contestarle.

—Me levanté esta mañana y olí a naranjas. No tengo naranjas en casa.

A Nate se le formó un nudo en el estómago. Los olores fantasma podían ser indicio de un tumor cerebral y también de Parkinson, pensó. Y Ed Ramos, uno de los residentes que más cuidados necesitaba, se había quejado de oler a perro mojado varios días antes de que le diera el ictus, aunque no se le había acercado perro alguno, ya estuviera seco o mojado.

—Mamá, estoy intentado hacer memoria... ¿Cuándo te toca la revisión con la doctora Thurston? Te toca pronto, ¿verdad? —le preguntó como si tal cosa, intentando no darle importancia.

Ella hizo caso omiso de las preguntas.

—Luego me di cuenta de que no eran naranjas a lo que olía. Era la colonia que usaba tu padre, Creed Orange Spice —continuó su madre, que seguía con la mirada perdida—. Era como si acabara de salir de la habitación.

—¿Es la primera vez que lo has olido? Me refiero a desde que se fue.

Ella asintió con la cabeza.

—Todavía conservo el frasco que había en el armarito del cuarto baño cuando se marchó, pero nunca lo abro. No quiero... No sé por qué no lo he tirado.

—No sabía que hubieras conservado algo suyo. —No podía decir «de papá». Se negaba a salir de sus labios, al menos delante de ella. Su madre nunca les había prohibido a Nathalie y a él hablar de su padre, pero se había puesto casi histérica cada vez que lo habían hecho. No tardaron mucho en darse cuenta de que era mejor no decir nada. Nathalie y él incluso habían dejado de hablar de su padre entre ellos, como si al fingir que nunca había existido, pudieran borrar el dolor.

—Había unas cuantas cosas de las que no podía deshacerme, aunque quisiera.

—¿Se habrá roto el frasco? A lo mejor por eso lo olías. —Nate quería una explicación lógica y sin motivaciones médicas.

—Metí las cosas en una bolsa de basura, en el semisótano, cuando... Fue lo más cerca que estuve de deshacerme de ellas.

—Su madre por fin lo miró, y Nate vio que los ojos le brillaban por las lágrimas—. No las he mirado desde aquel día, pero no puedo tirarlas.

«No ha pasado página», comprendió Nate. «Ni siquiera después de tanto tiempo». Hasta ese momento, creía que la vida de su madre se había reducido tanto porque su padre la había abandonado, no porque siguiera queriéndolo.

—Mamá, lo siento mucho. —Le rodeó los hombros con un brazo.

—Sé que lo sientes. —Se pegó a él—. Eres un buen muchacho, Nate.

La inquietud lo consumía de nuevo. Quería desterrar su tristeza. Quería arreglar el problema de su madre, quería arreglar los problemas de Los Jardines. Pero no sabía cómo.

—¿Seguro que no quieres acompañarme a la Noche familiar? —le preguntó al cabo de un rato—. No quiero dejarte aquí sola.

—No, no estoy de humor para aguantar a tanta gente. Vete tú.

Nate se puso en pie.

—Vendré a verte luego.

—Seguro que estoy dormida.

—Pues vendré por la mañana. —Se prometió que la llevaría al médico en cuanto le dieran cita, solo para descartar cualquier causa física que la hubiera hecho oler la colonia—. Asegúrate de cerrar bien con llave cuando me vaya —añadió.

Mientras se alejaba, se acordó de repente de que faltaban pocos días para el aniversario de la marcha de su padre. Seguramente eso explicara lo que le había pasado a su madre. Aunque no quisiera pensar en él, los recuerdos estaban allí, bajo la superficie, de la misma manera que el viejo frasco de colonia estaba metido debajo de la casa, en el semisótano.

A lo mejor cuando la visitara al día siguiente sería el momento perfecto para sentarse a hablar de su padre. Se había contenido en muchas ocasiones, como esa misma noche, porque no quería alterarla. Pero hablaran o no del asunto, los sentimientos seguían allí.

Claro que esa noche tenía que concentrarse en otra cosa. Quería que la Noche familiar fuera perfecta. Los familiares de algunos residentes se habrían enterado del problema con la ventilación o con la cinta de andar, o tal vez de ambos, y quería ser capaz de tranquilizarlos. Apretó el paso. ¿Estaría Eliza allí? Si estaba presente, tenía que dar con la mejor forma de hablar con ella. No la culpaba por querer llevarse a Archie. Solo llevaba en Los Jardines unas semanas y ya habían sucedido dos catástrofes.

Nate dobló la esquina y vio el centro comunitario, con las luces encendidas en todas las ventanas. Había grupitos de personas en el amplio vestíbulo, riendo y charlando, mientras el personal se movía entre ellos repartiendo canapés. Parecía un lugar en el que querías que estuviera un ser querido. Y lo era. Seguía siéndolo. Descubriría qué se escondía tras el sabotaje. A lo mejor tenía que contratar a un...

Perdió el hilo de sus pensamientos en cuanto vio a Briony, sonriéndoles a Rich y a su nieto. Esa noche, llevaba el pelo cobrizo suelto, y le caía ondulado por la espalda. Le bastaba mirarlo para casi sentir su suavidad mientras se inclinaba hacia él la noche anterior, mientras la melena formaba una cortina a su alrededor. Subió los anchos escalones de dos en dos. Cuando entró en el centro comunitario, tuvo que obligarse a saludar y a sonreír a las personas con las que se cruzaba. Solo quería llegar hasta ella, volver a sentirla a su lado. Tuvo que conformarse con besarla en la mejilla... y con verla ruborizarse mientras lo hacía.

—Ah, el amor está en el aire. —Rich se sacó el cuadernillo del bolsillo del pantalón del chándal, el que tenía un dibujo de espirales moradas y el nombre de un jarabe para la tos en una pernera.

—Necesito saber dónde has comprado el chándal —le dijo Nate.

—En la tienda de segunda mano L.A. ROAD. Es casi el único sitio en el que se compra ropa —contestó Max, su nieto.

Rich seguramente fuera una de las cincuenta personas más ricas de California, pero allí era donde se compraba la ropa. Lo suyo era muy fuerte.

—¿Sabías que esos pantalones son...?

—¿Algo que se pondría un rapero de los noventa? —terminó Max por él. Meneó la cabeza—. He intentado explicarle el concepto de «Purple drank», pero le entra por una oreja y le sale por la otra. —Hizo un gesto con la mano para reforzar sus palabras.

—¿Qué es «Purple drank»? —preguntó Briony.

Era evidente que había pasado la adolescencia metida en una burbuja infantil.

—Qué graciosa eres —le dijo Nate. No era su intención hacerlo, pero se le había escapado, y consiguió que se ruborizara de nuevo.

Rich los miró a uno y a otro.

—Se me está viniendo un poema. —Empezó a escribir.

—¿Eres poeta? —quiso saber Briony, olvidándose de lo del Purple drank.

—Pues sí. Mi especialidad son los epigramas. —Siguió escribiendo con uno de esos lapicillos que siempre llevaba encima.

—La forma más infame de poesía —apostilló Regina al unirse al grupo.

—Salman Rushdie escribió epigramas. Al igual que Auden, Shakespeare y Tomás de Aquino. ¿Continúo, señora mía?

—Ya hablaremos cuando hayas escrito una novela que gane el Booker; un poema que haga saltar las lágrimas, y no precisamente por su vulgaridad; una obra de teatro que se siga leyendo cientos de años después; o un texto filosófico del que se siga discutiendo después de otro tanto. —Tras eso, Regina se volvió hacia Briony—. Soy Regina Towner.

—Debería haberos presentado. Regina, esta es Briony. Es la cuidadora del gato que usaste como modelo en la clase de arte de ayer.

Rich interrumpió su presentación.

—La luna es mi constante compañera, y mi esencia la majestuosa lechuza, el osado ánade pone, y el cuervo compone, la música de mi tortura. —Miró a Regina a los ojos—. Eso es un epigrama.

Regina parpadeó. Nate no creía haberla visto jamás sin habla. A la postre, ella replicó:

—Se supone que tiene que ser satírico. Eso solo se ajusta a la métrica.

—*Touché.* —Rich asintió con la cabeza. También era la primera vez que Nate lo veía. El hecho de que Rich le diera a otra persona la razón.

Regina retomó la conversación con Briony.

—Desde luego que es un gato precioso.

—Es un gato precioso, sí, y también un escapista de primera. Cada vez que sale, viene derecho a Los Jardines. Le encanta este sitio. Claro que no lo culpo. —Le rozó el brazo a Nate—. Es un lugar precioso.

—Estoy de acuerdo.

—¿Van a venir Bethany y Philip al final? —le preguntó Nate a Regina.

—Esta vez no, pero el fin de semana que viene sin falta. Verás, Nate es lo que hace de Los Jardines un lugar especial de verdad —le dijo ella a Briony—. Se sabe los nombres de mi sobrina y de su marido, y también de todas las personas que han visitado a algún familiar en algún momento. Los jardines y las instalaciones son de primera categoría, pero es Nate quien lo convierte todo en un hogar.

—Gracias. —Esas palabras, sobre todo ese día, después de lidiar con Eliza, le recordaron que su trabajo era importante. Regina creía que Los Jardines era su hogar, y eso era lo que él quería para Archie y para cualquiera que viviese allí.

—Cierto. —Richard guardó el lápiz y le dio un apretón a Nate en el hombro.

—¡Caramba! Por fin se han puesto de acuerdo en algo —dijo Max. Iba de visita a menudo y conocía a todos los amigos de Richard. O lo que fueran Regina y Richard. Tal vez oponentes dialécticos en prácticas.

—Por fin Regina ha dicho algo con sentido —replicó Rich. Pasó unas cuantas páginas del cuadernillo—. Bueno, ¿quién quiere oír mi última creación?

Regina se miró el elegante reloj.

—Más de un minuto antes de intentar leer otro de sus poemas. Un récord.

—Me gustaría oírlo —le dijo Briony a Rich.

Rich miró a Regina con una sonrisa.

—Será un honor. —Carraspeó y empezó a leer—: Érase una vez un hombre con pajarita, que a todos recordaba a un coyote, y...

—No es el momento más indicado para meterte con él, que se acaba de hacer daño —lo interrumpió Regina.

—¿Daño? ¿Qué ha pasado? —le preguntó Rich a Nate.

Nate había esperado que le hicieran esa pregunta. De todas formas, era difícil responderla. No quería descartar por completo la posibilidad de que fallara la cinta de andar. Pronto se enterarían. Los cotilleos corrían como la pólvora en Los Jardines.

—Se cayó de una de las cintas de andar y se torció el tobillo. Según Archie, la máquina subió sola la velocidad varias veces mientras él estaba andando. La han revisado y no parece que tenga problemas, pero he pedido que la sustituyan, para curarnos en salud.

—Pobrecillo —gimoteó Regina—. Tengo que prepararle una cataplasma. Mi abuela me enseñó a hacerla.

—El pobrecillo parece que tiene todo lo necesario gracias a su nieta. —Rich hizo un gesto con la barbilla hacia la puerta... por la que entraba Eliza, empujando la silla de ruedas en la que iba Archie con una manta de punto sobre las piernas.

Regina no se molestó en replicar. Se alejó a toda prisa, hacia Archie. Peggy y Janet ya corrían hacia él. Nate quería acercarse sin dilación, pero decidió quedarse donde estaba. Tenía que enfrentar la situación con mucho tiento. Tenía que aparentar preocupación, pero no ansiedad.

Rich miró fijamente al grupito de mujeres que rodeaba a Archie con los labios apretados. Acto seguido, sacó el cuadernillo y el lápiz, y empezó a escribir.

—Antes de que llegaras, Rich me estaba contando que Max va a la Universidad de California en Los Ángeles. —Briony se volvió hacia Max—. ¿Qué estudias?

—Mermercadotecnia. —Max no había tartamudeado al hablarle a Nate de los hábitos de consumo de su abuelo. A juzgar por lo que le había contado Rich, era algo con lo que Max lidiaba desde pequeño, pero que casi no se notaba a menos que estuviera nervioso. A lo mejor era por tener la atención de una hermosa «mujer mayor». A él seguro que le habría pasado lo mismo a su edad.

—¿Tienes ya la asignatura de Iniciación a la Contabilidad? —le preguntó Briony.

—Sí, estoy con ella ahora mismo. Tiene muchas más dirdirectrices de las que creía.

—¡Sí! La gente que no la ha estudiado cree que es aburrida.

—O que es fácil. Que solo va de sumar columnas de cifras. —No había tartamudeado. Briony ya había conseguido que se sintiera más cómodo.

—Pero se parece más a... —empezó Briony.

—A montar un rompecabezas —terminaron los dos a la vez.

—¿Alguien quiere triángulos de pasta filo con espárragos y *prosciutto*? También tengo los famosos *brownies* de espinacas de LeeAnne —preguntó Hope con sequedad. Uno de los camareros debía de estar enfermo. Solo en esas circunstancias Hope asumía ese papel. Por regla general, Nate habría estado al tanto de lo sucedido, pero ese día había sido un no parar de distracciones—. Están deliciosos —añadió ella, pero las palabras sonaban muy frías y no se comportaba con los residentes como siempre. ¿Le preocupaba algo? Nate se recordó que tenía que preguntárselo a LeeAnne.

Max abrió la boca, pero luego la cerró. Carraspeó antes de menear la cabeza. Rich siguió escribiendo.

—Me encantaría probar uno —dijo Briony, que escogió un canapé de espárragos. Mientras se comía el entrante, Nate descubrió que le había clavado la vista en los labios. Tuvo que obligarse a apartar los ojos.

—¿Nate? —Hope le puso la bandeja por delante y él seleccionó un *brownie* de espinacas, que colocó sobre una servilleta. No tenía hambre, pero no quería que LeeAnne se enterase de que había rechazado una de sus especialidades. Tendría que hacerle muchos halagos para compensarla. Decidió que intentaría, una vez más, que le cambiara el nombre. Decir que algo era un *brownie* cuando no había ni rastro de chocolate estaba mal, por más que estuviera riquísimo.

—¿Estás seguro de que no quieres un canapé de espárragos? —le preguntó al muchacho—. Sé que te encanta el *prosciutto*. —Nate se preocupaba de saber mucho más que los meros nombres.

Como Max tardó en contestar, Hope se dio media vuelta y se alejó con una actitud casi antipática. Max la observó mientras se alejaba. Nate reconoció su expresión. Seguramente era la misma con la que él había estado mirando a Briony.

✑✑✑

Mac llamó al timbre de Gib. El hombre parloteó algo, y *Mac* lo oyó acercarse a la puerta. Esa noche no olía a sardinillas. Claro que no había ido por las sardinas, se recordó. Estaba allí para entregar el regalo que acababa de encontrar. Eso sí que funcionaría.

Cuando Gib abrió la puerta, *Mac* le dejó la cosa que olía sobre un pie. Gib la recogió, la frotó con los dedos y, después, se la llevó a la nariz. Aunque no se merecía que la llamase nariz. Gib tuvo que pegar el apéndice de la cara para captar el olor, y eso que era fuerte.

Sin embargo, *Mac* olió que Gib se alegraba. Como bien sabía que iba a hacer.

—¿Has vuelto a salir? Gato malo... —Gib decía «malo» de la misma manera que Jamie, como si no lo dijera en serio. Claro que a *Mac* no le importaba ser malo. Ser malo era divertido—.

En fin, esta vez voy a devolverte. —Extendió los brazos como si solo quisiera acariciarlo. Pero *Mac* sabía que no era así, sabía que Gib iba a intentar atraparlo.

Se dio media vuelta, se alejó unos cuantos escalones y luego se detuvo. Levantó bien la cola, lo que todo el mundo sabía que significaba «Sígueme». Al menos, todo el mundo que sabía lo que había que saber. Por desgracia, seguramente los humanos no estuvieran incluidos en ese grupo. *Mac* dio unos pasos más, miró por encima del hombro y maulló bien fuerte antes de echar a andar hacia la acera.

—Dichoso gato... —Gib salió de la casa y cerró la puerta con llave.

Mac avanzaba despacio, manteniéndose justo por delante del humano. El regalo había alegrado a Gib, y *Mac* sabía cómo conseguir que se alegrase todavía más. Lo condujo directo a la fuente del olor.

—Aquí está mi chiquitín. —La humana llamada Peggy empezó a chasquear la lengua al ver a *Mac*, y el gato aceptó la invitación al saltar a su regazo. De inmediato, ella empezó a rascarle el punto sensible de debajo de la barbilla. Esa era una humana que al menos comprendía algunas cosillas.

—Tengo que devolvérselo a su dueña —dijo Gib.

—Está aquí. Va a ver la película con Nate. Así que se puede quedar hasta que termine —repuso Peggy.

—Supongo que yo también me quedaré. No quiero quitarle el ojo de encima. —Gib se sentó al lado de Peggy—. Es muy escurridizo.

Una vez que sus humanos se comportaban como era debido, *Mac* podía jugar un rato. Se levantó y saltó del regazo de Peggy al regazo del hombre que tenía al otro lado. El hombre al que no le caía bien. Si a alguien no le caía bien, pagaba las consecuencias.

Levantó una pata y le dio un golpecito al hombre en la cara. Olía lo mucho que le disgustaba, de modo que repitió la operación.

—¡Buenas noches, enfermera! —parloteó el hombre—. ¿Quién te ha invitado? Si quisiera que alguien se me sentara en el regazo, lo habría pedido. —Miró a Peggy—. Puede que todavía lo haga.

Mac agitó los bigotes y bufó. El olor de Gib estaba cambiando. Olía como Jamie el día que él se negó a pasear con una correa. Seguramente él también olía de la misma manera. Porque, aquel día, no lo tenía muy contento.

Gib se puso de pie.

—Dile a Briony dónde está el gato. Me voy.

Mac lo miró sin parpadear mientras iba hasta la puerta. ¿Qué les pasaba a los humanos? Había conducido a Gib al punto exacto donde más feliz era. ¿Y qué hacía él? Salía por patas. Iba a tener que empezar de cero otra vez. Pero esa noche no. Necesitaba una siestecilla. Intentar que los humanos aprendieran a comportarse resultaba agotador.

❧❧❧

—Tengo que pasarme a saludar a Archie y a su nieta antes de que empiece la película —le dijo Nate a Briony. Mientras iban del comedor a la sala de proyección, le había contado una versión resumida del accidente de Archie y de la reacción de Eliza.

Briony quería acompañarlo, ofrecerle apoyo moral.

—¿Te parece bien si te acompaño? O...

—Sería estupendo. Quiero que esta noche sea algo distendido. —Nate la guio. Archie llevaba otra pajarita anticuada. Y tenía en el regazo al mismo gato atigrado con el que había posado para la clase de arte.

—¡*Mac!* ¿Otra vez? —exclamó Briony—. ¿Qué voy a hacer contigo?

El gato respondió con un ronroneo.

—Puede quedarse hasta que acabe la película ya que estás tú aquí, ¿no? —preguntó una mujer despampanante con una gruesa trenza de pelo canoso, que estaba sentada junto a Archie.

Briony levantó las manos en señal de rendición.

—Es evidente que no tengo poder sobre él. Puede hacer lo que quiera. No, va a hacer lo que le dé la gana siempre. —*Mac* ronroneó con más insistencia, tanto que parecía un motor fueraborda.

Nate realizó las presentaciones, y Briony observó a Eliza mientras se preguntaba qué clase de problemas le crearía a Nate. Vestía de una manera que ocultaba el cuerpo, con una falda que le llegaba a media pierna y una blusa de flores que seguramente era una talla más grande de la cuenta. Llevaba collar y pendientes de perlas, pero tenía más de un agujero en las orejas.

Briony decidió charlar un poco. Ayudar a Nate a que las cosas fueran distendidas.

—¿Te dolió? Me refiero al *piercing* que tienes sobre el conducto auditivo. —Briony solo tenía un agujero en cada oreja. Lo básico. O lo que fuera que hubiera por debajo de lo básico.

—¿El trago? —preguntó Eliza al tiempo que se pasaba un dedo por uno de los diminutos agujeros que tenía en la oreja izquierda—. La verdad es que no. El cartílago es más grueso, así que hay más presión. Este dolió más. —Deslizó el dedo hasta un punto casi opuesto al primero—. Pero seguramente porque el que me lo hizo era un negado. Si piensas hacerte un *piercing*, podría...

Archie se movió en la silla de ruedas y gimió de dolor. Eliza volvió la cabeza hacia él, olvidándose de lo que fuera a decirle a Briony.

—¿Abuelo?

—¿Te está molestando el tobillo, Archie? —preguntó Nate.

—¿No salta a la vista? —Eliza lo miró con desdén—. No quería que viniera. Debería estar con la pierna en alto.

—Tengo la pierna en alto. —Archie señaló el banquito donde apoyaba el pie—. Y parece que va bien. Es que me ha dado un tironcillo al moverme.

Eliza meneó la cabeza.

—Solo lo dice porque quiere convencerme de que ha sido una lesión menor. Insiste en que no quiere irse. Se niega a aceptar que usar esa máquina averiada podría haberle costado una fractura de cadera. O algo peor.

—¿Irte? Espero que no pienses en irte. —Peggy le dio un apretón a Archie en el brazo.

—Pues claro que me voy a quedar —le aseguró él—. Este sitio es una bicoca. Eliza está siendo una mojigata otra vez.

Se sacaba tantas expresiones raras de la manga como Ruby y Riley con su juego de vaqueros. Briony supuso que eran expresiones de cuando Archie era joven. Porque le parecían rarísimas.

—Me alegro de oírlo —dijo Nate—. Le diré al médico que pase a verte por la mañana.

—No, gracias. Tengo cita para que lo vea un especialista. —Eliza colocó bien la manta sobre las piernas de Archie, aunque dejó la mano encima más tiempo del necesario—. Su médico de cabecera me ha recomendado a alguien.

—Hazme saber lo que te han dicho. Y también hazme saber si necesitas algo, Archie —dijo Nate—. Podemos hacer que una persona te ayude con la silla de ruedas para ir al comedor cuando Eliza no esté. O podemos llevarte la comida si lo prefieres.

—¡Estaré encantada de llevarle la comida a Archie! —exclamó una mujer desde el sofá que tenían a la espalda.

Al mismo tiempo y desde la misma fila, Regina dijo:

—¡Yo se la llevaré!

—Parece que tu abuelo va a recibir toda la ayuda del mundo —le dijo Briony a Eliza.

Eliza no le hizo caso. La mujer agradable que había empezado a darle consejos sobre *piercings* había desaparecido. Y, puesta a pensarlo, era raro que tuviera tantos agujeros en las orejas, se dijo Briony. Eliza vestía con un estilo muy conservador. Pero tal vez fuera porque iba a ver a su abuelo. Sabe Dios qué se ponía cuando salía a divertirse.

—Sabes que haré todo lo que necesites mientras te recuperas —añadió Peggy.

Saltaba a la vista que Archie era muy popular. Briony echó un vistazo por la estancia. Parecía haber una ratio de siete mujeres por cada hombre entre los residentes. Tal vez fuera parte del motivo, aunque Archie era un anciano bastante atractivo. Esos ojos azules eran preciosos.

Las luces parpadearon.

—La película está a punto de empezar. Tenemos que sentarnos —dijo Nate—. Arch, tú dinos, a mí o a cualquier miembro del personal, si necesitas algo.

—Sigo muy preocupada por la situación de las instalaciones —le dijo Eliza a Nate—. Si veo una sola cosa que me haga preocuparme por el bienestar de mi abuelo, pienso llevármelo.

—Echa el freno, nena —protestó Archie—. Estamos hablando de mi vida.

Eliza le puso una mano en la rodilla y le dio un apretón.

—Esta vez vas a dejar que me salga con la mía.

Al menos, parecía que iba a darle a Los Jardines otra oportunidad, aunque no le hiciera mucha gracia. Eso le proporcionaría a Nate el tiempo necesario para averiguar quién estaba detrás del sabotaje. Las luces parpadearon de nuevo.

—Que disfrutéis de la película —le dijo Briony al grupito antes de que Nate y ella fueran hasta el diván emplazado en el otro extremo de la sala.

—Os lo he guardado para vosotros —dijo Rich desde la fila de atrás, donde se sentaba con su nieto—. Un diván para los tortolitos. Mmm, creo que de ahí sale algo. —Empezó a mascullar cuando las luces se apagaron.

Briony fue incapaz de contener la sonrisa cuando empezó el primer número musical. *Good Morning Baltimore* era una canción muy alegre. No había visto *Hairspray* cuando la estrenaron. Caleb creía que los musicales eran tontos y no toleraba las tonterías. Sin embargo, aunque la película era entretenida, no conseguía reclamar toda su atención. La distraía Nate. Solo estaba sentado a su lado, pero con eso bastaba. Apenas unos centímetros les separaban los muslos, y percibía su calor corporal a través de la corta distancia, a través de la ropa de ambos.

Y su olor... Nate no usaba colonia, pero el olor a jabón y ese olor tan propio de él era mejor que cualquier perfume artificial. La llenaba con cada inspiración, haciendo que volviera a la cama con él. Se olvidó por completo de la película mientras revivía cada segundo, cada caricia. La estaba volviendo loca.

¿Cuánto tiempo tenía que pasar antes de poder disfrutarlo de nuevo? Le daba la sensación de que la película estaba llegando a su fin. Y una vez que terminara, Nate tendría que quedarse y charlar un rato, ¿cuánto? ¿Media hora más? ¿Una hora? ¿Después la llevaría a casa, a la cama? ¿O lo de la noche anterior fue algo puntual? Le costaba quedarse sentada, a la espera. Se movió un poquito, de modo que sus muslos se tocaron, aunque no había sido su intención. Seguramente no lo había sido.

Nate se inclinó hacia ella.

—¿Qué tal el pie? —le susurró al oído. Sintió su aliento muy cálido sobre la piel, pero de todas formas le provocó un escalofrío.

—A lo mejor deberías echarle un vistazo —le contestó, también en un susurro.

La tomó de la mano, se levantó a toda prisa y la sacó por la puerta lateral al pasillo. Debía de estar tan impaciente como ella, porque nada más quedarse a solas, la pegó a la pared, tocándola con todo el cuerpo. Briony le enterró los dedos en el pelo y lo instó a agachar la cabeza para besarlo. Empezó a jadear. Pero no se parecía en nada a un ataque de pánico. Todo lo contrario. Era un ataque de lujuria.

Se rindió a las sensaciones corporales que Nate le provocaba, feliz de tener la pared a su espalda, porque no creía que las piernas pudieran sostenerla. Se le habían aflojado de nuevo por completo.

—¿De dónde has sacado eso?

La voz era casi un grito. Nate se apartó de ella de golpe. Briony levantó la vista y la clavó al otro lado del pasillo mientras se abrochaba la blusa todo lo deprisa que podía. El pasillo estaba desierto. No los habían visto.

—Te he preguntado que de dónde lo has sacado. —La voz procedía de la sala de proyección.

—Tengo ver qué pasa ahí dentro. —Nate se abrochó el cinturón y echó a andar hacia la puerta.

—¡La cremallera! —masculló Briony al tiempo que se peinaba con los dedos.

Él se la subió.

—Gracias. —Puso la mano en el pomo de la puerta.

—Pintalabios. —Se acercó corriendo a él y le limpió la comisura de los labios.

Nate la abrazó y le dio un beso fugaz y apasionado.

—¿Más pintalabios? —le preguntó él.

Cuando ella negó con la cabeza, Nate abrió la puerta. Las luces estaban encendidas. Briony no sabía muy bien cuánto llevaban ausentes, pero la película había terminado.

—Ese colgante es mío —le dijo Eliza a Peggy—. ¿Te lo has llevado de casa de mi abuelo?

Briony y Nate se acercaron a toda prisa al grupo donde discutían.

—¿Has estado en su casa? —le preguntó de muy mal humor una mujer de pelo escarlata a Peggy. La mujer que estaba sentada detrás de Regina y que se había ofrecido a llevarle la comida a Archie.

—No. Me lo he encontrado. En mi dormitorio —contestó Peggy cuando Briony y Nate llegaron a su lado.

—¿Archie ha estado en tu dormitorio? —preguntó Regina, asombrada.

—Eso no es asunto tuyo —respondió Peggy, con una mano sobre el brillante camafeo de plata con forma de corazón que llevaba al cuello.

—Eso es un sí —masculló Gib.

Peggy se volvió para mirarlo.

—Creía que te habías ido.

—Quería ver por dónde anda el gato. Parece que se ha vuelto a ir —dijo Gib.

—Ay, no. —Briony suspiró—. Me rindo. Seguramente ya esté en casa para cuando yo vuelva.

—Creía que el colgante se lo había dejado un antiguo residente. La señora de la limpieza pasó ayer. Supuse que lo había encontrado debajo de la cómoda o algo —le explicó Peggy a Eliza—. No entiendo cómo algo tuyo puede haber acabado en mi

casa, pero si dices que es tuyo, aquí lo tienes. —Se sacó el colgante por la cabeza, y el cierre le hizo una herida en el labio.

—Estás sangrando. —Gib se sacó un pañuelo de tela del bolsillo e hizo ademán de ponérselo a Peggy en la boca, pero se lo
pensó mejor y se lo dio.

Peggy miró el pañuelo mientras acariciaba la rosa bordada
que había en una esquina.

—Es mío. ¿Cómo lo tienes tú?

—El gato me lo dio —contestó Gib.

—¿*MacGyver*? —preguntó Briony. ¿Qué estaba tramando
ese endemoniado gato?

CAPÍTULO 11

Briony no pudo contener las carcajadas cuando entró en la casa con Nate. *Mac* estaba acurrucado en el centro de un cojín gigantesco situado en un lateral del salón, y *Diogee* estaba en uno tan pequeño que apenas conseguía acomodar su cuerpo entero.

—Mira quién ha vuelto —dijo. *Diogee* se levantó de un salto y se abalanzó sobre ellos para ponerle a Nate las patas en el pecho—. Creo que está pidiendo que lo protejamos de *Mac*.

—No sé si puedo ayudarte, amigo —le dijo Nate al perro—. Ese gato es demasiado astuto para mí. —*Mac* abrió un instante uno de los ojos dorados, miró a Nate y, después, lo cerró para seguir durmiendo.

—¿Quieres salir? —Briony abrió la puerta, y *Diogee* salió al trote al jardín vallado delantero. Acto seguido, empezó a regar los árboles y los arbustos con pipí. Briony dejó la puerta abierta para que entrara cuando quisiera. Mantenerla cerrada no servía de nada. *Mac* salía cuando le apetecía—. ¿Quieres beber algo? —le preguntó a Nate—. Tengo vino. —«Y, después, puedes llevarme a la cama», añadió en silencio. Después de lo que había pasado en el pasillo, era evidente que la deseaba tanto como ella lo deseaba a él.

Nate se desperezó.

—Estupendo.

—Has tenido un día largo, ¿verdad? —Briony echó a andar hacia la cocina y sacó la botella de fumé blanc del frigorífico. La había comprado esa misma tarde con la esperanza de que Nate la visitara de nuevo. Después, se pasó unas cuantas horas decidiendo qué ponerse, sin pedirle consejo a nadie. A Nate pareció gustarle el vestidito cruzado de manga corta. El que había comprado para la luna de miel, porque era reversible y no quería llevar demasiado equipaje. Desterró el pensamiento. Cuando estaba con Nate, la luna de miel era lo último en lo que le apetecía pensar.

—Largo, bueno, malo, difícil, raro —contestó Nate, que se apoyó en la encimera. Le quitó de las manos el sacacorchos que acababa de sacar de un cajón y abrió la botella para servir el vino en las dos copas que ella había preparado.

—Entiendo que haya sido largo, porque sé a qué hora te fuiste a trabajar. Y que haya sido malo, por el accidente de Archie. ¿Me explicas el resto?

—Creo que también sabes por qué ha sido bueno. —La recorrió de arriba abajo con la vista, y ella se puso colorada allí donde sintió su mirada.

Briony tragó saliva.

—¿Porque hemos visto *Hairspray*? Desde luego que verla te alegra el día.

—No, no me refería a eso. —Soltó la copa para aferrarle la cara entre las manos y la besó con suavidad y dulzura—. A esto.

—¿También ha sido duro por eso? —bromeó ella, algo que jamás le habría dicho a Caleb. No le gustaban los chistes verdes, ni siquiera las insinuaciones picantes.

Nate se rio, le dio una palmadita en el trasero y, después, la besó de nuevo, en esa ocasión con menos suavidad y dulzura.

—Además de eso, ha sido duro porque he tenido que lidiar con lo de Archie —respondió cuando se apartó de sus labios.

—Eliza no está contenta, la verdad. Pero él no parece culparte por el accidente. Dijo que quería quedarse.

—Se ha adaptado muy rápido. Sin problemas —repuso Nate—. Pero la familia también tiene que estar contenta. Esa fue una de las primeras cosas que aprendí.

—Seguro que pronto la conquistas. Tienes un don —lo tranquilizó ella—. Bueno, pues ya sabemos por qué ha sido bueno, malo y duro. ¿Por qué ha sido raro?

Nate bebió un sorbo de vino y después se sentó a la mesa. Ella se sentó a su lado.

—Lo raro ha sido por mi madre. Y también, en parte, ha contribuido a que sea malo. Me pasé por su casa para ver cómo estaba antes de ir a la Noche familiar. Ya te he comentado que ha habido alguien merodeando por los alrededores de su casa. —Briony asintió con la cabeza. Nate no le había contado mucho, solo lo había mencionado mientras le hablaba de los actos de sabotaje—. Ni siquiera estaba arreglada, algo poco habitual en ella, y parecía distraída, casi errática —siguió Nate—. Me dijo que había estado oliendo la colonia de mi padre en la casa, aunque guardó el único frasco que le quedaba en el semisótano cuando él se fue. —Se pasó una mano por el pelo—. Me he enterado de eso hoy. Pensé que lo había tirado todo semanas después de que se fuera. Nos pasamos ese tiempo desesperados por saber lo que le había pasado; llamando a todo aquel que se nos ocurría para preguntar y también a los hospitales. No se nos ocurrió que se había ido sin más. Hasta que llegó la postal.

—La postal —repitió Briony, porque tuvo la impresión de que él se perdía en los recuerdos.

—Solo la leí una vez. Pero no creo que pueda olvidarla en la vida —dijo él—. Decía: «Estoy bien. Necesitaba marcharme. Me estaba asfixiando. Os mandaré dinero». Y lo hizo. No a menudo y no lo bastante como para que mi madre pudiera sobrevivir, pero mandaba algo. De todas formas, cuando volví a casa al día siguiente, descubrí que todas sus pertenencias habían desaparecido. Todo, la postal incluida. Hasta la barbacoa. Asar algo en la barbacoa era muy típico de mi padre. Así que no sabía que mi madre conservaba algo. Hasta que ayer me dijo que no pudo deshacerse de todo.

—No has tenido el tiempo suficiente para procesar todo esto, ¿verdad?

Nate negó con la cabeza.

—Supongo que no. Tuve que irme directo de su casa a la Noche familiar. Era importante que todo pareciera normal. Salir y hablar con todo el mundo, tranquilizar a todos los que están nerviosos por el accidente de Archie, mucho más después de que haya sucedido justo tras lo del sistema de ventilación.

—Has estado muy bien. Maravilloso, la verdad. Daba la sensación de que eras amigo de todas las personas con las que hablabas. Les has demostrado a todos que te interesas por su bienestar, que te preocupas por ellos. ¡Si hasta sabes cuál era la comida preferida del nieto de Rich!

—Eso forma parte del trabajo —le aseguró él.

—Venga ya. No lo haces por el trabajo. No he tenido la impresión de que lo estuvieras haciendo forzosamente. Era evidente que no. Esa señora ha dicho que has convertido Los Jardines en un hogar. Eso ha dicho de ti, Nate.

—Regina —replicó él.

—Eso, Regina. Y el poeta, Rich. Él también opina igual. He percibido que todos piensan lo mismo. Cuando te vi con LeeAnne y Hope el otro día, me resultó obvio que te adoran.

—No hace falta que... —dijo Nate, pero guardó silencio—. No te he pedido una charla motivadora.

—No es una charla motivadora. Solo son mis impresiones. Deberías sentirte orgulloso de ti mismo, de lo que has creado.

—Fue mi abuelo quien...

—¿Cuánto tiempo llevas dirigiendo el lugar? —lo interrumpió ella.

—Nueve años y cuatro meses. —No le dijo cuántos días más, pero llevaba la cuenta exacta.

—Eso no lo ha hecho tu abuelo. Has sido tú. Nate, puedes sentirte orgulloso.

—Lo estoy —afirmó, aunque nunca lo hubiera interpretado como un logro. Se había limitado a hacer lo necesario. Lo que habría hecho su abuelo, hasta que contó con la experiencia necesaria como para poder tomar sus propias decisiones.

—¿Tu padre estaba muy involucrado cuando dirigía Los Jardines? —quiso saber Briony.

Esa era la segunda vez que iba a mantener una conversación sobre su padre ese día. Definitivamente, era muy raro. Después de la postal, fue como si su padre jamás hubiera existido. Todas sus pertenencias desaparecieron, o eso pensó él. Todas las fotos. O ¿tal vez había alguna guardada en el semisótano?

—Mi abuelo sufrió un ictus con setenta y tres años. Fue algo inesperado. Ni siquiera se había planteado el momento de la jubilación, y parecía que jamás llegaría. Era un hombre muy activo. Pero de la noche a la mañana, pasó de dirigir el lugar a ser uno de los residentes que necesitaba cuidados constantes.

—Ay, Nate. Cuánto lo siento. —Esos ojos azules lo miraban con compasión.

Nate siguió rememorando el pasado, porque quería que lo comprendiera por completo.

—A mi padre nunca le gustó Los Jardines. Algo normal, sí. No todo el mundo quiere continuar el negocio familiar. Lo entiendo. Debería haber contratado a un gerente, pero decidió hacerse cargo de todo, aunque lo hizo a desgana. Yo todavía estaba en el instituto, pero sabía más del asunto que él, solo por haber pasado tanto tiempo con mi abuelo.

—Lo querías mucho. Es evidente —comentó Briony.

—Ajá. Pasaba mucho tiempo conmigo y con Nathalie. Le gustaba ejercer de abuelo tradicional. Tal vez porque mi abuela murió unos años antes de que nosotros naciéramos —dijo Nate—. Mi padre a veces decía cosas sobre él, como que era mejor abuelo que padre. Nunca me enteré de toda la historia, ninguno de los dos me la contó.

—¿Tu madre estaba muy alterada cuando la has visto?

Nate sopesó la respuesta.

—No tanto como yo pensé que lo estaría si alguna vez tenía que hablar de mi padre. Justo después de que se fuera, se ponía histérica si yo intentaba hablar de él, así que dejé de hacerlo. La mayoría del tiempo fingimos que jamás existió. Hoy ha sido la primera vez que la he visto triste desde entonces. La he visto llorar por una película, hasta por algún anuncio de televisión. La he visto enfadada por un sinfín de cosas sin importancia, como un mal corte de pelo. A lo mejor, en el fondo, todo era por mi padre, al menos en parte.

—Oye, que un mal corte de pelo es un golpe muy duro para una mujer —bromeó Briony, y añadió—: ¿Crees que ahora que lo ha sacado a relucir, mediante la colonia, seguirá hablando de él?

—No estoy seguro. A lo mejor todo vuelve a la normalidad. No lo sé. —De repente, se sintió exhausto—. ¿Y tu familia? ¿Cómo es? —Necesitaba descansar de sus mierdas familiares.

—Mi familia. Bueno, solo somos mis padres y yo. No tengo hermanos ni hermanas —respondió ella—. Mis padres y yo pasábamos mucho tiempo juntos cuando yo era pequeña. Hicimos muchos viajes: a Washington, al Gran Cañón, a Disneylandia, incluso fuimos a Europa un par de veces.

—Parece que fue estupendo.

—Lo fue —le aseguró ella, aunque Nate percibió que había algo más.

—¿Pero? —la invitó a seguir.

—Pero... Mmm... Quejarme me hará quedar como una desagradecida. Pero nunca me dejaron dormir en casa de mis amigas. Nunca salí a pedir caramelos la noche de Halloween. Bueno, eso no es cierto. Sí que salía cuando era demasiado pequeña y ellos me acompañaban hasta las puertas de los vecinos. Después, volvíamos a casa para examinar todos los caramelos que me habían dado y podía comerme uno al día hasta que se acabaran.

—¿Uno al día? Los míos desaparecían antes de que pasara una semana.

—Eso sí que es divertido —dijo ella—. Cuando los demás niños empezaron a salir solos, mis padres insistieron en seguir acompañándome. Así que les dije que ya no me apetecía hacerlo. Me avergonzaba que me vieran por el barrio mientras mis padres me esperaban en la acera, delante de todas las casas, como si fuera una niña pequeña.

—Pero ¿cuántos años tenías? —quiso saber Nate.

—Creo que tenía doce la última vez que intenté convencerlos de que me dejaran salir con mis amigos asegurándoles que no me pasaría nada —contestó—. No lo conseguí.

—Eso es pasarse un poco —comentó Nate.

—Es una locura. Me hacía sentir... —No acabó la frase.

—¿Cómo?

Briony suspiró.

—Me hacía sentir como si tuviera algún defecto. Como si ellos supieran que yo era torpe. Que no era tan lista o tan competente como los demás niños.

—Cuando ellos solo pensaban en protegerte.

—Ajá. Me protegieron tanto que me convirtieron en una inútil.

—Así que por eso me dijiste aquello cuando intenté curarte la herida del pie. Me dijiste que no querías ser una inútil. Para que lo sepas, a mí no me lo pareces.

Ella soltó una carcajada.

—Eso es porque no puedes leerme el pensamiento.

—Estás aquí, de vacaciones. Bueno, cuidando a un gato, tú sola. Mucha gente no sería capaz de hacerlo. Mucha gente ni siquiera es capaz de salir sola a cenar. Mi hermana, por ejemplo.

Antes de que Briony pudiera replicar, el perro entró a la carrera, demasiado rápido. Intentó detenerse, pero se deslizó por el suelo y solo lo hizo una vez que chocó con las piernas de Nate. Después, soltó un ladrido.

—Le gusta que le dé una galleta cuando entra.

Al oír «galleta», *Diogee* empezó a menear el rabo con tanta fuerza, que casi perdió el equilibrio. Briony se levantó y abrió un tarro de cerámica que tenía escrito en un lateral: «Dame de comer». Sacó una galleta, pero antes de que pudiera dársela al perro, *Mac* apareció y soltó un maullido alto y largo.

—Muy bien, muy bien, tú primero. —Briony abrió un tarro más pequeño y le lanzó una galleta para gatos a *Mac*, tras lo cual

LA VIDA SECRETA DE MAC / **185**

le dio la galleta a *Diogee*—. Se te olvida la otra parte rara de tu día. O, al menos, a mí me lo ha parecido.

—¿A qué te refieres? —le preguntó Nate.

—A la parte en la que Peggy acabó con el collar de Eliza sin saber cómo y Gib acabó con el pañuelo de Peggy sin saber cómo.

—Dijo que se lo llevó *Mac*. Y, la otra noche, me dijo que *Mac* le llevó un minúsculo tanga rosa. —Ambos miraron al gato.

—Mi prima me dijo que le gusta robar cosas —adujo Briony—. Además, se supone que es una especie de casamentero. Supuestamente, consiguió unir a mi prima y a su marido, David. Le robaba cosas a David y las dejaba delante de la puerta de Jamie.

—Si *Mac* une a Gib y a Peggy, Gib le comprará una lata de sardinas —replicó Nate.

—Sería muy romántico que él siempre hubiera estado enamorado de ella y que acabaran juntos después de tantos años. —Miró a *Mac*—. ¿Ese es tu plan, señor don Gato? —Su única respuesta consistió en menear el rabo—. Se niega a contestar.

Nate extendió los brazos y agarró a Briony por la cintura. Acto seguido, tiró de ella para acercársela a las piernas y se la sentó en el regazo.

—Nosotros nos conocimos gracias a *Mac*. ¿Crees que estaba haciendo de casamentero?

Briony sonrió.

—Estoy segura de que sabía que no podrías resistirte a mis encantos cuando me vieras con el vestido roto, el pelo hecho un desastre y el rímel corrido casi hasta la barbilla. Además, creo que te grité.

—Sí, me gritaste. Pero al día siguiente...

—Al día siguiente, me prometí que mantendría una actitud tranquila, educada y comedida, y que te demostraría que no estaba loca. Y funcionó, porque me invitaste a tomar unas copas.

—Y, luego, acabaste haciéndote un corte en el pie y tuve que cuidarte.

—Y, luego, te abalanzaste sobre mí. Así.

Y volvieron a besarse. Otra vez.

ꙮꙮꙮ

—Nate. Nate, Nate.

Cuando se despertó, Nate descubrió a Briony, desnuda y calentita, medio acostada sobre su pecho mientras lo llamaba. Sonrió.

—¿Puedo ayudarte en algo? —le pasó una mano por la espalda.

—Se me ocurren un par de cosas. Pero te he despertado porque te han llamado por teléfono.

Nate masculló una palabrota.

—¿Qué canción? El tono, me refiero. ¿Cuál era?

—La música de *Psicosis*.

Soltó otra palabrota, rebuscó los pantalones por el suelo y sacó el teléfono móvil del bolsillo.

—Mi hermana —le dijo a Briony mientras abría el buzón de voz. No se molestó en escuchar el mensaje completo—. Está de bajón. Otra vez. Alguien ha cortado con ella mediante un mensaje de texto. Otra vez. Tengo que ir a su casa. Si no lo hago, se lo contará todo a Lyla, y solo tiene diez años. No necesita enterarse de esas cosas.

Briony se sentó en la cama.

—¿Quieres que vaya? Puedo quedarme con los niños.

Se sintió tentado. Sería estupendo tenerla allí. Pero Nathalie se enfadaría si la llevaba, y ya estaba bastante cabreada.

—A ver qué te parece esto. La otra noche ni siquiera pudimos pedir los entrantes, así que no probaste la tostada de aguacate. ¿Qué te parece si salimos a cenar esta noche?

—Me encantaría. ¡Mucho, mucho!

Nate sonrió al ver su entusiasmo y le dio un beso fugaz. Si la besaba más lentamente, no saldría nunca de esa cama.

Ella le agarró la muñeca cuando intentó incorporarse.

—Me cuesta trabajo recordar que solo estoy aquí para pasar unas semanas.

Nate la miró a los ojos.

—A mí también.

—Todo ha sido muy rápido —comentó Briony.

—¿Demasiado rápido?

Ella negó con la cabeza.

—Rápido en plan inesperado. Y divertido.

—Mucho.

—Y esta noche nos divertiremos más.

—Tanta diversión como seas capaz de aguantar —añadió Nate, que se vistió deprisa. Quería resolver el problema de Nathalie, comprobar cómo se encontraba su madre, hacerle una visita a Archie y realizar una inspección en la propiedad y en los edificios de la comunidad para después regresar con Briony—. Luego te llamo.

—Luego te contesto —replicó ella.

Se permitió darle otro beso breve y se marchó. Se subió al automóvil y puso rumbo a casa de Nathalie. Aun después de pararse un momento para comprar rosquillas, solo tardó diez minutos en llegar a casa de su hermana. Nathalie siempre quiso vivir cerca. Mientras aparcaba en el camino de entrada, vio a Lyle y a Lyla sentados en el porche delantero, seguramente para evitar oír cómo lloraba su madre. Se prometió que organizaría las cosas para poder llevarlos a algún lugar asombroso. Tal vez mientras Briony estuviera en la ciudad. Se había percatado de que los tres habían congeniado mucho.

—¡Rosquillas! —exclamó Lyle al ver la caja verde y blanca que llevaba Nate en la mano. Su sobrino se acercó a la carrera, le quitó la caja y empezó a examinar las posibilidades.

Lyla se acercó más despacio, ya que no era tan fácil alegrarla como a su hermano.

—¿Alguna con fideos de chocolate? —le preguntó.

—¿Alguna vez volverás a confiar en mí? Han pasado dos años desde que te traje una de fresa sin fideos de chocolate.

Lyla sonrió.

—A lo mejor necesito otro año más.

—Dos de las de chocolate negro son para tu madre —les advirtió mientras los niños empezaban a comer—. El resto, para vosotros.

—¿Tú no quieres? —le preguntó Lyle entre bocado y bocado de una de galletas Oreo. Su sobrino no tenía un favorito claro.

—Soy listo. Me he comido una de camino. No quería que me quitaran la de jarabe de arce.

Lyla le ofreció una servilleta en la que había colocado las dos rosquillas para su madre, y Nate entró en la casa sin molestarse en llamar a la puerta. Nathalie no querría tener que levantarse para abrir.

—¿Por qué has tardado tanto? —le preguntó, molesta, desde el sofá, donde estaba acostada con la ropa de la noche anterior. A menos que le hubiera dado por los pijamas de licra. En la mesita auxiliar, había una copa de vino medio vacía. Esperaba que también fuera de la noche anterior. Seguramente lo fuera. Nathalie no era la mejor de las madres, pero tenía sus límites.

—No he tardado tanto. Pero a lo mejor no debería haberme parado para comprar rosquillas.

—¿De chocolate?

Nate le apartó los pies del extremo del sofá y se sentó, tras lo cual le ofreció las rosquillas.

—De camino, se me ha ocurrido que deberías darle otra oportunidad a mamá cuando tengas otra crisis sentimental. Estas cosas son típicas de madres e hijas, no de hermanos y hermanas.

Nathalie levantó las cejas y después torció el gesto.

—Ya te he dicho que nunca funcionará. En el instituto, tenía que fingir que no tenía novio. La única vez que se lo dije, no paró de repetirme que iba acabar llevándome un desengaño. Y así fue. —Se sentó y estiró un brazo para aferrar la copa—. Es por la mañana, ¿verdad? —apartó el brazo.

—¡Tilín, tilín! Acaba de ganar un flamante automóvil.

Nathalie lo miró y meneó la cabeza, aunque acabó torciendo el gesto otra vez.

—Estaría bien que supieras qué hora es antes de llamarme —añadió él.

—Era una emergencia.

—No era una emergencia. Es algo que pasa a menudo. En realidad, hace menos de una semana, alguien cortó contigo con un mensaje de texto.

Vio que a su hermana se le llenaban los ojos de lágrimas. Había sido demasiado duro con ella. Ojalá no hubiera provocado una crisis de llanto. Era evidente que había estado llorando antes de que él llegara.

—No debería haberlo dicho así. Me refería a que... —Intentó elegir las palabras con tiento—. A lo mejor no te comunicas bien con tus parejas. A lo mejor crees que tenéis una relación más profunda de lo que es en realidad. —Lo que en realidad quería decirle era que tal vez los hombres con los que había salido no veían lo suyo como una relación seria; pero sabía que, si lo decía, cometería un error—. Seguramente ellos ni siquiera crean que están cortando contigo, si no que han decidido decirte que ha sido estupendo conocerte, pero que no... —Era imposible expresarlo sin que escociera—. Que no están preparados para algo más.

—Quieres decir que, como han conseguido lo que querían, ya no les sirvo.

Por eso no quería que su hermana hablara con Lyla, que solo tenía diez años.

—Lo que quiero decir es que a lo mejor deberías ser más selectiva.

—Por lo menos yo salgo. Lo intento. No como tú.

Nate no protestó. No pensaba hablarle a Nathalie de Briony. Solo serviría para que se sintiera peor.

—Te da tanto miedo la posibilidad de que te hagan daño que no te permites la oportunidad de encariñarte con alguien.

Pero sí que se estaba encariñando de Briony. Debía recordar lo que habían hablado hacía un rato. Pronto se marcharía. Solo se estaban divirtiendo. Aunque mantener el contacto no tenía por qué ser imposible. Mantener el contacto, y tal vez viajar alguna vez hasta su extremo del país.

Hacía mucho tiempo que no conocía a alguien por quien sintiera lo que estaba sintiendo. Tal vez merecía la pena seguir adelante.

‿‿‿

Mac inspiró hondo, disfrutando del olor a felicidad que exudaba Briony. Una felicidad que él le había ayudado a encontrar. Si todos se quedaran quietos y le hicieran caso al gato, se sentirían tan bien como Nate y Briony. Y como Jamie y David.

Ese sería el momento perfecto para echarse un sueñecito como premio sobre la almohada de Jamie, en ese sitio donde le daba el sol por la mañana, pero el resto de la gente necesitaba su ayuda. Soltó el aire, exasperado. Ya dormiría un rato cuando concluyera todas sus misiones. Sería de gran ayuda que los humanos fueran un poquito más listos, pero no tenían la culpa de no ser gatos.

CAPÍTULO 12

Briony se miró en el espejo de cuerpo entero que había detrás de la puerta del cuarto de baño. Giró a un lado y a otro para que la falda corta se arremolinara en torno a las piernas. Había decidido dejarse el pelo suelto, de modo que se le agitaba sobre los hombros al moverse. Dio una vuelta entera y se echó a reír. Se sentía chispeante, como imaginaba que se sentía una adolescente durante la primera cita con el muchacho del que estaba enamorada. Nate llegaría en menos de media hora.

«No deberías estar tan contenta», le dijo una vocecilla. No le hizo caso, o intentó no hacérselo. Sentirse desdichada no haría que Caleb, las familias de ambos, ni nadie, se sintiera mejor. Y solo le quedaban dos semanas y dos días en California; después, volvería a casa e intentaría recomponer su vida. Durante ese periodo de tiempo, en ese precioso lugar, con él, quería beber hasta la última gota de placer. No era algo que se pudiera hacer a menudo.

Decidió mandarle un breve mensaje de correo electrónico a Vi. Había recibido un par de mensajes de su amiga y le debía una respuesta, pero no quería hablar en persona. Eso implicaría preguntas, y las preguntas y las respuestas podían esperar hasta que volviera a casa.

Briony: *¡Vi! ¡Hola! Siento haber tardado en contestarte.*
He estado...

¿Había estado haciendo qué? Manteniendo una tórrida aventura con un hombre que casi era un completo desconocido, aunque no sentía a Nate como tal. No. Tal vez en algún momento le hablaría a Vi de su aventura californiana...

«Aventura», pensó. Tampoco parecía la palabra más adecuada. Pero eso era. Por definición, una aventura era corta y alocada. El asunto era que con Nate la cosa también era tierna y divertida, no solo algo sexual. Había conocido a los residentes por los que se preocupaba tanto. Había conocido a sus sobrinos.

Sin embargo, aunque no solo era algo alocado, y eso que lo alocado era maravilloso, seguía siendo algo corto. Pronto acabaría todo. Y una vez que acabara, seguramente se lo contaría a Vi, pero no en ese momento, no cuando todavía lo estaba viviendo. Quería que el tiempo que pasaba con Nate se mantuviera en una burbuja de felicidad, donde solo estuvieran los dos.

De acuerdo, así que...

Briony: *...empleando el tiempo que he pasado aquí pensando. Y persiguiendo al gato de mi prima, que sería capaz de fugarse de Alcatraz. Si Alcatraz siguiera siendo una cárcel.*
He recibido mensajes de Savannah y de Penelope (y de mucha más gente). Por favor, diles (a ellas y a cualquiera que pregunte) que estoy bien. Cuando vuelva a casa, os invitaré a algo a todas e intentaré explicarlo...
¡Te quiero!

No era una genialidad, pero bastaría. Seguramente tendría que mandarles algo a sus padres. Se...

La aplicación de Skype comenzó a pitar. Tenía una llamada entrante de sus padres. Era como si bastara con pensar en ellos para que aparecieran. Briony pinchó en «Responder con vídeo», y la cara de su padre llenó la pantalla. De cerca, podía ver todas las arrugas que tenía en la cara. Parecía cansado y preocupado, y estaba segura de que ella era el motivo. El estómago le dio un vuelco.

—¡Hola, papá! —Sonrió y se alegró de ir bien maquillada. Tal vez verla sin los ojos enrojecidos y sin la cara blanca, más blanca de lo que era de por sí, lo tranquilizaría un poco. Claro que nunca les diría a sus padres qué había hecho que se sintiera tan bien. Nunca entenderían que saliera con un hombre tan pronto después de haber estado a punto de casarse. A ella también le costaba entenderlo, pero era una sensación tan maravillosa, tan perfecta, que no intentaría analizarla siquiera.

—¿Dónde está mamá? —Sus padres solían llamarla juntos casi siempre.

—Haciendo la compra. Seguro que intentará hablar contigo después, pero quería ver cómo estás. ¿Has pedido la cita para el TAC?

—Estoy bien, papá. De verdad. Fue un ataque de pánico, tal como dijo la doctora Shah. —Estuvo a punto de pedirle opinión. Ya no necesitaba que nadie le diera permiso. ¿Por qué seguía teniendo la sensación de que necesitaba permiso?

—La última vez que hablamos dijiste que le habías devuelto el anillo a Caleb.

—Sí. —Titubeó antes de continuar—. Papá, estoy segura de que a mamá y a ti os cuesta mucho entenderlo. La verdad, a mí también me cuesta. De verdad creía que quería casarme con Caleb.

—Salvo, al parecer, durante su despedida de soltera, cuando le preguntó a todo el mundo si debería casarse o no—. Pero, en el último minuto, fue como si el cuerpo me dijera que no. —Esa había sido la explicación de Ruby, no la suya, pero le parecía acertada.

Su padre se pasó los dedos por las ojeras.

—A lo mejor tu madre y yo te presionamos demasiado. Caleb tenía mucho a su favor, con ese fabuloso trabajo y todo lo demás. Y era evidente que estaba loquito por ti. Creíamos que podría cuidarte bien.

—Y lo habría hecho. —Estaba convencida de que así era. Cuidar de los demás formaba parte de Caleb. Si un amigo necesitaba algo, allí estaba él. Si un desconocido necesitaba algo, allí estaba Caleb. Cada vez que ella había necesitado algo, estuvo allí—. Lo habría hecho. Pero a lo mejor eso no es lo más importante. Tengo veintisiete años. Debería ser capaz de cuidarme sola. ¿Por qué mamá y tú creéis que no soy capaz de cuidarme sola? —La pregunta le salió con voz chillona e iba cargada con tanta emoción que la sorprendió.

—Lo creemos —le aseguró su padre—. Claro que lo creemos. Sabemos lo lista que eres. Siempre has sacado las mejores notas.

—Pero ni mamá ni tú confiabais en mí para ir en bici al parque con mis amigos. Me convencisteis para vivir en casa mientras estudiaba en la universidad. Te juro que mamá todavía me cortaba las tostadas con once años —soltó Briony, que estaba liberando todo lo que se había callado durante la infancia—. ¿Por qué no me creíais capaz de hacer algo por mí misma? Tenía la sensación de que algo fallaba en mí.

—Ay, cariño, no. No. —Parecía horrorizado—. Solo queríamos mantenerte a salvo. No porque creyéramos que no podías enfrentarte a las cosas. Solo porque suceden demasiadas cosas que no son culpa de nadie.

—Lo siento. No debería haber dicho eso.

—Claro que sí. Quiero saber cómo te sientes, qué piensas. Eres hija mía. No quiero que me trates como un conocido con quien debes ser amable. Ojalá me lo hubieras dicho antes.

—La verdad, no creo que me hubiera dado cuenta antes —admitió Briony—. Lo que sucedió en la boda, el ataque de pánico, me ha llevado a pensar en muchas cosas, incluido en lo mucho que me cuesta tomar decisiones. Casi era incapaz de decidir qué ponerme sin pedirle opinión a alguien. —Echó la cabeza hacia atrás y suspiró antes de volver a clavar la vista en la pantalla, en la cara de su padre—. Supongo que por eso fue tan fácil convencerme de que debía casarme con Caleb. Era estupendo a la hora de ayudarme a tomar decisiones que yo debería haber sido capaz de tomar sola. —*Mac* saltó a su regazo, y empezó a acariciarle el suave y cálido pelo—. Ojalá me hubiera dado cuenta antes. Ojalá no le hubiera hecho daño. Ni a mamá y a ti. Ni a...

Su padre la interrumpió.

—No te preocupes por nosotros. —Miró por encima del hombro antes de volver a mirarla—. Tu madre tuvo tres abortos antes de tenerte a ti.

—¿Cómo? —preguntó Briony, sorprendida.

—Fue demoledor. Para los dos, pero sobre todo para ella. No cabíamos en nosotros de alegría, o de alivio, cuando tú naciste. Supongo que te sobreprotegimos mucho al intentar que no te pasara nada. Pero, de todas formas, te pasó algo. Nunca me imaginé que te sentirías una incompetente ni que... —Empezó a parpadear con rapidez, y Briony se dio cuenta de que tenía los ojos llenos de lágrimas.

—Ay, papá. No. Mamá y tú fuisteis estupendos. Fuimos a un montón de sitios preciosos. Nos lo pasamos de maravilla. —*Mac* le frotó la mejilla contra la barbilla—. Es el gato de Jamie —añadió, ya que quería dejar de lado un asunto tan doloroso para su padre—. ¿A que es un encanto?

Su padre se desentendió de la pregunta.

—Me alegro de que tengas recuerdos felices. Solo lamento no haberme dado cuenta de cómo te afectaba por aquel entonces.

—Oye, dejé a Caleb en el altar. —Briony intentó decirlo con un deje cantarín, pero las palabras sonaron serias—. Tomé una decisión. Confié en mí misma. Bueno, no. Mi cuerpo tomó una decisión y yo tuve que acompañarlo. Pero forma parte de mí, así que se puede decir que eso cuenta. Y ahora, aquí, estoy tomando muchas decisiones.

—Bri, te he llamado por un motivo. Es que...

El timbre lo interrumpió.

—Papá, acaba de llegar un... amigo. ¿Hablamos después?

—Es...

No le permitió terminar.

—Te llamaré. Te lo prometo. —Se inclinó hacia la pantalla y la besó—. Te quiero, papá. Tenemos que mantener más conversaciones como esta.

Cerró el ordenador portátil y fue hasta la puerta casi dando saltitos. Cuando la abrió, Nate la tomó entre sus brazos, la inclinó hacia atrás y la besó hasta quitarle el sentido. Cuando la enderezó, le dijo:

—¡Nunca me habían besado así!

De modo que volvió a echarla hacia atrás.

ᕙᕙᕙ

¿Sabían esos humanos lo que había hecho por ellos? No. De saberlo, le estarían dando una sardina tras otra, así como pavo y helado. Le estarían dando un Ratoncito relleno de hierba gatera cada hora. Obligarían a *Diogee* a vivir fuera de la casa. Le demostrarían que lo querían de verdad.

Claro que no podía culparlos. No, en el fondo no podía. En la mayoría de los casos, carecían de la inteligencia necesaria para relacionar lo felices que eran con él. No sabían lo que le debían. Se levantó y se estiró arqueando el lomo. Había llegado el momento de ayudar a otros humanos ingratos. Entró en la cocina y saltó a la encimera, junto al tarro de las galletas de *Diogee*. Después de que el perro le diera el impulso necesario para llegar a la ventana, salió, se ocupó del hedor que *Diogee* había dejado tras de sí y, acto seguido, puso rumbo a Los Jardines.

Antes de llegar a la casa de Gib, un olor le llamó la atención. Nate. Olfateó un poco. No, no era Nate, sino un humano que tenía parte de su olor. Siguió el rastro y encontró a un hombre, que no era Nate, pero con un olor que le recordaba a Nate, aunque dicho olor quedaba enmascarado por un olor afrutado, como lo que David bebía para desayunar. El hombre estaba detrás de un árbol, con el cuerpo pegado al tronco. Esperaba que se pusiera a trepar, pero no lo hizo. Se limitó a seguir mirando.

Mac intentó averiguar qué miraba el hombre. ¿Un pájaro? ¿Una ardilla? No, parecía que estaba mirando a la mujer que había detrás de una ventana. La miraba como si fuera una presa. *Mac* tenía muchas cosas que hacer, pero decidió quedarse y no perder de vista al hombre. Nadie más iba a hacerlo, de modo que le tocaba a él. Misión aceptada.

☙☙☙

—¿Ha merecido la pena esperar? —le preguntó Nate a Briony cuando esta le dio el primer mordisco a la tostada de aguacate del restaurante Mama Shelter.

—Mmm, sí. ¿Quieres un poco? —Le ofreció la tostada.

Él negó con la cabeza.

—Soy uno de los pocos californianos de pura cepa a quienes no les gusta el aguacate.

—Pero es muy cremoso. Y verde —dijo Briony. Le dio otro bocado.

—¿Qué has estado haciendo todo el día? —quiso saber él.

—Me he quedado remoloneando en la cama. Pensando en ti.

Su respuesta le provocó una oleada de excitación. Se la imaginaba allí, entre las sábanas revueltas.

—¿Qué pensabas?

—Ojalá que Nate estuviera aquí... —Esos ojos azul oscuro se entrecerraron con expresión soñadora antes de mirarlo con una sonrisa traviesa—. Así podría traerme una taza de café.

—Eso me ha dolido. Mucho. Me has hecho daño.

—Ay, lo siento. No puedo contarte lo que pensaba de verdad, al menos, no en público. Pero lo haré luego —le prometió.

Otra oleada de excitación.

—¿Has conseguido hacer algo más que remolonear y soñar despierta con todo lo que pienso hacerte?

—La verdad es que he hablado con mi padre.

De acuerdo, eso era como un jarro de agua fría.

—¿Una buena charla? —le preguntó.

—Buena, sí, pero incómoda. De hecho, le he hablado de lo sobreprotectores que fueron mi madre y él cuando yo era pequeña y que, como te conté, me hizo sentir como una inútil. Incluso he llegado a decirle que tenía la sensación de que eran tan protectores conmigo porque se daban cuenta de que me pasaba algo, de que había algo que me impedía hacer las cosas por mí misma.

—Estoy convencido de que no tenía nada que ver contigo.

—Ahora lo entiendo. Pero en aquel entonces... Tampoco me había parado a pensarlo de forma consciente. Solo era una sensación.

—¿Sabes que el nombre de Briony viene de una planta, la brionia? Es una trepadora muy resistente. Escogieron un buen nombre para ti, un nombre fuerte —añadió Nate.

—Pues no lo sabía, la verdad. Gracias. —Sonrió—. Ha sido maravilloso poder hablar con mi padre del asunto. Ha sido como quitarme un peso de una tonelada de encima. Me siento muy ligera, como si pudiera salir volando.

Nate le puso una mano sobre las suyas.

—No lo hagas. Todavía no.

—Todavía no —convino ella—. Todavía no estoy lista.

Nate se preguntó si debería hablarle de la posibilidad de mantener el contacto cuando regresara a Wisconsin, tal vez incluso de ir a verla. Decidió esperar. Aún tenían tiempo.

—¿Qué me dices de ti? ¿Qué tal tu hermana?

—Mi hermana estaba fatal. Pero Nathalie casi siempre está fatal por algún hombre. Le he dicho que tiene que ser más selectiva. Algo que ya es. Siempre va a por hombres que mandan señales inequívocas de que van a largarse, como uno que le dijo sin rodeos que no quiere niños. Después, cuando la dejan, se queda de piedra.

—Escoge a los hombres equivocados, y estos siempre la abandonan. Como tu padre abandonó a tu madre. A lo mejor así es como cree que tienen que ser las relaciones. —Briony meneó la cabeza—. Lo siento. Demasiada palabrería psicológica. ¿Cómo ha reaccionado a lo que le has dicho?

202 / *Melinda Metz*

—Se ha cabreado. Lo normal. Pero si así ha podido desahogarse, no me importa. —Mojó una alita de pollo en la salsa barbacoa coreana. Eso era un aperitivo a sus ojos.

—¿Qué me dices de Eliza? ¿Ha pasado algo más con ella?

—Le robó una de las alitas—. No llevamos ni un día separados y ya tengo preguntas sin fin.

—Parece que de momento va todo bien. Archie ha participado en el bingo esta tarde. No ha habido más incidentes ni nada. Pero tengo que averiguar qué está pasando.

—Y lo harás. —Parecía absolutamente convencida.

—Ah, y me ha llegado otra oferta de compra para la propiedad. Seguro que alguien la quiere para levantar pisos o algo. Hay una inmobiliaria que no deja de insistir por más que rechazo sus propuestas.

—¿No te tienta ni un poquito?

—No. Imposible. Vender implicaría romper una familia. Así se consideran todos los residentes. Puede que no siempre se lleven bien, pero si uno necesita algo, todos arriman el hombro —contestó Nate.

—¿Y si las personas ya no estuvieran sobre la mesa?

La pregunta lo sorprendió. Creía que Briony comprendía lo especiales que eran Los Jardines.

—No puedo separarlo de esa forma.

Ella asintió con la cabeza.

—Tienes razón. Supongo que solo me lo preguntaba porque como que te viste obligado, más o menos, a dirigir la comunidad... ¿Era algo que te habías imaginado haciendo? ¿O querías hacer otra cosa?

—De niño, tenía los mismos sueños que todos los niños. Ya sabes mi sueño de ser luchador profesional. También quería ser astronauta. Y bombero. Y guarda forestal —contestó.

—Guarda forestal. Me lo imagino. Te encantan las plantas. Y un bosque son muchas plantas todas juntas en un mismo sitio. —Sonrió—. ¿No te gusta lo científica que ha sonado mi definición?

—No creo que hayamos hablado de plantas.

—Solo un poco. Me dijiste que habías colocado las plantas en el vestíbulo. Y el día que estuvimos en la cocina del centro comunitario, estuviste examinando una de las plantas, buscando... algo. Observarte mover las manos... ¡uf! Creo que en aquel preciso instante supe que las quería sobre mí.

Antes de poder contestarle, el camarero apareció con los entrantes. ¡Joder!

—¿Tienes mucha hambre? —le preguntó él.

Briony se levantó y le tendió una mano.

—Muchísima. Me muero de hambre.

Nate se sacó la cartera y soltó billetes suficientes para pagar la cuenta y dejar una generosa propina antes de ofrecerle la mano para salir juntos del restaurante a toda prisa, hacia el lugar donde había aparcado, a unas pocas manzanas de allí. Y en cuanto estuvieron dentro, se abalanzaron el uno sobre el otro. Solo se separaron cuando una pareja de adolescentes golpeó la ventanilla y empezaron a vitorear.

—Creo que deberíamos seguir en casa —dijo Nate.

—Ajá. —Briony jadeaba un poco, y eso hizo que deseara besarla de nuevo, de inmediato, pero metió la llave en el contacto y empezó a conducir. Al menos, no estaban demasiado lejos, y los dioses del aparcamiento de Los Ángeles le sonrieron. Alguien salía de un aparcamiento justo delante de la rotonda de Storybook Court cuando él enfilaba la calle. Supuso que podría tener a Briony en la cama en menos de dos minutos si andaban deprisa, algo que hicieron.

Pero cuando la casa apareció ante ellos, Briony se quedó paralizada.

—Pues la verdad es que me he dado cuenta de que sí tengo hambre. —Lo agarró del brazo con fuerza, clavándole los dedos—. Pero hambre de comerme una vaca. Me ruge el estómago. Vamos a...

Un hombre con una camisa de cuadros azules y blancos, y unos pantalones chinos con doblez en los bajos deambulaba de un lado para otro del pequeño jardín delantero de su prima. Parecía haber desembarcado de un yate, con el pelo rubio peinado con raya al lado. Claro que Nate no podía estar seguro. Nunca había estado en uno.

—¿Briony? —la llamó el hombre.

Nate la miró. Tenía el rostro desencajado por algo parecido a la sorpresa.

—¿Quién es ese? —le preguntó Nate. Saltaba a la vista que era alguien a quien ella no quería ver. La rodeó con un brazo y percibió sus temblores.

—¿Ese? —repitió Briony, como si no fuera capaz de comprender las palabras—. Ese es... Es...

El hombre echó a andar por la acera hacia ellos.

—¿Qué haces aquí? —le preguntó Briony con voz chillona.

—Tenía que hablar contigo, cara a cara —contestó él.

—Eso es decisión de Briony —le dijo Nate.

El hombre siguió acercándose. No apartó los ojos de Briony en ningún momento. Su pose no era amenazadora, pero era evidente que ella tenía miedo.

Cuando llego a su altura, Nate se tensó, preparado para actuar a toda prisa si era necesario.

—Me alegro muchísimo de verte, Bri. Me tenías preocupado. Espero que sepas lo mucho que te quiero —le dijo el hombre.

«¿A qué narices viene eso?». Nate miró a Briony de reojo. Empezaba a jadear muy deprisa.

—¿Quieres hablar con él? —le preguntó.

—Yoyo... —tartamudeó ella.

—Te sigo queriendo, pese a lo sucedido. Sé que tú también me quieres —siguió el hombre—. A muchas personas le entran los nervios antes de la boda. —Esbozó una sonrisa amable—. Ojalá hubieras hablado conmigo en vez de dejarme plantado en el altar. —Se encogió de hombros—. Pero todo se va a arreglar. Lo solucionaremos.

«En el altar. ¿Lo plantó en el altar?».

—¿Quién eres? —En esa ocasión, Nate se lo preguntó al hombre directamente, pero fue Briony quien le contestó:

—Se llama Caleb Weber. Y es... era mi novio.

CAPÍTULO 13

*M*ac se desperezó, apoyado en las patas traseras, y clavó las uñas delanteras en el áspero material de su rascador. «¡Oooh, sí!», pensó. Rascó y rascó hasta que el trozo de uña que lo había estado molestando se cayó. Admiró la nueva y afilada punta que salía debajo del trozo anterior. Extendió las uñas. Había otra que necesitaba mantenimiento. Estaba a punto de volver a rascar cuando captó el olor de Briony.

Algo iba mal. Ya no tenía ese maravilloso aroma a felicidad. Había algo en su olor que le crispaba los músculos. Le quitaba hasta las ganas de comer sardinas, y eso que, un momento antes, habría sido capaz de zamparse una lata entera y pedir más.

Corrió escaleras abajo y entró en el salón. Briony estaba sentada en el sofá, al lado de alguien a quién *Mac* no había visto nunca. Olisqueó el aire. El olor de Briony era tan fuerte que tardó un poco en captar el del hombre. Era suave. No captó ni peligro ni tristeza en él. Nada malo. Solo el ligero olor del café, el del cinturón como el que usaba David y el de esa cosa que Jamie se metía en la boca todas las mañanas y que luego escupía. Todavía esperaba que llegara a la conclusión de que lo mejor era no meterse esa cosa en la boca si después siempre la escupía. Había intentado ayudarla rompiendo el bote, pero hasta el momento le había sido imposible, por más veces que lo había tirado de la encimera del cuarto baño.

¿Ese hombre tendría algo que ver con el cambio en el olor de Briony? No estaba seguro. Pero estaba seguro de que ella no necesitaba al hombre. Así que saltó a su regazo y, de inmediato, ella empezó a acariciarlo. Le vibraba el cuerpo, de la misma manera que le pasaba a él cuando ronroneaba. Pero, aunque Briony pudiera ronronear, en ese momento no lo estaría haciendo.

Soltó un bufido de frustración. Tenía que averiguar qué estaba pasando. Y, después, debía volver al trabajo.

෧෧෧

Briony enterró los dedos en el suave pelo de *MacGyver* e intentó relajarse. Todo parecía moverse a su alrededor, como le pasó en la iglesia cuando recorría el pasillo que la llevaba a Caleb.

—¿Estás bien? —le preguntó él con un tono de voz relajante, como si ella fuera un animal que tratara de domesticar. Le había estado hablando desde que lo invitó a entrar, pero había sido incapaz de oír lo que le decía por culpa del asombro que le provocaba su presencia—. ¿Necesitas beber agua?

Asintió con la cabeza. El agua le daba igual, pero si se quedaba a solas unos minutos, a lo mejor se recuperaba. ¿Qué estaría pensando Nate? Le había preguntado si estaba bien y había logrado decirle que sí. Y, después, se había ido.

Mac soltó un suave maullido. Como si le estuviera preguntando algo. Lo miró y vio que la estaba observando. El gato cerró despacio los ojos y, después, los abrió para mirarla de nuevo.

—¿Qué se supone que debo hacer, *Mac*? —le preguntó—. Ya estoy otra vez pidiéndole consejo al gato.

—¿Qué has dicho? —le preguntó Caleb, que regresó con un vaso de agua. Había tenido el detalle de ponerle hielo, aunque no demasiado, la cantidad justa que a ella le gustaba. ¿Por qué se comportaba así? Con tanta... tanta consideración. No parecía enfadado, ni molesto, ni nada. Parecía el Caleb de siempre, aunque la situación no era normal en absoluto.

Cuando aceptó el vaso que Caleb le ofrecía, le dio un espasmo en la mano. Si el vaso no hubiera estado medio lleno nada más, se habría tirado el agua encima. Lo dejó con cuidado en la mesa auxiliar. No sería capaz de llevárselo a los labios.

Le debía una explicación a Caleb. Se la merecía. Además, había ido hasta Los Ángeles, había atravesado el país entero. Mientras intentaba pronunciar las palabras, el corazón, que ya le latía desbocado, empezó a golpearle las costillas, como si quisiera salírsele del pecho. Tragó saliva un par de veces.

—No puedo —dijo a duras penas. Se puso en pie tambaleándose y *Mac* saltó al suelo. Caleb se levantó y extendió los brazos hacia ella—. No —rehusó, retrocediendo—. Ataque de pánico. Quédate aquí, Caleb. Ponte cómodo... —Se detuvo para respirar—. Como si estuvieras en tu casa. —Corrió hacia la puerta y oyó que él la seguía. Se volvió para mirarlo—. ¡No! Lo estás empeorando. Me voy a casa de una amiga. —Tuvo que dejar de hablar otra vez para respirar—. Volveré mañana.

Caleb levantó las manos en señal de rendición.

—De acuerdo. De acuerdo —dijo en voz baja—. ¿Llegarás tú sola? ¿Está lejos?

—No. Estoy bien. —Empezó a sentirse un poco mejor nada más salir de la casa y dejar de ver a Caleb. Podría llegar a casa de Ruby, aunque la acera parecía estar agitándose bajo sus pies. «No está lejos, no está lejos», pensó. «Un paso, y otro, y otro». El camino hasta llegar a la puerta de Ruby le pareció interminable, aunque seguramente no tardara más de tres minutos. Llamó y, después, apoyó la palma de la mano en la suave madera para cargar el peso en ella.

Se tambaleó un poco cuando Ruby abrió.

—Estás conmigo. No pasa nada. Estás a salvo —murmuró su amiga, que la condujo a la cocina, la sentó y fue en busca de un paño que humedeció y le entregó.

La respiración de Briony recuperó la normalidad en cuanto se colocó el paño húmedo en la nuca.

—Lo siento —se disculpó.

—No hables —le dijo Ruby—. Todavía no.

Su amiga tenía razón. Aunque ya no jadeaba, estaba a un paso de hiperventilar. Intentó concentrar toda su atención en el paño húmedo que tenía en la nuca, tal como hizo la primera vez, y poco a poco el mundo dejó de dar vueltas y se le normalizó la respiración. Se quitó el paño, tibio a esas alturas, de la nuca y miró a Ruby.

—Siento hacerte esto otra vez.

—Ni se te ocurra —la regañó Ruby—. ¿Qué ha pasado?

—Nate lo sabe. Lo que hice —contestó ella.

—¿Lo de la boda?

Briony asintió con la cabeza.

—¿Decidiste decírselo? Creía que solo iba a ser una aventura divertida de vacaciones y nada más.

—No se lo he dicho. No tenía pensado hacerlo —respondió Briony—. Pero Caleb apareció en la puerta.

Ruby abrió los ojos de par en par.

—¿Caleb? ¿El novio?

—Nate se fue sin más. No —se corrigió Briony—. Se aseguró de que yo estaba bien si me dejaba a solas con Caleb y, después, se fue.

—Espera —dijo Ruby con voz seria—. ¿Por qué pensó que no estaría bien dejarte a solas con él? ¿Actuaba de forma agresiva o algo?

—¡No! No. Si conocieras a Caleb, te darías cuenta de que eso es imposible. Solo dijo que teníamos que hablar cara a cara. Y tiene razón. Se lo debo. Pero me he llevado tal susto que solo he atinado a salir corriendo. Creo que le he dicho que se pusiera cómodo, como si estuviera en su casa. —Se echó a reír e incluso a sus oídos le pareció una risa rayana en la histeria—. Le he dicho que regresaría mañana y que entonces hablaremos.

—Vaya. Vaya, vaya, vaya —dijo Ruby—. Y otra vez vaya.

—Ya. —Briony enterró la cara entre las manos—. ¿Qué voy a hacer? —murmuró tras los dedos—. Y no me digas que te dije que no me dieras ningún consejo. Esto es una situación desesperada.

—No necesitas consejo —respondió Ruby, y Briony gimió—. Haz lo que dijiste que harías —siguió Ruby—. Ve a verlo mañana y habla con él.

Briony levantó la cabeza y la miró.

—Tienes razón. Solo tengo que pensar lo que voy a decirle. No creo que lo mejor sea soltarle: «Eres perfecto, solo que no eres perfecto para mí». Con eso no basta. Tengo que explicarle lo que siento, pero es que ni yo misma lo tengo claro todavía. En realidad, no sé por qué no es perfecto para mí. Es una reacción visceral, no un pensamiento racional. De ahí que me desmayara en vez mantener con él una conversación seria unas semanas antes de la boda.

—Son muchas cosas a la vez. Apenas has tenido tiempo para digerirlo todo.

—Pero sí que he tenido tiempo para acostarme con otro desde entonces. Nate debe de pensar que soy una sociópata.

—Tengo la impresión de que necesitas hablar también con otra persona —añadió Ruby.

—Ajá. También tengo que hablar con Nate. Se acabó lo de huir —sentenció Briony—. Mañana será un día divertidísimo.

—Te prepararé tortitas para desayunar. Con la forma que quieras.

—Solo hace una semana que te conozco y ya te considero una buena amiga. Seguramente porque me has ayudado a lidiar con un millón de crisis desde que llegué. Y no he hecho nada por ti. —Se había estado aprovechando de la amabilidad de Ruby, estaba claro.

—Veo que estás a punto de dejarte llevar por la culpa. No lo hagas. Estás un poquito confundida, pero me caes bien.

—¿Por qué? —Si se paraba a analizar la situación, Ruby debía de verla como a una persona con una inseguridad tremenda. Con una inseguridad tan grande como el globo terráqueo.

—No puedo explicártelo. —Ruby sonrió—. Es algo visceral, no racional.

Briony se descubrió devolviéndole la sonrisa y, después, bostezó.

—Debes de estar agotada. Voy a traerte un camisón. Te quedará más corto que a mí, pero te servirá. Tengo uno de ponis, por supuesto, y otro con vaqueras, y otro con ponis y vaqueras.

—Gracias. —Briony se puso de pie y descubrió que tenía las piernas firmes sobre el suelo y que este también era firme.

—Además tengo unos cuantos cepillos de dientes sin usar. De tamaño infantil, pero te servirán. Riley es famosa por olvidarse el cepillo de dientes —le explicó Ruby—. Vamos. —Briony la siguió y salieron de la cocina—. Eres consciente de que has hablado de lo que debe de estar sintiendo Nate casi tanto como de Caleb.

—No, no lo he hecho —protestó Briony. Si había ido a casa de Ruby, había sido por la impresión que se había llevado al ver a Caleb.

—Lo primero que me dijiste fue que Nate lo había descubierto, no que Caleb había aparecido. —Ruby se detuvo al llegar al cuarto de baño.

—Ah, ¿sí?

—Pues sí. —Ruby se hizo con una toalla, una manopla y un cepillo de dientes y lo dejó todo sobre el cesto de la ropa, tras lo cual le indicó que siguiera caminando por el pasillo—. Me pregunto qué significará eso —dijo, mirándola por encima del hombro.

«Significa que Nate se me ha metido bajo la piel demasiado rápido», pensó Briony.

ᏋᏋᏋ

Nate caminó sin rumbo fijo por los terrenos de la propiedad, incapaz de quedarse sentado, por más que tuviera una montaña de trabajo pendiente en la mesa, como de costumbre. Aunque debería estar pensando en quién estaba detrás del sabotaje de Los Jardines, o en encontrar la manera de convencer a Eliza de que su abuelo estaba seguro, o en cómo se encontraban su madre y su hermana, su cerebro se negaba. Solo podía pensar en Briony.

¿Había dejado al tal Caleb plantado en el altar? ¿Y poco después se había metido en la cama con él? Muy poco después. Porque Caleb no habría esperado meses para ir a buscarla.

¿Y él? Después de haber salido con ella unas cuantas veces, se estaba planteando una relación a distancia. Qué idiota era. Obviamente, ni siquiera la conocía. En ningún momento se le había ocurrido pensar que podía ser una persona tan cruel.

Mientras pasaba frente al centro comunitario por segunda vez, se percató de que la luz de la cocina estaba encendida. ¿Lo había estado la primera vez que pasó? No estaba seguro. Porque estaba pensando en Briony. Tenía que parar. No se merecía que estuviera pensando en ella. Que se la quedara Caleb. Aunque sería incomprensible que la quisiera después de lo que había hecho. Y tal vez no la quisiera. Tal vez solo quería echarle en cara lo que había hecho.

Se acercó a la puerta lateral de la cocina. Introdujo la llave en la cerradura y comprendió que la puerta ya estaba abierta. Sopesó brevemente la idea de llamar a los vigilantes de seguridad para contar con su ayuda, que era lo lógico habida cuenta de lo que había estado pasando, pero entró sin más.

Y descubrió a LeeAnne llenando con masa los cinco moldes que tenía preparados en la encimera.

—Creía que habías salido esta noche con Briony. Y que volverías mañana por la mañana. —Le sonrió—. Me gusta. Ha conseguido alejarte de aquí, y Hope me ha dicho que se portó fenomenal con los residentes durante la Noche familiar. Eso dice mucho de una persona.

Él había pensado lo mismo. Fallo garrafal.

—¿Qué haces aquí tan tarde? —le preguntó, ya que no quería hablar de Briony. Bastante tiempo había perdido pensando en ella. Debería haber recordado que las brionias eran plantas muy fuertes. Y venenosas, además.

—Estoy preparando una tarta para el cumpleaños de Hope.

—Una tarta bien grande. —LeeAnne siempre horneaba una tarta para el cumpleaños de los miembros del personal, pero esa daba la impresión de que iba a ser impresionante.

—Tiene muchos sabores preferidos. Así que va a llevar una capa de melocotón, otra de fresa, otra de limón y dos de chocolate, además de una cobertura de nata montada. En realidad, creo que su sabor preferido es el de la nata montada. La he visto comérsela a cucharadas.

—Estoy seguro de que le va a encantar.

—Se lo merece. Es una buena chica. Trabaja mucho aquí y en la universidad. Deberías subirle el sueldo.

—Ya estoy en ello —le aseguró Nate.

—Eres un buen jefe. —LeeAnne asintió con la cabeza en señal de aprobación—. Bueno, ¿qué haces merodeando por aquí? ¿Por qué no te estás divirtiendo?

—Tengo demasiadas cosas en la cabeza.

—¿La cinta de andar?

—Entre otras muchas.

—Archie pudo subir la velocidad en vez de bajarla —repuso LeeAnne—. Es posible. Una antigua amiga se rompió un hombro porque se cayó de una cinta de andar que no iba tan rápido. A lo mejor eso fue lo que le pasó a Archie, y salió con ese cuento de que se aceleró sola porque le daba vergüenza admitir lo que pasó.

—Pero también está lo del sistema de ventilación.

—Te está afectando, ¿verdad? Tienes muy mala cara. Será mejor que te andes con cuidado. Como pierdas el encanto, Briony te dará la patada —bromeó.

—Solo va a estar aquí dos semanas más —replicó. Se alegraría cuando se fuera de vuelta a Wisconsin. «Da igual que siga aquí», pensó. No la vería más.

—Puedes visitarla cuando te apetezca. No te has ido de vacaciones desde hace... en fin, no te has ido nunca. Amelia es estupenda y tienes un personal fantástico. —Echó el brazo hacia atrás para darse unas palmaditas en la espalda, tras lo cual empezó a meter los moldes en el horno.

—No tiene sentido.

—Sé que hace poco que os conocéis, pero tal vez merezca la pena ver adónde podéis llegar. Tengo la impresión de que te interesa mucho —comentó LeeAnne.

—A ver, acabo de descubrir que iba a casarse antes de venir. Pero dejó al novio plantado en el altar. Muy bonito, ¿verdad? Y luego llega y se lía conmigo. Y ni se molesta en contármelo.

LeeAnne levantó las cejas.

—Bueno, no es algo que le cuentes a una persona a la que acabas de conocer —dijo ella al cabo de un rato.

—¿Ni siquiera antes de arrastrarlo a la cama?

—¿Arrastrarlo?

—Bueno, nos arrastramos mutuamente. Pero ¿no crees que debería haberme dicho algo cuando fue obvio lo que iba a pasar?

—Claro que tampoco tuvieron mucho tiempo. Fue como si, de repente, estallara un incendio forestal entre ellos. Una chispa, una llamarada y se desató el infierno.

—No creo que tuviera la intención de volver con él cuando regresara a casa.

—Eso da igual. ¿Qué tipo de persona empieza una relación con otra tras cancelar una boda, justo entonces? Es como si no sintiera nada.

LeeAnne lo miró un instante y, después, señaló uno de los cuencos donde había mezclado las masas.

—¿Te apetece lamer las cucharas? Yo siempre rebaño el cuenco del chocolate cuando me he llevado un desengaño sentimental.

—No me he llevado ningún desengaño —le soltó Nate.

A modo de respuesta, LeeAnne le ofreció una cucharada colmada de chocolate.

CAPÍTULO 14

*M*ac estaba sentado en la cómoda, desde donde observaba al hombre que yacía en la cama en la que había estado durmiendo Briony. Olía más o menos igual que la noche anterior. No parecía necesitar mucha ayuda. Sin embargo, era humano, así que eso quería decir que seguramente sí la necesitase. Solo le hacía falta más tiempo para averiguar qué clase de ayuda. El hombre, Caleb, estaba su casa. Eso quería decir que era responsabilidad suya.

También era la casa de *Diogee*, pero el cabeza de chorlito sería incapaz de hacerse responsable de Caleb. Aunque lo hiciera, el cabeza de chorlito era demasiado cabeza de chorlito para servir de ayuda. Además, él prefería trabajar solo.

Sintió que algo chasqueaba en su interior. Hora de desayunar. Emitió su maullido despertador, uno largo y fuerte. Ojalá que ese humano fuera lo bastante listo para manejar un abrelatas.

Briony se inclinó hacia el espejo del cuarto de baño, con ambas manos apoyadas en el lavabo. Se miró a los ojos.

—Puedes hacerlo —susurró—. Tienes que hacerlo.

Alguien llamó a la puerta.

—¿Estás bien? —le preguntó Ruby.

—Sí. —Asintió con la cabeza mirándose en el espejo antes de apartarse del lavabo—. Sí. —Abrió la puerta—. ¿Aparento estar bien? —le preguntó. Aunque daba igual. Lo que acabara por decirle a Caleb era lo que importaba, no su aspecto.

—Estás estupenda. He conseguido quitarle todas las arrugas al vestido —repuso Ruby—. Y ahora, ¿con qué forma quieres las tortitas? —Se frotó las manos con exagerado entusiasmo—. Dime lo que sea. Me encantan los retos.

—No puedo. —Se llevó las manos al estómago—. Lo tengo lleno de mariposas revoloteando. Bueno, la verdad es que parecen más mosquitos gigantes.

—Todo saldrá bien. Y te sentirás mucho mejor una vez que te quites la conversación de en medio —le prometió Ruby.

—¿Cuál de ellas? —quiso saber Briony.

—Las dos. —Ruby la acompañó a la puerta—. Cuéntame lo que pase. Voy a estar en casa todo el día. Solo tengo en la agenda una llamada con el director y con el diseñador de vestuario dentro de una hora.

—Claro, te lo contaré todo. Muy bien, allá voy...

—Que sepas que no te has movido.

—Lo sé. —Briony tomó una honda bocanada de aire, agradeciendo que, al menos, hubiera dejado de jadear, y salió a la calle. Hacía un día estupendo, el cielo estaba despejado y brillaba el sol. Alguien estaba segando la hierba del jardín, y en el aire flotaba ese maravilloso olor a hierba recién cortada. Sin embargo, por ella ya podía llover a cántaros. Sería incapaz de disfrutar del día hasta que hubiera hecho todo lo que tenía que hacer.

Enderezó la espalda y levantó la barbilla. En algún sitio había oído que dar la impresión de tener seguridad en uno mismo podía ayudar a sentir esa seguridad. Echó a andar hacia la casa, mientras los mosquitos esos le picaban sin compasión en las paredes del estómago.

Cuando llegó a la puerta principal, se preguntó si debería llamar. Era su casa... En fin, la casa de su prima, pero le parecía una grosería entrar sin avisar a Caleb. Al final, decidió llamar a la puerta con los nudillos antes de entrar.

—¿Caleb? Soy yo. —La voz le tembló un poquito, pero no demasiado.

—Estoy en la cocina.

El olor a comida de gatos le asaltó las fosas nasales nada más entrar en la cocina. De un vistazo, vio que había como cinco latas abiertas en la encimera. *Mac* estaba pegado al comedero, ronroneando mientras comía.

—No le habrás dado todo eso, ¿verdad? —preguntó ella, asombrada hasta tal punto que se le olvidó el discurso que se había preparado.

—Se ha negado a comer las dos primeras —contestó Caleb, exasperado—. Pero luego he dado con una que le gusta. He necesitado varias latas para llenar el comedero.

—Se supone que solo se tiene que comer una.

—Pues eso no es lo que me ha dicho él. —Miró al gato y meneó la cabeza antes de mirarla a ella—. ¿Cuánto se supone que come el perro?

—Da igual. Si les has dado de comer, ya está —contestó Briony—. ¿Quieres salir a desayunar? —Había estado trazando un plan y supuso que la discusión sería más racional en público. Claro que Caleb no gritaría ni nada. No era su estilo. Pero tal vez ella conseguiría mantener la compostura si había más personas a su alrededor.

O tal vez tendría un ataque de pánico a lo bestia.

Pero pedir la comida y comérsela les proporcionaría algo que hacer además de mirarse a la cara. No sabía si sería capaz de decirle a Caleb todo lo que tenía que decirle sin un mínimo de distracción.

Como un ataque de pánico a lo bestia.

«Deja de pensar en ataques de pánico», se dijo. «Eso no te ayuda».

—La verdad es que he preparado una *frittata*. Se está calentando en el horno. Espero que no te importe que haya usado lo que hay en el frigorífico.

Lo había plantado en el altar y él se preocupaba por haber usado lo que tenía en el frigorífico. Era muchísimo mejor persona que ella. Aunque, en ese preciso momento, tenía la sensación de que todo el mundo, menos los presos tal vez, era muchísimo mejor persona que ella.

Mac se levantó sobre las patas traseras y soltó un maullido lastimero.

—¿Ves? Ya empieza de nuevo.

—Ni hablar, caballero —le dijo al gato—. La cocina está cerrada.

Mac se dejó caer el suelo antes de empezar a acicalarse mientras fingía que no acababa de suplicar comida.

—Claro que no me importa lo que hayas usado —le dijo a Caleb, aunque deseaba que *Mac* siguiera haciendo de las suyas, porque así tendría otro motivo para retrasar el momento—. Espero que cenaras algo anoche.

—Me comí una barrita de proteínas.

Briony asintió con la cabeza. Caleb siempre llevaba encima una barrita de proteínas por si le daba una bajada de azúcar. Siempre llevaba una para ella, una barrita LUNA de caramelo, chocolate y nueces, su preferida.

—¿Saco la *frittata*? —le preguntó él.

De repente, se percató de que no quería retrasar más el momento. Quería quitárselo de encima de una vez por todas. Se dio cuenta de que el corazón empezaba a latirle a mil por hora. Se sentó a la mesa.

—Vamos a esperar un poco. Te debo una explicación por lo sucedido.

Caleb se sentó enfrente, y por más que Briony quisiera acabar con eso, el discurso que había planeado se esfumó.

—Sea lo que sea, sabes que lo entenderé —la animó él.

Sus palabras liberaron algo en el interior de Briony.

—Ahí está el problema. Que siempre lo entiendes todo. Es unilateral. Siempre me apoyas en todo. No te importa que te pregunte todos los días qué zapatos ponerme o qué pedir cuando vamos al mismo sitio de siempre. Pero nunca necesitas algo de mí. —No había planeado decirle nada de eso, pero se dio cuenta de que era lo que sentía de verdad.

—No estaría aquí si no te necesitara.

Eso la llevó a pensar. Porque estaba allí, sí. Cuando no estaba obligado a estarlo. Briony se llevó un dedo a los labios y empezó a mordisquearse la cutícula.

Caleb le apartó la mano de la boca.

—Oye, creía que habíamos acabado con esa costumbre gracias a la aplicación de autohipnosis que te busqué.

Cierto. La había ayudado a deshacerse de esa costumbre.

—A lo mejor sí me necesitas —replicó ella, mientras las ideas cristalizaban poco a poco—. El asunto es que creo que lo que necesitas es que yo te necesite.

—¿Crees que quiero que seas débil? —Parecía horrorizado.

—¡No! —se apresuró a decir—. No. No eres esa clase de hombre. Para nada. —Se devanó los sesos en busca de una explicación—.

Pero sí eres un caballero andante. Y para ser un caballero, necesitas a una damisela en apuros. Y ya me conoces, yo estoy en apuros casi a todas horas.

—No deberías verte de esa manera —protestó él.

—Pero es verdad. He estado pensando mucho desde que vine y me he dado cuenta de que nunca tomo decisiones sola. Siempre busco que alguien me diga que estoy tomando la decisión correcta. Por algún motivo, tengo la sensación de que soy incapaz de hacer nada sola. —No sacó a sus padres a colación. Daba igual cómo la hicieran sentir de pequeña, porque su comportamiento de adulta era responsabilidad exclusiva suya—. Pero ya no quiero ser así —añadió.

—¿Me estás diciendo que crees que, si estuvieras más segura de ti misma, yo no querría estar contigo? —le preguntó Caleb.

Sonaba fatal. De repente, Briony no supo qué pensar. Hasta ese momento, estaba segurísima de que no quería estar con él. Estaba convencida de que Caleb era perfecto, pero no perfecto para ella, como el vestido de Ruby. ¿Y si había sufrido el ataque de pánico porque casarse era la decisión más importante de su vida y no había sido capaz de lidiar con ella, ni siquiera con Caleb? Llevaba con él algo más de tres años. ¿En qué estaba pensando?

—¿Eso es lo que quieres decir? —insistió él.

—No. No lo sé. —Se dio cuenta de que estaba recayendo en lo que siempre había llamado su «titubeo». Se obligó a parar—. Supongo que me cuesta imaginarme qué relación tendríamos si yo fuera distinta.

—¿Por qué no lo comprobamos? ¿No crees que nos lo merecemos? —preguntó Caleb.

Ella no contestó. No sabía qué decir. Parecía razonable, pero la idea hacía que las cosas se volvieran borrosas a su alrededor.

—A ver qué te parece —siguió él—. Me quedan días libres.
—No dijo «para nuestra luna de miel», pero los dos sabían
que ese era el motivo—. Vamos a pasar unas vacaciones juntos,
aquí.

Algo en el interior de Briony se rebeló contra la sugerencia.
De repente, deseó que Caleb se fuera a casa. Quería pasar el
tiempo que le quedaba con Nate.

Claro que era imposible. Y, aunque no lo fuera, la petición de
Caleb era razonable. Se lo debía. Tal vez estuviera equivocada.
Tal vez las cosas fueran muchísimo mejor para los dos como pa-
reja si no esperase que él tomara todas las decisiones.

—Muy bien.

Caleb sonrió, y las arruguitas que tenía alrededor de los ojos
se marcaron todavía más. Le encantaban esas arruguitas. Sin embargo, seguía con la sensación de que algo en su interior se resistía a esa idea.

—Pero no quiero volver justo adonde lo dejamos. No puedo.
Tengo que ir despacio. Puedes quedarte aquí. Pero tendremos
habitaciones separadas.

—Eso es como si fuéramos hacia atrás.

—No lo es. Te dejé plantado en el altar, ¿recuerdas?

—No creo que se me vaya a olvidar en la vida.

Le había hecho daño. Tenía que recordarlo. No solo era ella
quien lo estaba pasando mal.

—Quiero decir que vamos a partir de ahí. Yo corté la relación, así que pasar tiempo juntos es avanzar. Necesito tiempo
para aclararme las ideas, Caleb.

—Muy bien. Eso haremos —convino él.

—Pero antes tengo que hacer algo. Sola.

Caleb levantó las cejas, pero no preguntó de qué se trataba.
Esa no era la mejor manera de empezar. Si iban a hacerlo, no

podía empezar con una mentira, aunque fuera por omisión, entre ellos.

—Tengo que hablar con Nate, el hombre con quien me viste anoche. Y tú tienes que saber que hemos... estado juntos. Algo que tal vez cambie tus sentimientos.

Y le había vuelto a hacer daño. Lo supo al verlo apretar los dientes.

—La gente hace cosas raras en situaciones de estrés —repuso Caleb—. Pensabas volver a Wisconsin cuando regresara tu prima, ¿no? —Briony asintió con la cabeza—. En ese caso, no era algo serio. Era... digamos que una aventura. Una distracción después de lo sucedido.

Una aventura. Algo breve. Algo alocado. Tal vez solo había sido eso. Algo que no habría durado mucho tiempo.

El alivio la inundó. Necesitaba contarle la verdad.

—Me siento fatal por lo que pasó en la iglesia. Y por lo de anoche. Siento haberte hecho daño. Lo siento muchísimo. Eso es lo primero que debería haberte dicho —soltó a toda prisa.

—Vamos a olvidarnos de todo eso. Ve a hacer lo que tienes que hacer —le dijo Caleb—. Puede que saque al perro a pasear.

Diogee entró galopando en la cocina. Se dio la vuelta, salió corriendo y, después, regresó con la correa en la boca.

—Será mejor que lo saques sí o sí.

—Volveré en cuanto pueda.

Caleb se había mostrado muy comprensivo. Era perfecto, sin duda.

Aunque si de verdad se quería a alguien, ¿era normal asimilar sin problemas que se hubiera acostado con otro? ¿Sin odiarla siquiera un par de días?

☙☙☙

La música de *Coconut* en el teléfono móvil despertó a Nate. Se incorporó, y el estómago le dio un vuelco. Miró el teléfono para ver la hora. Casi la una. De la tarde. Nunca dormía hasta tan tarde. Le había hecho caso omiso a la alarma del despertador. Algo que no sucedía jamás. Como tampoco sucedía que se bebiera siete... ¿Habían sido siete? ¿O había dejado de contar tras la séptima? Nunca se bebía siete cervezas del tirón.

Coconut seguía sonando. Y el cerebro abotargado de Nate hizo clic. *Coconut*. Era el tono de llamada de Yesenia, una de las enfermeras. ¿Qué pasaba? ¿Qué había pasado mientras él dormía la mona?

—¿Dónde te has metido? —le soltó Yesenia antes incluso de que pudiera saludarla. Debía de pasar algo grave para que le hablara de esa manera—. Creo que tenemos una intoxicación alimentaria. Han venido a verme ocho personas con calambres abdominales, vómitos y diarrea en la última hora. Todos han comido algo a media mañana en el comedor.

Nate tenía la sensación de que la lengua se le había quedado pegada al cielo de la boca.

—Voy —consiguió decir.

Acto seguido, colgó y se clavó los dedos en la frente mientras intentaba que su cerebro funcionase. Tenía que hablar con todos los residentes. También tenía que averiguar qué había comido cada cual para localizar los alimentos responsables. Eso quería decir que necesitaba personal. Mandó un mensaje de texto grupal a todo el personal para pedirle a todo aquel que estuviera disponible que fuera al trabajo.

Se puso la ropa del día anterior antes de buscar el botiquín. Se metió dos aspirinas en la boca y, después, bebió un sorbo de agua directamente del grifo. Al enderezarse, fue como si alguien le estuviera machacando el cerebro con un martillo automático de clavos. Se tomó cuatro aspirinas más antes de ponerse un poco de desodorante y de enjuagarse la boca con Listerine, con la esperanza de que así desaparecieran el sudor y el aliento cerveceros.

Después de peinarse con los dedos, corrió hacia la puerta. Hizo ademán de llevarse las llaves. No estaban en el llavero. ¿Qué había hecho con ellas? Las necesitaba para salir de allí. Rebuscó por la casa. Dos veces. Y, en ese momento, se dio cuenta de que las llevaba en el bolsillo.

También se dio cuenta de que enfrentarse a esa emergencia con la ropa del día anterior no era la mejor forma de hacerlo. Quería ir a Los Jardines, pero si iba a liderar a su gente para salir de esa crisis, debía presentarse como alguien competente y al mando de la situación. Se puso un traje lo más rápido que pudo.

Al menos vivía cerca del trabajo. En cuestión de veinte minutos, estaba en la sala de proyección, de pie, mientras casi todo el personal se sentaba delante de él. Varios de los trabajadores que tenían el fin de semana libre ya estaban allí, y había recibido mensajes de texto de casi todos los demás para decirle que iban de camino.

—Como os he dicho por mensaje, puede que nos enfrentemos a una intoxicación alimentaria —les dijo Nate—. Hay un alto número de residentes afectados por los síntomas. Lo que quiero es...

LeeAnne entró en tromba.

—Nadie ha enfermado por mi comida. ¡Nadie!

Tenía que tranquilizarla. Se volvió hacia Amelia. Lo había estado esperando en el aparcamiento para ponerlo al día de las últimas novedades, y entre los dos habían trazado un plan.

—Dividíos para ir de puerta en puerta como hemos hablado. Nos reuniremos aquí para intercambiar información.

Yesenia se puso en pie mientras Nate se acercaba a LeeAnne.

—Todos debéis saber que una intoxicación alimentaria puede ser muy grave, sobre todo para los residentes de más edad —le dijo al grupo—. En primer lugar, tenemos que preocuparnos de la deshidratación.

—Hay cajas de agua embotellada en la cocina. Las traeré aquí. Aprovisionaos antes de iros —masculló LeeAnne, con más ánimo—. También traeré bolsas.

—¿Debería llevar algo más? —le preguntó Nate a la enfermera.

La puerta volvió a abrirse, y apareció Briony. Justo lo que le hacía falta.

—Ahora mismo no. Quiero examinar a todos los que presentan síntomas, así que reúne la información lo antes posible —contestó Yesenia—. Si hay alguien incapaz de retener el agua, dadle cubitos de hielo machacados.

—Muy bien, he dividido Los Jardines en cuadrantes. ¡Poneos en fila para que os asigne uno! —exclamó Amelia.

Nate se acercó a Briony.

—¿Qué haces aquí?

—Quería hablar contigo. Yo...

La interrumpió.

—No tengo tiempo para ti.

CAPÍTULO 15

Briony vio a Hope casi al final de la cola y se acercó a ella.

—¿Puedes explicarme qué pasa? He venido para ver a Nate y he visto esto. —Hizo un gesto con una mano intentando abarcar a toda la gente. Había estado tan concentrada mirando a Nate que no les había prestado atención a sus palabras.

—Muchos residentes han enfermado. Estamos intentado averiguar si ha sido una intoxicación alimentaria —respondió Hope.

—Quiero ayudar. ¿Puedo? —Nate tal vez no quisiera que estuviera allí, pero ella necesitaba hacer algo. Al menos, quería saber cómo estaba Gib.

—Vamos a dividirnos en parejas y a visitar a los residentes en sus casas. ¿Quieres venir conmigo? —le preguntó Hope—. Nate ha llamado a los inspectores de sanidad y LeeAnne se quedará aquí para enseñarles la cocina. No quiere que me quede. Me parece que le apetece aporrear y golpear cosas, y no quiere que yo la vea. Está muy preocupada por la posibilidad de que su comida sea la causante de todo esto.

—Sí. Claro que quiero ir contigo —contestó y le envió un mensaje de texto a Caleb diciéndole que iba a tardar más de lo previsto, porque necesitaba ayudar en una situación de emergencia.

Él le respondió al cabo de unos minutos, pidiéndole detalles sobre la emergencia. Briony le contestó contándole lo de la posible intoxicación alimentaria en la comunidad de jubilados. Caleb se mostró muy comprensivo, dado que semejante situación justificaba que llegara tarde.

Pero claro, siendo como era, quería saber si podía hacer algo. Briony le dijo que creía que ya tenían suficiente ayuda y que volvería lo antes posible. Para que dejase de enviarle mensajes añadió:

> Briony: *Voy a salir ahora para hablar con los residentes.*
> *Así sabremos quién ha enfermado.*

Después de decirle eso, no querría interrumpirla.

Cuando les llegó el turno a Hope y a ella, recogieron los números de las casas que les correspondía visitar. Ambas se aprovisionaron con un par de bolsas con botellas de agua de una mesa cercana.

—¡Esperad! —gritó alguien. Briony se volvió y vio a LeeAnne que corría hacia ellas—. Has venido —le dijo a Briony.

—Sí.

—Has dejado a mi muchacho deshecho.

—Lo sé. Lo sé —repitió mientras buscaba la forma de explicarse, pero fue en vano—. No era mi intención.

LeeAnne le entregó una lista con toda la comida que habían servido para el almuerzo. Una lista muy larga.

—Comprobad qué ha comido cada persona y si está o no enferma —les ordenó y, después, se alejó hacia otra pareja de voluntarios.

Hope miró a Briony con curiosidad, pero solo dijo:

—Empezamos por Jacaranda Way.

Briony se sintió aliviada al ver que no necesitaba explicarle nada a la muchacha. No debía de tener más de diecinueve o veinte años. No tenía por qué oír una historia tan sórdida y triste. Y, la verdad, no quería que Hope la mirara mal cuando descubriera lo que había hecho. Aunque LeeAnne no había parecido odiarla. El comentario de que le había hecho daño a Nate había sido eso, un comentario, no una crítica.

—Bien. Así veré a Gib —dijo ella mientras echaban a andar—. El gato al que estoy cuidando parece haberse hecho amigo suyo. No para de ir a visitarlo.

—Gib es estupendo —replicó Hope—. Me alegro de que haya empezado a relacionarse con los demás de nuevo. Se mantuvo alejado del centro comunitario una temporada. Ni siquiera comía en el comedor. —Torció el gesto—. Supongo que habría sido mejor que hoy comiera en su casa. —Recibió un mensaje de texto y miró el teléfono móvil—. Nate quiere que les mandemos un mensaje a él y a Yesenia con todos los residentes que estén afectados. Dice que les digamos a todos que van a pedir comida fuera para la cena de hoy. Todos los afectados recibirán una dieta blanda.

—Caramba. Piensa en todo —comentó Briony—. ¿Cuánto hace que descubrió que había pasado esto?

—Menos de una hora. —Enfilaron el camino de entrada de la primera casa de la ruta que les habían asignado—. Es increíble. —Llamó a la puerta—. Samantha se quita el audífono cuando está sola en casa. Dice que le molesta tenerlo puesto.

Briony estaba impresionada.

—¿Sabes todos esos detalles de todos los residentes?

Hope aporreó de nuevo la puerta.

—Qué va. Es que esta es la calle por la que paso todos los días. Cuando hace buen tiempo, todos están sentados en los porches, así que hablamos un poco. —Levantó la mano para llamar de nuevo, pero la puerta se abrió.

La mujer alta y delgada que les había abierto levantó un dedo mientras se colocaba el audífono con la otra mano.

—¡Hope! Qué sorpresa más agradable. ¿Quieres pasar? He encontrado el patrón para hacer un pulpo divino de ganchillo y voy a hacerte uno. Así que échales un vistazo a los ovillos y elige el que más te guste.

—Me encanta, pero lo haremos en otro momento. Solo hemos venido para ver cómo te encuentras —replicó Hope—. A algunos de los residentes les ha sentado mal el almuerzo. Tememos que quizá pueda ser una intoxicación alimentaria. ¿Tú te encuentras bien?

—Estupendamente —respondió Samantha, que se colocó una mano en el abdomen—. Espero que no haya nadie muy enfermo.

—Yesenia ha estado ocupándose de los indispuestos, y Jeremiah llegará pronto para ayudar —dijo Hope—. ¿Puedes decirnos qué elegiste para el almuerzo? Eso nos ayudará a descubrir qué ha ocasionado el problema.

Briony sacó un bolígrafo del bolso y empezó a marcar la comida que Samantha iba diciendo.

—Voy a leer el resto de la comida del menú —sugirió cuando Samantha acabó de hablar—. Es fácil olvidarse de algo como los condimentos o las salsas. —Leyó la lista y señaló un par de cosas más. Después, Hope y ella se despidieron y echaron a andar hacia la siguiente casa. La pareja que vivía allí había almorzado en casa.

—¿Qué te parece si vas sola a la siguiente? —le preguntó Hope.

A Briony le resultó curiosa la sugerencia, pero como la muchacha no le había preguntado nada después de que LeeAnne mencionara su situación con Nate, decidió devolverle el favor.

—Claro.

—¡Gracias! ¡No sabes el favor que me haces! —exclamó Hope—. Yo haré la siguiente sola y, después, nos encontraremos de nuevo.

—Hasta dentro de un rato. —Briony enfiló el camino de entrada y llamó a la puerta—. Max, hola. —El muchacho llevaba unos pantalones de pijama y una camiseta de manga corta—. Esta debe de ser la casa de tu abuelo.

—Ajá. Acabo de llegar. No me he vestido siquiera. —Se puso colorado por la vergüenza—. Estaba preocupado. Llamó diciendo que tenía la gripe —le explicó.

—No creo que sea la gripe. Hay varias personas que almorzaron en el centro que se han puesto enfermas. Parece que es una intoxicación alimentaria —dijo Briony.

Max abrió los ojos de par en par.

—¿Es mumuy seria? ¿Necesita ir al hospital?

—Le diré a Yesenia, una de las enfermeras, que venga a examinarlo.

—De acuerdo, la conozco. ¿Cucuánto cuánto tardará?

—No lo sé. Depende del número de afectados que haya. Pero sé que hay otro enfermero de camino, así que no creo que tarden mucho —respondió—. ¿Puedo pasar un momento para ver a Rich? Sería de gran ayuda saber qué ha comido exactamente.

—Claro, pasa. —Abrió la puerta y después frunció el ceño. Briony miró por encima del hombro, intentando descubrir qué era lo que había visto. Hope la estaba esperando en la acera—.

¿Qué está hahac...? ¿Qué hace HoHo...? —Tragó saliva—. ¿Qué esestá haciendo ahí?

—Hope está visitando a los residentes en sus casas, igual que yo —contestó Briony.

—Pero, ¿popor...? —Tarareó algo y después empezó de nuevo—. ¿Por qué se queda ahí plantada?

—Porque me está esperando para comparar las notas de las casas que hemos visitado cada una. —No pensaba decirle que Hope no había querido visitar la casa de su abuelo—. ¿Puedo pasar?

—Sí... sí. Lo siesiento. —Max se apartó para que Briony pudiera entrar. Rich estaba sentado en el sofá y tenía un cubo de plástico al lado. Sin embargo, había sacado su cuaderno de notas y un bolígrafo. No debía de sentirse tan mal si estaba componiendo alguno de sus poemas.

Briony leyó el listado de comida, y Rich le dijo lo que había comido. Acto seguido, le ofreció la botella de agua y le dijo que bebiera despacio.

—¿Se te ocurre algo que rime con «diarrea»? —le preguntó al hacer ella ademán de irse.

«*Biarrea, ciarrea, fiarrea...*», Briony fue cambiando la primera letra en orden alfabético, intentando dar con algo.

—Ahora mismo no. A lo mejor te resulta más fácil rimar con «disentería».

—O con «cagalera» —sugirió Max.

—¡Ah, qué buena idea! —Rich empezó a escribir, y Max sonrió.

—Eres un buen nieto —le dijo Briony, tras lo cual regresó con Hope.

—Archie no está en casa. Vive justo en la casa de al lado —le dijo la muchacha.

—¿Puedes mandar un mensaje diciendo que Rich está enfermo? —le preguntó Briony. No quería mandarlo ella. No creía que a Nate le hiciera gracia saber que seguía por allí. Además, no tenía el número de teléfono de Yesenia.

—¡Oh, no! ¿Está muy mal? —quiso saber Hope mientras tecleaba a toda velocidad.

—Cuando he salido, estaba intentado componer un poema sobre la diarrea. Max está con él, cuidándolo —contestó Briony—. Es un buen muchacho. —Miró a Hope—. Supongo que no debería llamarlo «muchacho». Tiene tu misma edad. Por cierto, ¿no estáis juntos en clase? —Nate le estuvo haciendo preguntas a Max la Noche familiar. Tenía la impresión de que habían pasado años desde aquel entonces.

—Sí. Aunque dudo mucho que él lo sepa. Cuando me ve, es como si no me reconociera. O por lo menos finge no conocerme. A lo mejor no quiere hablar con el personal.

—No me parece que Max sea así —replicó Briony.

—¿Y tú qué sabes? Apenas lo conoces —protestó Hope—. ¿No lo viste la otra noche? Ni siquiera me contestó cuando le pregunté si quería un aperitivo. Y se fue dos minutos después de eso.

Briony intentó recordar qué había pasado exactamente, pero le resultó imposible. Eso sí, Hope parecía muy segura de lo sucedido.

—Ya está. Yesenia tiene a Rich en la lista de residentes para visitar. Vamos a seguir. —Hope echó a andar, y Briony la siguió. Le alegró que la siguiente casa fuera la de Gib. Estaba nerviosa por saber cómo estaba.

Cuando llamó a la puerta, él contestó diciendo que ya iba. Al oír su voz débil y ronca, Briony supo de inmediato que era uno de los afectados.

Le pareció que tardaba una eternidad en abrir. Cuando lo hizo, vieron que tenía el rostro macilento y la frente perlada de sudor.

—¡Necesitas sentarte ahora mismo! —exclamó Briony—. Hope y yo hemos venido para ver si te ha sentado mal el almuerzo. Y parece que sí. —Entró en la casa, entrelazó el brazo con el de Gib y lo ayudó a regresar al salón.

—¿Quién más está enfermo? ¿Cómo están Richard, Regina y Janet? ¿Y Peggy? —Gib soltó el nombre de Peggy el último, como si no fuera importante, pero después de lo que Nate le había contado, Briony sabía que Gib debía de estar más preocupado por ella que por cualquiera de los demás.

—Todavía no lo sabemos. —Hope le ofreció una botella de agua—. Pero alguien habrá ido a comprobar cómo se encuentran.

—¿Dónde está la fiera? —le preguntó Gib a Briony.

—Creo que en casa, pero siempre que pienso que está en casa, resulta que en realidad está aquí.

—Le gusta traerme regalos. Ese es el último —dijo al tiempo que señalaba con la cabeza hacia la mesa auxiliar.

Al lado de la lámpara había... Briony no estaba segura de lo que era. Esperaba que no fuera algo muerto que Gib no hubiera podido tirar porque no se encontraba bien. Levantó con cautela el objeto e intentó no tocar el escaso pelo blanco que lo cubría. Para su alivio, descubrió que era un objeto de látex, tan delgado que casi resultaba transparente.

—¿Qué es? —preguntó al tiempo que agitaba el objeto.

—No estoy seguro. Debe de haber estado jugando con él un rato antes de traerlo. O lo ha encontrado en la basura —respondió Gib.

Sí, parecía que había sufrido el ataque de las uñas de *Mac* y seguramente también de sus colmillos.

—¿Quieres que lo tire?

—No. Los estoy coleccionando. Ese gato es todo un personaje. —Gib carraspeó y Briony se percató de que tenía la garganta seca.

—Bebe un poco más de agua —le sugirió—. Y, después, me cuentas qué fue lo que comiste para almorzar.

Una vez que repasó la lista con él, le dijo que tenían que visitar la siguiente casa.

—¿Te parece bien que vuelva más tarde? —le preguntó—. Para ver cómo estás. Así te cuento cómo están Peggy y los demás.

Eso pareció gustarle.

—Si no te necesita nadie más. Y porque no pareces tan loca como parecías al principio.

—¿Le has dicho a Nate que Archie no está en casa? —le preguntó Briony a Hope mientras se dirigían a la siguiente casa—. Estará ansioso por saber si es uno de los afectados. Su nieta se pondrá hecha una furia cuando se entere. Ya quiere sacarlo de aquí...

—Le he mandado un mensaje de texto. —Hope la miró con gesto pensativo—. ¿Te ha contado eso? Ajá. No suele contarles sus problemas a los demás. LeeAnne tiene que sacarle las cosas a la fuerza. Debéis de haber intimado muy rápido.

Briony no pensaba hablar del asunto. Acabaron con la zona que les habían asignado una hora después. Mientras regresaban al centro comunitario, sintió un nudo en la boca del estómago por culpa de los nervios, al pensar que podía encontrase otra vez con Nate. Tenía que hablar con él, pero ese no era el momento adecuado. Acompañaría a Hope para entregar las listas de que lo que había comido cada uno de los residentes y si no había nada más que pudieran hacer los voluntarios, se marcharía.

De todas formas, necesitaba dedicarle un poco de tiempo a Caleb. Se preguntó cuánto tiempo planeaba quedarse. ¿Hasta que le llegara a ella la hora de irse a casa? No tenía claro dónde estaba su casa. No había un apartamento al que regresar. Caleb les había buscado casa en Portland. Se le aceleró el pulso solo de pensarlo.

—¿Estás bien? —le preguntó Hope mientras entraban en el comedor.

La gente se había reunido en torno a algunas mesas para llenar bolsas de papel con plátanos, yogures, galletas saladas y botellas de agua. Parecían tenerlo todo controlado.

—Sí. Estoy bien. —Respiró hondo—. Ya que hemos vuelto, voy a beber un poco de agua. —Abrió una botella y bebió un sorbo. No pensaba sucumbir a un ataque de pánico. No en ese momento.

—¡Nos quedan pocos yogures!

Briony conocía esa voz. Ojeó la estancia. Sí, allí estaba Caleb. De alguna manera, había encontrado Los Jardines y se había apresurado a echar una mano. ¿Por qué diablos tenía que ser tan... así? Tenía que sacarlo de allí. Bastante malo era que hubiese aparecido ella cuando Nate tenía que lidiar con una emergencia.

—¡Ahora mismo voy, Caleb! —replicó una veinteañera que se acercó a él con una caja de yogures. Caleb, que era como era, ya había empezado a hacer amigos. Su amiga era preciosa, con el pelo largo y oscuro y ojos también oscuros que le recordaban a...

Briony agarró a Hope de un brazo.

—Esa es... esa es...

—Esa es Nathalie.

—La hermana de Nate —dijeron al unísono.

«Perfecto», pensó Briony. «Perfecto».

Nate y LeeAnne acabaron de tirar lo que quedaba de la carne y del pescado al contenedor. Los técnicos de sanidad se habían llevado muestras de todo lo que habían servido durante el almuerzo y les habían dicho que tiraran el resto.

—Qué desperdicio —protestó LeeAnne, que meneó la cabeza—. Esa comida no está en mal estado. Sé perfectamente cuando algo lo está, y esa comida está bien.

—Estoy de acuerdo contigo. Alguien ha debido de adulterar la comida en el bufet. El sistema de ventilación, la cinta de andar y ahora esto. No tengo ni idea de quién está detrás del sabotaje.

—No sales lo suficiente como para hacer enemigos —bromeó LeeAnne con desgana—. Y tampoco es que tengas enemigos dentro de Los Jardines. De ser así, yo lo sabría. Entre el personal y yo, nos enteramos de todo.

—Debe de haber algo que estoy pasando por alto.

—Bueno, ahora que los inspectores de sanidad han intervenido, tal vez ellos descubran algo que a nosotros se nos escapa. Más ojos con los que investigar. —LeeAnne y Nate regresaron al centro comunitario—. La cena se servirá con la empresa de *catering* y se les dará dieta blanda a los enfermos. ¿El desayuno será como siempre?

—No lo sé. —Detestaba admitirlo—. No estoy seguro de que la gente esté dispuesta a comer tan pronto en el comedor. Pero es posible que, si recobramos la normalidad lo antes posible, los residentes se sientan más tranquilos. Voy a pensarlo y ya te diré algo.

Cuando regresaron a la cocina, se lavaron las manos.

—Voy a ver cómo van con las bolsas para los afectados y a preguntar si alguien se ha topado con algún residente que necesite una visita lo antes posible. Iré a verlos a todos en cuanto pueda.

—Yo tengo suerte. —Hizo un gesto para señalar el desorden que habían dejado los inspectores de sanidad tras su paso por la cocina—. Si ves a Hope, dile que ya se me ha pasado el berrinche y que ya es seguro que venga a ayudarme.

—Lo haré. —Nate se enderezó la corbata y se preparó para demostrarle a todo aquel con quien se encontraba que tenía la situación bajo control. Aunque no fuera cierto. Ni por asomo. Entró en el comedor. Parecía que la tarea de reunir comida y agua para los afectados había progresado bastante. De manera que podrían empezar a llevarles la cena a todos los demás en cuanto llegara el servicio de *catering,* algo así como dentro de media hora.

Su mirada pasó por encima de una de las mesas y se detuvo en seco. Su hermana estaba atando las cintas de las bolsas. ¿Cómo se había enterado de lo que sucedía? No se lo había dicho ni a ella ni a su madre. De haberlo hecho, habría tenido que tranquilizar a dos personas más. O eso era lo que había pensado. Porque allí estaba Nathalie, ayudando de verdad. Echó a andar hacia ella, pero volvió a detenerse. Estaba al lado del hombre de la noche anterior. El novio de Briony. El exnovio. ¿Qué narices estaba haciendo allí?

Su presencia indicaba que Briony no se había marchado. La localizó rápidamente en el rincón más alejado, hablando con Archie, que estaba sentado en su silla de ruedas con un elegante sombrero fedora calado sobre un ojo. Regina y Janet revoloteaban a su alrededor, y él parecía encantado con toda la atención que recibía. Nate cambió de dirección y se acercó a ellos, porque quería ver cómo iba la cosa.

Antes de llegar al grupito, lo interceptó Eliza. Porque era uno de esos días, claro.

«De todas formas, tienes que hablar con ella», se dijo. «Casi mejor que sea ahora».

—Eliza, ¿qué tal os ha ido con el especialista? ¿Qué os ha dicho del tobillo?

—¿El tobillo? Ese es el menor de los problemas que mi abuelo tiene ahora mismo. Tuve que llevarlo a urgencias a la carrera. Intoxicación alimentaria. Igual que la mayoría de los residentes.

—No son la mayoría —protestó Nate, que miró de reojo a Archie—. A mí me parece que está lo bastante bien como para coquetear.

A Eliza no le hizo gracia la bromita.

—Debería estar acostado. Pero es testarudo, además de profesarle una lealtad increíble a este sitio, aunque lleva aquí menos de un mes. Ha insistido en venir para comprobar cómo van las cosas.

—Ha hecho muchos amigos —empezó Nate—. Ha estado...

Eliza no le permitió terminar la frase.

—Te enviaré la factura de urgencias junto con la de la ortopedia en cuanto pasemos por allí.

Nate no discutió. Era inútil recordarle que Los Jardines contaba con un excelente grupo de médicos y especialistas que podrían haberse hecho cargo de su abuelo.

—El médico ha dicho que hemos tenido suerte de atajar el problema tan rápido. Mi abuelo llegó muy deshidratado a urgencias. Le pusieron suero por vía intravenosa de inmediato, además de Toradol para los dolores y Zofran para los vómitos. Iba muy mal.

—Lo siento mucho.

—También sentiste mucho lo del tobillo. Pero sentirlo mucho no ayuda en nada.

¿Qué podía decirle? Era cierto. Había hecho todo lo posible para lidiar con la intoxicación alimentaria y con el problema de la cinta de andar, pero no era suficiente. Podía haber más actos de sabotaje en el futuro, aun habiendo instalado las nuevas cámaras. Y aunque descubriera quién era el culpable, eso no aliviaría el dolor que Archie, y muchos otros, habían sufrido.

—Los técnicos de sanidad han estado haciendo una inspección. Están investigando el asunto. De momento, no han encontrado ningún problema con la limpieza de las instalaciones. Se han llevado muestras de la comida que se sirvió durante el almuerzo. Pronto deberíamos tener noticias y, en cuanto sepamos algo, os lo comunicaré a todos.

—Puedes decir lo que quieras durante la reunión con las familias de todos los residentes que he organizado para mañana por la noche. He pensado que podemos usar la sala de proyección, a menos que te parezca mal.

—¿Una reunión? —repitió Nate.

—Para hablar de los problemas que han estado sucediendo en Los Jardines —añadió Eliza.

Nate analizó la situación en un segundo. Una reunión no era una mala idea. Necesitaba hablar con todas las familias. Pero no quería que fuera Eliza quien llevara la voz cantante. Claro que ya era demasiado tarde. Si intentaba hacerse con el control, ella protestaría, aduciendo que él se negaba a que las familias expresaran su opinión.

—Me parece una idea estupenda y claro que puedes usar la sala de proyección —le dijo Nate—. Podemos organizar un refrigerio... —Eliza soltó un resoplido desdeñoso y Nate dio un respingo—. O no. Pero me gustaría poder participar y responder preguntas.

Eliza asintió con la cabeza.

—Estoy segura de que habrá muchas. Me gustaría que me dieras los datos de contacto de las familias.

—Esos datos son confidenciales. Pero si quieres redactar un mensaje, puedo enviarlo por correo electrónico. —Al menos, eso le daría cierta ventaja a la hora de enfrentar las preguntas de las familias.

—De acuerdo. Lo tendrás dentro de una hora. También quiero hablar con los residentes de forma personal. Y con los trabajadores. A menos que no te parezca bien.

—En absoluto. Les diré a todos que quieres hacerles unas preguntas. —La idea no le gustaba, pero no le favorecería dar la impresión de que trataba de ocultar algo. Necesitaba organizar una reunión con los trabajadores. Ellos también merecían una explicación que los tranquilizase, y quería agradecerles el gran trabajado que habían hecho ese día. Miró de reojo de nuevo a su hermana. Todavía estaba atando cintas. Era como internarse en una realidad alternativa—. ¿Quieres algún lugar tranquilo donde puedas redactar el mensaje? Si no tienes, puedo ofrecerte un ordenador portátil y...

Ella lo interrumpió.

—Tengo todo lo necesario en casa de mi abuelo. Supongo que, de momento, estará bien donde está.

—Si quiere irse a casa, me aseguraré de que alguien lo lleve para que no tenga que maniobrar la silla de ruedas por la calle.

—No te molestes. Que me llame y ya está. —Y con eso, se marchó.

No debería sentirse irritado por el hecho de que ella no le hubiera dado las gracias. Era él quien debía pedir perdón. Archie había resultado malherido, dos veces, estando bajo su responsabilidad. Pero tuvo que contener la ira mientras observaba a Eliza alejarse.

La ira lo invadió de nuevo mientras caminaba hacia Archie. Briony hablaba con expresión alegre y los ojos brillantes, como si encajara a la perfección en el grupo. En esa ocasión, ni siquiera intentó contener la ira. Se obligó a intercambiar unas palabras amables con Regina y Janet y a preguntarle a Archie si se sentía mejor antes de dirigirse a Briony.

—Tengo que hablar contigo. —Echó a andar hacia el pasillo—. Te dije que te fueras —le soltó en cuanto cerró la puerta una vez que estuvieron en el pasillo.

—Me dijiste que no tenías tiempo para hablar conmigo —lo corrigió ella, que se puso colorada—. Me he quedado para ayudar.

—¿Y también has llamado a tu... lo que quiera que sea para que ayude también?

—¡No! Solo le envié un mensaje de texto para decirle que volvería un poco más tarde de lo que pensaba. Le dije que estaba ayudando porque había una emergencia en la comunidad de jubilados. No le dije que tú eres el director ni le pedí que viniera, pero descubrió que estaba cerca de Storybook Court y, cómo no, se presentó aquí. Es perfecto. Y eso es lo que hacen los hombres perfectos. Ayudar en las situaciones de emergencia.

—Si es tan perfecto, ¿por qué lo dejaste plantado en el altar? —exigió saber—. Porque eso fue lo que hiciste, ¿verdad?

Briony levantó las manos y después las dejó caer, derrotada.

—Sí.

«Sí. ¿Eso es lo único que va a decir? ¿Sí?», pensó Nate.

—¿Qué le has contado sobre nosotros? ¿O también le has mentido? ¿Le has dicho que soy un vecino o algo así?

—Se lo he contado. No he entrado en detalles, pero le he dicho que me he acostado contigo.

—¿Y?

—Y lo ha entendido.

—Lo ha entendido. ¡Lo ha entendido! En fin, pues yo no entiendo nada.

Briony alzó la barbilla.

—Sabías que estaba aquí de vacaciones. Sabías que esto... lo que hay entre nosotros, solo era algo divertido y pasajero.

—Sí. Me lo estoy pasando en grande —le soltó él.

Briony respiró hondo.

—Nate, he venido porque te debo una disculpa. Todo ha sido muy rápido entre nosotros. Ya lo sabes. Cuando nos conocimos no era el mejor momento para decirte: «Oye, por cierto, estoy aquí porque me desmayé en la iglesia el día de mi boda y me dio muchísima vergüenza enfrentarme a mi novio... bueno, a mi exnovio, al resto de los invitados y a mis padres». Solo salimos para tomar una copa, ¿recuerdas? No era una cita. Y, después, las cosas... En fin, ya sabes lo que pasó.

—¿Y no pudiste decírmelo la siguiente vez? ¿No podías haberlo mencionado antes de que lo hiciéramos contra aquella pared de allí? Ah, espera. Que no hacían falta explicaciones. Solo era para divertirnos. Al menos es divertido si eres una... —Se mordió la lengua antes de decir la palabra que ambos sabían que había estado a punto de decir.

Pero ¿qué más daba? Era verdad. Había que ser una guarra para hacer lo que ella había hecho. Por eso quería perderla de vista cuanto antes.

—Te has disculpado. Pues muy bien. Ahora creo que será mejor que Caleb y tú os marchéis. Si todavía os apetece ayudar, hay muchos sitios en Los Ángeles donde se necesitan voluntarios.

Se dio media vuelta y regresó al salón sin comprobar si ella lo seguía o no. Nathalie aún estaba con Caleb, atusándose el pelo y echándole miraditas. Cinco minutos más y se echaría a llorar porque él la había rechazado. No necesitaba más. Un poco de atención por parte de un hombre, y ella pensaba que tenían una relación eterna. ¿No le había enseñado nada el matrimonio de sus padres?

—Para que lo sepas, este hombre estuvo a punto de casarse la semana pasada —le dijo en cuanto se acercó a ella.

—Lo sé —murmuró Nathalie.

¿Lo sabía? Bueno, al menos él había hecho lo correcto y se lo había dicho de inmediato. A diferencia de lo que Briony había hecho con él.

—¿Te puedes creer lo que le pasó? Y ha venido hasta aquí para intentar solucionar las cosas —siguió Nathalie—. Si yo fuera Caleb, no la perdonaría. Nunca. —Miró al susodicho—. Soy muy posesiva —confesó.

Estaba en modo coqueteo máximo. Pero así era su hermana. Una coqueta. Por lo menos, ella tenía clara la situación. Que era por lo que se había acercado a ella.

—Voy a ver cómo van las cosas en la cocina.

—Espera —dijo Nathalie, que le aferró un codo—. He pensado que estaría bien invitar a Caleb y a su ex a cenar esta noche. Para agradecerles la ayuda.

—¡No! —exclamó él.

Oyó al mismo tiempo el «¡No!» espantado que alguien decía a su espalda. Briony.

—Gracias, pero no —repitió ella con voz más calmada—. Caleb ha venido para pasar tiempo conmigo. A solas.

ॐॐॐ

Mac saltó a la cama de Gib y se acurrucó a su lado. El hombre extendió un brazo y le acarició la cabeza. Su piel tenía una desagradable humedad, pero *Mac* no se apartó. Su amigo lo necesitaba, de modo que se quedaría cerca.

El olor a enfermedad le llegaba de todas direcciones. Después, vería qué podía hacer por los otros humanos. Solo era un gato, sí, pero era *MacGyver*. Se encargaría de hacer lo que había que hacer.

CAPÍTULO 16

—Nate, ¿por qué no me has contado lo de la intoxicación alimentaria? —le preguntó Nathalie mientras ataba las cintas de las últimas bolsas para los afectados.

—Ya tienes bastante con lo tuyo. Con el trabajo. Y los niños.

—Ese no era el principal motivo, pero no le apetecía hablar de su falta de interés por Los Jardines delante del personal y de los residentes—. Por cierto, ¿dónde están los niños?

—Los he dejado con mamá. Por eso estaba por aquí. Volvía a por mi automóvil cuando me encontré con Caleb, que estaba tratando de averiguar adónde tenía que ir para ayudar con «la emergencia». Una emergencia que yo ni siquiera sabía que existía. Vinimos juntos al centro comunitario. Había gente preparando las bolsas para los afectados, así que nos pusimos nosotros también a colaborar. Si me lo hubieras contado, habría venido antes.

«Claro, seguro, pero ¿habrías arrimado el hombro si no hubiera habido un hombre atractivo de por medio?», pensó sin poder contenerse.

—¿Cómo está mamá? —le preguntó. Quería saberlo. También quería cambiar de tema.

—Igual que siempre —contestó Nathalie—. Contenta de ver a los niños. Le gusta hacer de abuela. Bueno, ¿vas a decirme por qué no me has llamado para contarme lo que pasaba?

La conocía y sabía que no iba a dejarlo estar. No después de que le hubiera hincado el diente.

—¿Quieres café?

Nathalie hizo una lazada con la última cinta y le dio una palmadita.

—Claro. Parece que no hay mucho que hacer hasta que llegue el *catering* con la comida.

LeeAnne y Hope estaban atareadas en la cocina cuando entraron Nate y Nathalie. Nate le dirigió una mirada elocuente a LeeAnne, y esta captó la indirecta. LeeAnne casi siempre captaba sus indirectas.

—Hope, quiero ver lo que hay en la despensa. —Hope no hizo preguntas. LeeAnne y ella se marcharon a toda prisa.

Nate sirvió dos tazas de café y se sentó en frente de su hermana a la mesa.

—Muy bien, ¿qué es lo que no querías decir delante de otras personas? —Su hermana también captaba sus indirectas, cuando se molestaba en prestar atención.

—Sin ánimo de ofender, Nathalie, pero...

—«Sin ánimo de ofender», bonita manera de empezar. Ya me imagino que va a ser estupendo todo —replicó ella con sorna.

A veces, Nathalie lograba que tuviera la sensación de que volvían a tener trece años, pero contuvo la réplica sarcástica.

—No te he avisado porque no participas del día a día de la comunidad. —Una respuesta diplomática.

—Pero esto no es algo del día a día. Has hecho que vengan a ayudar personas a las que apenas conoces.

—La verdad es que no. Briony... Briony es ya una amiga.
—No pensaba hablar del asunto de Briony con su hermana. Tal vez ella estuviera encantada de ofrecerle más detalles de la cuenta sobre sus relaciones, pero a él era lo último que le apetecía hacer—. Ha visitado a algunos de los residentes. Supongo que Caleb quería ayudar porque ella lo estaba haciendo.

—Briony ni siquiera estaba por aquí mientras preparábamos las bolsas. —Nathalie echó un vistazo por la mesa, y él se levantó en busca de la nata—. Él ha cruzado todo el país, y ella va y desaparece —continuó—. Así no es como hay que comportarse si quieres recuperar a alguien.

«Ha conseguido distraerse ella solita», pensó Nate mientras soltaba en la mesa la jarra con la nata. Por desgracia, tampoco quería hablar de ese asunto.

Nathalie se echó un chorrito de nata en el café y, después, titubeó antes de llevarse la taza a los labios.

—¿Es seguro?

«¿Cómo se le ocurre preguntarlo siquiera?».

—Sí, es seguro. Todo lo que hay aquí es seguro.

—En fin, es evidente que no. —Nathalie soltó la taza.

—Puedes bebértelo. No seas tonta, Nathalie. Si no confías en mí, confía en los inspectores de sanidad. Han analizado cada centímetro de este sitio y no han encontrado nada.

—¿Y qué ha pasado? Porque la gente ha enfermado después de comer aquí. Al menos, eso he oído... de terceras personas.

—Alguien ha estado saboteando la comunidad, ¿de acuerdo? La intoxicación alimentaria no es lo único que ha pasado. Sabotearon el sistema de ventilación, lo que implica cambiar las alfombras, las cortinas y seguramente también los muebles de la biblioteca y de la sala de televisión. Los libros también, a menos que haya alguna forma de quitarles el hedor. Y una de las cintas de andar se volvió loca y tiró a uno de los residentes. Solo se torció el tobillo, pero no me sorprendería que su nieta nos denunciara. Y, después de lo de hoy, puede que consiga el apoyo de otros familiares.

—Ay, Nate. ¿Por qué no me lo has contado?

Ya no parecía estar acusándolo. Solo parecía preocupada. Y tal vez un poco dolida.

—Soy el gerente. Es mi trabajo. —Nadie se había ofrecido a ocupar el puesto después de que se fuera su padre. Y tampoco podía decirse que Nathalie o su madre no lo habían visto estudiar a trancas y barrancas en línea cuando dedicaba casi todo el tiempo a mantener Los Jardines en funcionamiento.

—Pero esto es algo muy gordo. ¿Se lo has dicho a mamá?

Nate meneó la cabeza.

—Por favor, Nath. Ya sabes cómo es. Le cuesta la misma vida mantener la compostura cuando no tiene que preocuparse más que de tejer, cocinar y ver la tele. Y la otra noche...

—Desembucha.

—Me dijo que había olido la colonia de papá —admitió Nate.

Nathalie siseó.

—¿Ha hablado de papá?

—Ajá. Cuando empezó a hablar de olores, lo primero que se me pasó por la cabeza fue «tumor cerebral». Sabes que un tumor puede hacer que huelas cosas que en realidad no están ahí, ¿verdad?

—Por Dios, Nate. Tienes que contarme ese tipo de cosas. También es mi madre.

—Voy a llevarla al médico —la tranquilizó Nate—. Te diré lo que nos cuente la doctora. Pero he empezado a pensar que mamá lo echa de menos. Falta poco para el aniversario de su marcha.

—Como si no lo supiera.

—No creía que siguieras pensando en el tema.

—Pues claro que sigo pensando en ello. Que no hablemos de lo que pasó no significa que no pasara.

—Me dijo que tenía en el semisótano un frasco de colonia y otras cosas que dejó papá. —Como ya estaban hablando del asunto, bien podían continuar.

—Creía que se había deshecho de todo. Yo quería quedarme con su reloj, ¿sabes?, porque se lo ponía mucho, pero mamá no me dejó.

Nate no lo sabía. Él no había pedido quedarse con nada. Había ayudado, obediente, a meterlo todo en bolsas de basura y a llevarlas al contenedor.

—Me va a explotar la cabeza. —Acompañó las palabras de un gesto para enfatizar—. Bueno, vas a llevar a mamá al médico por si las moscas. ¿Qué hacemos con el sabotaje?

Nate se percató del plural.

—He hecho que instalen más cámaras de vigilancia. El equipo de seguridad está al tanto de todo. Tal vez los inspectores de sanidad encuentren algo que se nos haya pasado por alto —le dijo a su hermana.

—¿Y con la demanda, ya sea una sola o varias?

—De momento, tenemos que esperar para ver qué pasa. Hablaré con las familias e intentaré tranquilizarlas en la medida de lo posible. —Pensó en hablarle de la reunión que Eliza estaba organizando. Sin embargo, lo tenía controlado. Tal vez Nathalie hubiera disfrutado atando bolsas con cintas, pero sabía que no quería involucrarse de verdad.

෨෨෨

Caleb tomó a Briony de la mano mientras paseaban por el muelle de Santa Mónica esa misma noche. A Briony le atronaron los oídos al tiempo que se le aceleraba el corazón. Pero no en el buen sentido. El instinto le pedía que se apartara, pero no podía hacerle eso. Había ido a Los Ángeles cuando tenía todo el derecho del mundo a odiarla.

Se obligó a apretar un poco los dedos, y él sonrió en respuesta.

—Bonito atardecer —dijo Caleb.

—Precioso —convino ella. Así había sido la conversación entre ellos desde que salieron de Los Jardines, apenas un intercambio de frases educadas. No sabía exactamente qué quería. Le había dicho que no quería retomar las cosas tal cual las habían dejado. Y tampoco quería una discusión a fondo sobre sus sentimientos el día de la boda ni sobre los motivos subyacentes por los que se había acostado con Nate.

Tenía muy claro lo que no quería. Pero ¿qué quería de verdad? Eso no lo sabía. De ahí el problema. El mismo de siempre. No sabía lo que quería.

Intentó concentrarse. ¿Quería estar con Caleb? Su cuerpo no paraba de decirle que no. Pero su cuerpo no siempre sabía lo que más le convenía. Su cuerpo quiso lanzarse sobre Nate. Y Nate no había resultado ser una persona maravillosa. Solo le había faltado llamarla «guarra», como si él no hubiera estado allí mismo, haciendo esas supuestas guarrerías. Claro que él no había estado a punto de casarse unos días antes.

Ella sí. Con Caleb. Se suponía que tenía que emplear ese tiempo para averiguar si Caleb y ella tenían un futuro en común. Había estado con él más de tres años. ¿Porque había crecido con el convencimiento de que era incapaz de cuidarse sola? ¿Porque sus padres creían que Caleb era bueno para ella y básicamente se amoldaba a lo que ellos pensaban? Se dio cuenta de que tenía las palmas de las manos sudorosas.

—Lo siento —susurró. Apartó la mano e intentó secársela con disimulo en la falda. Dejó una mancha de sudor en la tela verde claro.

—¿Estás bien? —preguntó Caleb—. ¿Estás al borde del pánico?

—Un poco —admitió ella.

La condujo hasta un banco.

—Anda, quédate aquí sentada mientras te traigo algo de beber.

Briony echó la cabeza hacia delante. Se concentró en el murmullo de las olas, con la esperanza de que el ritmo la tranquilizara. En cambio, empezó a pensar en Nate. Tal vez aquella tarde, desde la azotea del restaurante hubieran contemplado ese mismo lugar.

Había ido a ver a Nate con la esperanza de contarle las cosas de manera que la entendiera, aunque fuera un poquito. Quería decirle lo aterradora que fue la situación en la iglesia, cuando el suelo se negó a sostenerla y todo se volvió borroso. Él se había negado a escucharla. Quería perderla de vista lo antes posible, como si le revolviera el estómago.

Briony oyó unos pasos que se acercaban y levantó la cabeza. Consiguió sonreír a Caleb mientras él le ofrecía una botella de agua. Era muy atento y sería incapaz de condenar a otra persona por un error. Solo había que ver lo que ella le había hecho y, sin embargo, allí estaba él, dándole otra oportunidad a ella, a su relación.

—¿Te sientes mejor? —le preguntó Caleb después de que bebiera un sorbo de agua.

—Creo que sí. —Caleb merecía que le dedicara parte de su tiempo. Se lo debía. Era un sitio precioso, un lugar romántico en la playa, el sitio perfecto para descubrir si merecía la pena reconstruir su relación.

—¿Qué te...? —«No», se ordenó. «No lo hagas. Que estés con Caleb no significa que te pongas a titubear y a pedirle que tome él todas las decisiones»—. ¡Vamos a montarnos en la torre de caída libre, la Pacific Plunge!

«Maravilloso...». ¿Eso era lo que se le ocurría? Había montado en un tiovivo alguna que otra vez, nada más. Sus padres... ¿o tal vez había sido cosa de su madre y su padre simplemente le había seguido la corriente? Lo cierto era que sus padres creían que los parques de atracciones eran demasiado peligrosos. ¿Y esa atracción en concreto? Subía muy alto y bajaba a plomo, mientras la gente gritaba todo el rato. No quería montarse en algo que hacía gritar a la gente. A lo mejor debería escoger algo menos extremo. ¿Tal vez la noria?

—No parece lo más adecuado para ti. ¿Y si intento ganar un oso de peluche en la caseta del lanzamiento de anillas? —sugirió Caleb.

La irritación cobró vida en su interior.

—Aquí me tienes, no siendo débil ni sosa. Tomo una decisión sin consultarte y lo primero que haces es intentar que vuelva a ser mi antigua yo.

—Si quieres montarte en la torre de caída libre, nos montaremos —replicó Caleb—. Vamos a comprar los boletos.

Mientras se acercaban a la taquilla, Briony vio un puesto de comida.

—Voy a comprar un perrito empanado en brocheta. —Las tostadas de aguacate eran más de su estilo. Le gustaba ceñirse a una dieta sana. Pero, esa noche, iba a probar cosas nuevas—. ¿Quieres algo? —le preguntó.

—Acabamos de cenar —protestó Caleb.

—Lo sé. Y esto no es otra cena. Es comida basura. —Lo miró con una sonrisa mientras esa sensación temblorosa y aterrada se desvanecía para ser reemplazada por una alocada imprudencia.

—Y la llaman «comida basura» por algo.

—No pienso convertirlo en mi dieta. Pero estamos en el muelle. —Briony se compró el perrito empanado y, después, vio un puesto de refrescos helados Icee. Los refrescos Icee eran puro azúcar... y quería uno. Se preparó una mezcla de manzana agria, limonada, arándanos y cereza, todos los sabores que brillaban con un color tan artificial que no parecían adecuados para ingerirlos. Bebió un sorbo. ¡Caramba! Tal vez tuviera un poco del factor «fruta prohibida», pero daba igual.

Regresó junto a Caleb y se pusieron a la cola de la taquilla. Briony leyó los precios.

—Compremos las pulseras. Será más barato si nos montamos en más de dos atracciones.

—¿Vamos a montarnos en más de dos? —le preguntó Caleb.

Briony sintió remordimientos. También eran las vacaciones de Caleb. Él también tenía derecho a decidir lo que hacían. Pero nadie le había pedido que fuera. Y ella había pasado un día de perros. Quería divertirse un poco. Sin que la juzgaran.

—¡Quiero montarme en todo!

No era verdad, en absoluto, pero no pensaba echarse atrás. A lo mejor la torre de caída libre sería como el refresco Icee. La bebida tenía un aspecto horrible, pero había resultado deliciosa. La torre parecía aterradora, pero tal vez resultara... solo abrumadora.

—Dos pulseras —le dijo Caleb a la muchacha que había al otro lado del mostrador.

258 / Melinda Metz

Briony le dio un bocado al perrito empanado.

—Deberían preparar más comidas en brocheta. Creo que necesito una manzana de caramelo. Me pregunto si hacen manzanas de caramelo fritas. Porque la fritura ha hecho maravillas con esta salchicha. —Se bebió un buen trago del refresco. Estaba como revolucionada. ¿Podía tenerse un subidón de azúcar tan rápido?

—Hace poco, leí que los hombres deberíamos limitarnos a nueve cucharaditas de azúcar diarias y que las mujeres deberían contentarse con seis —le informó Caleb.

—Menudo aguafiestas. —Bebió otro sorbo de refresco—. ¿A que sí? —le preguntó a la muchacha de la taquilla, que la miró como si estuviera loca—. Tú también —le dijo Briony.

—¿Se puede saber qué te pasa? —le preguntó Caleb al tiempo que le daba una de las pulseras.

—Nada. Solo me estoy divirtiendo. ¿Sabes lo que es eso? Lo suyo sería preguntar qué te pasa a ti. —Echó a andar, muy deprisa, hacia la torre de caída libre. Caleb no le contestó, se limitó a quedarse a su lado. Briony se detuvo en seco junto a una papelera—. No puedo montarme en la atracción con esto. —Se comió lo que le quedaba del perrito empanado y tiró la brocheta, tras lo cual le quitó la tapa al vaso del refresco gigante. Todavía le quedaban tres cuartos. Se lo llevó a los labios, echó la cabeza hacia atrás y bebió antes de hacer un mate en la papelera con el vaso—. ¡Dos puntos! —exclamó.

Unos dos segundos después, sintió una punzada tan fuerte en la cabeza por el frío que casi cayó de rodillas al suelo, pero se puso en marcha de nuevo y se colocó en fila para subirse en la atracción. Se estaba divirtiendo, joder, y un dolor de cabeza no iba a detenerla, por más que pareciera que le iba a estallar. No duraría mucho.

Desde arriba llegaban los gritos de las personas que caían a plomo hasta el suelo. «Gritan de alegría», se dijo Briony. «De pura alegría». No miró hacia arriba.

Cuando les llegó el turno a Caleb y a ella de sentarse en la góndola, esa estúpida vocecilla de su cabeza empezó a canturrear «Error, error, error». Tres adolescentes se sentaron en los asientos restantes. Briony miró la cola. Casi todas las personas que estaban esperando para la atracción eran adolescentes. Y todo el mundo sabe que los adolescentes no tienen conciencia de la mortalidad. ¡Es la única razón para que crean que eso era divertido!

Estuvo a punto de salir corriendo, pero los cierres de seguridad no se movieron. «Bien». Se sentiría como una fracasada si se bajaba en ese momento.

«¡Error, error, error!», gritó la vocecilla mientras la góndola subía por la torre. Briony se dio cuenta de que aferraba la barra que tenía delante con ambas manos.

Caleb extendió el brazo y le dio un apretón en los dedos.

—No te preocupes. Estas atracciones tienen frenos de aire comprimido o electromagnéticos.

Siempre le había gustado lo competente que era Caleb, el hecho de que fuera uno de esos hombres que sabía cómo funcionaban las cosas. Pero no le apetecía una charla educativa en su primera experiencia en una atracción de feria. Aflojó los dedos a conciencia y clavó la vista en el paisaje que se extendía bajo ella. El océano brillaba a la luz de la luna. Era...

El ascenso se detuvo de golpe. No pudo contenerse y se aferró de nuevo a la barra. Y después... ¡pumba! La góndola cayó a plomo. ¡Estaba en caída libre! Y un grito interminable le brotaba de la garganta. ¡Era un grito de alegría, sí! De alegría y un poco de pánico.

—¡Menudo subidón! —exclamó ella nada más bajarse del asiento.

—Es una forma de diversión típica del primer mundo —repuso Caleb—. Engañas al cuerpo para producir adrenalina porque nuestras vidas son muy seguras.

—Aguafiestas —protestó Briony, casi, aunque no del todo, entre dientes. No creía haber usado esa expresión antes de esa noche.

—Briony, te das cuenta de que quieres provocar una pelea entre nosotros, ¿verdad? —preguntó Caleb, que la miraba con expresión seria.

—Lo que quiero es pasármelo bien. —«Y provocar una pelea», le dijo la vocecilla—. Lo que tú intentas es que me sienta culpable al hablar de los países del tercer mundo y de la cantidad de azúcar recomendada —añadió.

—Solo lo he dicho por hablar de algo —protestó él—. Intentaba no sacar a colación el asunto de... bueno, de por qué te has acostado con alguien menos de una semana después del día que se suponía que ibas a casarte.

—Dijiste que no era nada, solo una aventura, una reacción al estrés. —La gente que estaba más cerca empezaba a mirarlos raro, pero le daba igual.

—Intentaba mostrarme comprensivo, y lo entiendo. No me gusta, pero lo entiendo —replicó Caleb con un tono de voz calmadísimo—. Pero, para que lo sepas, que me dejaras plantado en el altar no fue una experiencia exenta de estrés para mí y no salí a acostarme con otra para enfrentarme a la situación.

—¡Claro que no! ¡Tú eres perfecto! Demasiado perfecto para beberte un Cuba libre por diversión. Demasiado perfecto para comerte un perrito caliente.

—Estás inventándote motivos para apartarme de tu lado. Te da igual que no me apetezca comer comida basura.

—Me voy a montar en el martillo ahora —anunció Briony al tiempo que echaba a andar hacia la atracción—. Puedes venir si te apetece —añadió por encima del hombro—. ¿Ves? ¡No te estoy dando de lado!

ۀۀۀ

Mac enfiló la calle. La hora de la cena había pasado hacía un buen rato, y estaba listo para su comidita. Así la llamaba Jamie de vez en cuando.

Pronto volvería a casa a por comida, pero todavía tenía que hacer alguna que otra parada antes. Una de las mujeres a quienes les gustaba acariciarlo ya estaba esperando delante de la puerta principal de la primera parada.

—Hola, precioso mío —parloteó la mujer antes de inclinarse para hacerle unos cuantos arrumacos.

Cuando la puerta se abrió, la mujer retrocedió un paso. De no haber sido *Mac* tan rápido, habría acabado con una marca en el rabo por culpa del afilado tacón.

—¿Cómo puedes dormir con eso? —le parloteó la mujer al hombre—. Mira que los chándales que te pones son feos, pero ese pijama podría dejar ciego a alguien. Creo que voy a tener que ir en busca de las gafas para los eclipses.

Mac entró mientras los humanos seguían hablando. No necesitarían hablar tanto si tuvieran narices operativas.

—Lo compré en una tienda benéfica —replicó el hombre mientras dejaba pasar a la mujer.

—No me cabe la menor duda. Si yo tuviera algo así, desde luego que lo daría a la beneficencia —aseguró ella.

Mac se sorprendió al ver juguetitos y más juguetitos en el suelo del salón. Saltó sobre la bola de papel que tenía más cerca y le dio un zarpazo doble.

—Deberías pasarte por una tienda benéfica un día de estos. También tienen un montón de ropa de color beis —dijo el hombre—. Sé que es el único color que te gusta.

—Es evidente que te estás quedando cegato. Mi rebeca es de color salvia. La blusa que llevo es de color pistacho. Y los chinos son de un gris ceniza. —La mujer miró a *Mac*—. Qué bonito es, jugando así. Verlo es como una inyección de alegría en vena. Bueno, dime cómo te encuentras.

—Todo lo malo que entró ha salido ya. Junto con algunas cosas buenas —contestó él.

Mac se percató de que el olor de ambos humanos cambiaba conforme pasaban tiempo juntos. No podía decir que olieran felices precisamente, pero olían mejor. Un poco como Jamie y David cuando se separaban y luego volvían a estar juntos. Y un poco como si algo estuviera a punto de estallar. A lo mejor deberían jugar juntos un ratito. Le lanzó una bola de papel a la mujer. Le pasó por encima de la punta del zapato. Pero ella no le hizo el menor caso.

Eso no lo podía aceptar. Lanzó de un zarpazo tres bolas más, una detrás de otra. ¡Pum! ¡Pum! ¡Pum!

La mujer se echó a reír.

—De acuerdo, ¡tú ganas! —Le lanzó una de las bolas de una patada. No llegó muy lejos—. Se me da mejor lanzar con el brazo. —Recogió la bola—. Las primeras versiones de tus supuestos poemas, supongo —le dijo al hombre.

—¡No lo leas! —exclamó él.

—No pensaba hacerlo, pero ahora me pica la curiosidad. —Empezó a desplegar el papel.

Era evidente que la mujer no entendía de qué iba el juego. *Mac* se lo demostró al lanzarle otra bola de papel. ¡Pum!

Ella ni siquiera miró la pelota. Tenía la vista clavada en la hoja de papel, que ya ni siquiera era un juguete.

—¿Un soneto? Me impresionas. Ni siquiera sabía que le dabas a... —Dejó el parloteo a la mitad—. ¿Es sobre mí?

El olor del hombre se hizo más fuerte por la ansiedad, y también por una emoción que *Mac* fue incapaz de identificar. Era parecida a cuando *Diogee* quería un trozo de *pizza* pero no estaba seguro de que lo fuera a conseguir. Si él quería *pizza*, esperaba al momento adecuado para saltar a la mesa.

—¿Y bien? —insistió ella.

El hombre solía hablar por los codos. Pero, en esa ocasión, se limitó a asentir con la cabeza.

CAPÍTULO 17

—¡Tú! —dijo Nate cuando vio a *MacGyver* acostado en el sillón relax de Gib—. Tú eres la fuente de todos mis problemas, ¿lo sabes?

—Estás hablando con mi colega. No se ha separado de mí en todo el día. —El gato se trasladó a uno de los brazos del sillón mientras Gib tomaba asiento y, después, se colocó en su regazo—. Ha salido unas cuantas veces, pero ha vuelto rápido. ¿Qué problema tienes con él?

—Ninguno. Él no tiene la culpa —murmuró—. ¿Cómo estás? ¿Necesitas algo? He traído sopa y puedo calentarla si quieres. —Señaló el refrigerador portátil que había llevado consigo para visitar a todos los residentes que habían enfermado.

—No, no me apetece. Hope me trajo la cena hace ya rato. —Miró a *Mac*—. Un momento. ¿Qué tipo de sopa?

—Tenemos caldo de pollo o de verdura. Los dos son suaves, para que no te hagan daño en el estómago.

—De pollo. —Le acarició el cuello a *Mac*, por debajo de la barbilla—. ¿Te apetece un poco de sopa, gato?

—No voy a darle sopa a ese... —Nate se controló. Si le calentaba un poco de sopa a *Mac*, a lo mejor Gib acababa bebiéndose un cuenco y el aporte de líquido le iría bien—. Ahora mismo.

—Antes de que te vayas. Pero, ahora, siéntate un momento.

Nate se sentó en el sofá. El día había sido largo. Gib era la última persona de la lista de visitas, así que la jornada laboral había acabado. Aunque, seguramente, debería regresar al despacho. Tenía que redactar lo que iba a decir durante la reunión que Eliza había organizado.

—Por las pintas que tienes, parece que estás peor que yo. A lo mejor debería ser yo quien te calentara sopa a ti —comentó Gib.

—Estoy bien. —Menos por el dolor de cabeza de la resaca, que no acababa de desaparecer, y porque todavía sentía el estómago revuelto.

—No me lo creo —replicó Gib—. No estarás bien hasta que descubras a la persona que está saboteando la comunidad. Los dos sabemos que la intoxicación alimentaria es un sabotaje más.

—Ajá. Demasiado cerca de lo del sistema de ventilación y del accidente de la cinta de andar como para pensar que sea otra cosa —admitió Nate—. No verías nada inusual mientras almorzabas, ¿verdad?

—He estado pendiente de todo cada vez que he ido al centro comunitario, pero no he visto nada raro. Ningún invitado que no hubiera estado aquí antes. Los trabajadores son los mismos de siempre. Archie de mesa en mesa, para que las mujeres pudieran admirar su lesión. —Torció el gesto por el recuerdo, y Nate supuso que Peggy había sido una de dichas mujeres.

—He visitado a Peggy —comentó, ya que estaba seguro de que Gib querría tener noticias suyas—. Está mucho mejor. Dice que no almorzó mucho, porque había comido gachas de avena nada más levantarse. Fue al centro porque le apetecía tener compañía.

Gib resopló.

—Tener compañía.

—También me ha dicho que aquí tu colega ha ido a verla. Y eso me recuerda... —Se sacó un llavero del bolsillo—. Le llevó esto, y me ha pedido que te lo devuelva. —*Mac* bufó mientras él se lo entregaba a Gib.

—¿Cómo sabía que era mío?

—Por la foto. —El llavero consistía en una funda de metacrilato en la que había una foto de sus nietos disfrazados de M&M en Halloween.

—Me sorprende que los haya reconocido.

—¿Con lo que te gusta enseñar las fotos?

—¿Te apetece una cerveza o algo? Sírvete lo que te apetezca del frigorífico.

Nate gimió.

—No pronuncies esa palabra en mi presencia.

Gib se echó a reír y, después, se llevó una mano a la cabeza al tiempo que hacía un gesto de dolor.

—¿Necesitas una aspirina? —le preguntó Nate.

—Creo que los dos la necesitamos. Están en la encimera de la cocina.

Nate entró en la cocina.

—¿Quieres agua? También tengo *ginger ale*. Funciona cuando tienes el estómago revuelto.

—Agua —respondió Gib—. ¿Saliste anoche con la cuidadora de *Mac*? Vino a verme esta tarde y tampoco tenía muy buen aspecto. A lo mejor por eso no ha venido después.

Nate volvió y le ofreció a Gib la aspirina y el agua. Él ya se había tomado la suya.

—¿Esperabas que lo hiciera?

—Me dijo que volvería más tarde para ver cómo estaba. A lo mejor ha mandado a *Mac* en su lugar.

—Briony es el tipo de persona que hace lo que le apetece cuando le apetece —replicó Nate—. Igual se le ha presentado algo mejor.

Gib levantó las cejas.

—¿Crees que no tenía nada mejor que hacer que visitar a un montón de gente que apenas conoce?

Nate se encogió de hombros.

—No sabría decirte.

—¿Qué ha pasado? —le preguntó Gib—. Y no me digas que no ha pasado nada, porque soy viejo, pero no tonto.

Era de lo más inapropiado hablar con un residente de su vida personal. Claro que también era de lo más inapropiado hablar con un residente del sabotaje que estaban sufriendo Los Jardines. Además, necesitaba hablar con alguien. LeeAnne lo escucharía, pero ya tenía bastante entre manos.

—Resulta que tiene novio.

—Pero ¿qué me dices?

—Bueno, más bien tenía. —Aunque hubiera ido a verla y estuvieran pasando «tiempo a solas». Así que a lo mejor «tenía» se convertía de nuevo en «tiene». O a lo mejor ya lo había hecho. No entendía cómo ese hombre podía aceptar con tranquilidad que Briony se hubiera acostado con otro—. Lo dejó plantado en el altar el día antes de venir aquí. Cuando llegó en busca de *Mac* solo habían pasado dos días desde su supuesta boda. El caso es que... en fin, que nos acostamos. Y, después, apareció el novio. Y ella hizo como que no tenía motivo alguno para haberme hablado de él, ya que solo va a estar aquí unas cuantas semanas y ambos sabemos que lo nuestro no iba en serio. —Se pasó una mano por el pelo—. Y no debería estar hablando de esto contigo. Queda muy poco profesional.

LA VIDA SECRETA DE MAC / **269**

—Me alegro. Lo profesional es aburrido y tengo que trabajar mis emociones donde puedo.

—Porque te niegas a invitar a salir a Peggy —le recordó Nate. Gib no hizo caso del comentario.

—¿Qué pensaste que estaba pasando entre vosotros? No hacía mucho que la conocías.

—Lo sé. Es como si me hubiera convertido en la loca de mi hermana. Siempre está saliendo con alguien y pensando que va a ser una relación duradera —soltó Nate—. No es que yo pensara que lo mío con Briony era una relación, pero me gustaba. —Allí estaba. Lo había dicho—. Había empezado a pensar que por lo menos quería seguir en contacto con ella cuando regresara a casa. Para ver si lo nuestro se desvanecía o si... Ya da igual.

—A ver si lo he entendido. Ella ya no tiene novio. A ti te gusta... y no es habitual que vengas cada dos o tres días a hablarme de una mujer distinta. ¿Qué daño puede hacer que mantengáis el contacto? Si se desvanece, pues se desvanece. Si no, pues la cosa está clara.

—Me interesaba esa opción hasta que descubrí que había dejado plantado al novio. ¿Quién hace algo así? ¿Y quién se acuesta con otro a los pocos días?

Gib hizo un gesto con la mano para quitarle hierro al asunto.

—Una vez tuve un perro. Lo quería mucho. Pero tuve que sacrificarlo. Pensé que no volvería a tener otro hasta que pasaran unos cuantos años. Pero me llamó el veterinario. Y me dijo que le había llegado un cachorro que necesitaba un hogar. Solo había pasado un mes o así, pero ¡bum! Ya tenía otro perro. Y me alegró muchísimo.

Nate lo miró sin pestañear.

—Eso no tiene nada que ver con lo que estamos hablando. Su novio no murió.

—Lo que quiero decir es que seguramente ella no estuviera buscando otro novio. Pero te conoció cuando te conoció.

—Y no me contó nada.

—Podría haberlo hecho, pero él apareció antes de que lo hiciera.

—Tienes respuesta para todo. —Nate empezaba a sentirse un poco culpable. No estaba del todo de acuerdo con Gib, pero no tenía por qué actuar como lo había hecho—. No tiene sentido seguir hablando del asunto. Discutimos y prácticamente la llamé... —titubeó mientras intentaba encontrar una palabra más suave—. Casi la llamé zorra.

—¿Acabas de decir «zorra»? ¿Quién eres, Archie Pendergast? —le preguntó Gib—. Siempre puedes probar a pedirle perdón. A lo mejor funciona. O no.

Nate se puso de pie.

—Voy a calentaros la sopa a los dos. Después, me iré a casa y me cortaré la cabeza. La aspirina no funciona.

☙☙☙

El antiácido no funcionaba. Briony estaba acostada en la cama, mirando al techo. «No vomites, no vomites, no vomites», pensaba. Sería un final espantoso para un día espantoso. Odiaba vomitar. Bueno, todo el mundo odiaba vomitar, pero ella lo odiaba más que nadie. Y si Caleb la oía...

Si Caleb la oía, seguro que aparecería para sostenerle el pelo. Pero ella sabría lo que estaría pensando. Adoptaría una actitud paternalista, porque sabía de antemano que le sentaría mal comerse una manzana caramelizada, dos bolas de bizcocho, un plátano helado con cobertura de chocolate, un poco de algodón de azúcar, todo eso después de haberse tragado un refresco helado gigante y un perrito empanado en brocheta. El algodón de azúcar había sido un error. Aunque no hubiera sido mucha cantidad. Pero no se arrepentía de haberse comido o bebido lo demás.

—*Non, je ne regrette rien* —murmuró, porque si se decía algo en francés, tenía que ser cierto.

A lo mejor debía tomar más antiácido. Pero estaba muy malo. Y ese color tan rosa... No estaba bien que algo que fuera rosa estuviera tan malo. El rosa era un color alegre. Los vestidos de sus damas de honor eran rosas. La idea hizo que se le revolviera el estómago. «No vomites, no vomites, no...», se repitió.

Mac saltó tras aparecer de la nada y aterrizó en su barriga. ¿Cómo lo hacía? Se bajó de la cama como pudo. «No vomites en el suelo, no vomites en el suelo, no vomites en el suelo». Deseó poder ir al cuarto de baño de abajo, pero eso sería imposible. Entró a la carrera en el baño de dormitorio principal, se arrodilló delante del inodoro y vomitó.

Era posible que Caleb no la oyera. Aunque no le había dado tiempo a cerrar la puerta del cuarto de baño, la del dormitorio estaba cerrada. «Por favor, por favor, por favor».

En fin, parecía que la suerte estaba de su parte. Tiró de la cisterna y se puso de pie con tiento. Dio un paso hacia la puerta. Demasiado pronto. Regresó de nuevo junto al inodoro para la segunda ronda... y oyó que llamaban con suavidad a la puerta del dormitorio.

—Briony, ¿estás bien? —le preguntó Caleb.

¿Y si le decía que era *Mac* el que estaba vomitando?, se preguntó. No se lo tragaría.

—Vuelve a la cama. ¡Me pondré bien! —gritó en respuesta. Sabía que era mejor que intentar caminar hasta la puerta.

—¿Necesitas que te traiga algo?

¿Por qué tenía que ser tan atento?

—No. No, no. Tengo todo lo que necesito. Gracias —se obligó a añadir.

—Buenas noches, entonces.

—Buenas noches. —Y empezó la tercera ronda.

Acababa de meterse otra vez en la cama con *Mac* acurrucado al lado de su cabeza en vez de encima de la barriga, ¡gracias a Dios!, cuando oyó la vibración del teléfono móvil. Era imposible que pudiera dormirse pronto, así que decidió mirarlo. Era un mensaje de texto de Vi. Ella sí que era una buena amiga. Le mandaba millones de mensajes de texto, aunque no contestara ninguno.

Vi: *¡MADRE MÍA! Acabo de enterarme de que Caleb está en LA.*

Briony: *Sí, está aquí. En casa de mi prima.*

Vi: *¿¿¿Habéis vuelto???*

Briony: *No. Pero no quería mandarlo a un hotel. Duerme en el dormitorio de invitados.*

Vi: *Detalles.*

Briony: *Dijo que quería que pasáramos tiempo a solas. Que se lo debía. Que nos lo debíamos.*

Vi: *¿Puedo decir que es un santo?*

Briony: *¿De verdad crees que lo es?*

Vi: *Pues sí. Todo el mundo lo cree, ¿no?*

Briony: *Así que estoy loca. Porque ¿quién no querría estar con un santo?*

Vi: *Yo no.*

Briony: *¿No te gusta Caleb? ¡Nunca me has dicho nada! ¡En todos estos años!*

Vi: *Porque me gusta. Pero no me gustaría ser su novia. Me sentiría mal cada vez que viera un episodio de The Real*

Housewives. Porque pensaría que debería estar llevándoles comida a los que no tienen, reciclando o haciendo algo de provecho. Pero tú también eres una santa.

Briony: *¡Qué va!*

Vi: *Dime algo malo que hayas hecho.*

Briony: *No soy buena porque sea buena persona. Soy buena porque me asusta no serlo.*

Vi: *???*

Briony: *Me asusta no cumplir las normas. Me asusta decepcionar a mis padres. Me da miedo subirme a las barras de los parques infantiles por si me caigo y me abro la cabeza. Soy buena porque me asusta no serlo. ¡¡¡Pero ayer hice una locura!!! Caleb y yo fuimos al muelle de Santa Mónica. Y le sugerí que nos subiéramos en una atracción de esas que parecen que van a caer directas al suelo desde una altura tremenda. Yo. Lo hice.*

Vi: *¿Por qué? Si no te gustan las atracciones.*

Briony: *Quería hacer algo nuevo. Algo que mi madre nunca me hubiera dejado hacer. ¿Te das cuenta de que tengo veintisiete años y sigo hablando de las cosas que mi madre no me deja hacer?*

Vi: *¿Te gustó?*

Briony: *Fue maravilloso. Una caída libre, en el buen sentido. Cuando nos bajamos, Caleb dijo que era un entretenimiento del primer mundo. Porque la gente en la mayor parte del mundo no se divierte con un subidón de adrenalina provocado por una experiencia en la que sabes que no vas a morir.*

Vi: *Típico de Caleb.*

Briony: *¡Ya te digo!*

Vi: *¿Crees que podéis volver?*

Briony: *Me gusta. Y, en fin, lo quiero. Es un hombre buenísimo.*

Vi: *Y guapo, que no se te olvide. Tiene unos dientes preciosos.*

Briony: *Y eso también. Pero creo que no quiero ser su mujer.*

Vi: *¿Quién va a decírselo a tu madre? Ella fue la que me dijo que Caleb estaba en LA. Dice que ha ido para traerte de vuelta.*

Briony: *Díselo tú.*

Vi: *No.*

Briony: *¿Por favor?*

Vi: *No.*

Briony: *Creo que es una de tus obligaciones como dama de honor.*

Vi: *Ni de broma.*

Briony: *Bueno, primero tengo que decírselo a Caleb. Pero, después de cómo lo he tratado esta noche, dudo de que se lleve una desilusión.*

Vi: *¿Qué le has hecho? No te imagino haciendo algo que pueda irritar a alguien ni un poquito. Menos cuando lo dejaste plantado en el altar. Y se mostró muy comprensivo.*

Briony: *Lo he obligado a subirse en esa atracción y después en otras más. Ni siquiera le he preguntado lo que quería hacer. Me he atiborrado de guarradas. Lo he llamado nazi del azúcar. Me ha dicho que no bromee con los nazis.*

Vi: *Típico de Caleb.*

Briony: *Pero tiene razón. Y ¿qué hice yo en respuesta? Sacarle la lengua, como si tuviera tres años. Seguramente debería haber cambiado la frase. Además, me oyó vomitar toda la comida basura y cargada de azúcar. Humillante.*

Vi: *¿Te sujetó el pelo?*

Briony: *Lo habría hecho si le hubiera abierto la puerta.*

Vi: *Es un santo.*

Briony: *Nadie quiere que un santo lo vea vomitar.*

Vi: *Cierto. Además, parece que ya te ha perdonado.*

Briony: *Mierda. Tienes razón. Además, también me ha perdonado por haberme acostado con otro.*

Vi: *¿Le has puesto los cuernos a Caleb? ¡¡¡Le has puesto los cuernos a Caleb!!! ¿Y no me lo has contado?*

Briony: *No le he puesto los cuernos. Ha sido con alguien que he conocido aquí. Después de suspender la boda. Así que eso no es poner los cuernos. Pero tampoco está muy bien. No soy una santa, pero Caleb sí lo es.*

Vi: *Detalles.*

Briony: *Ahora no, ¿te parece? No puedo.*

Vi: *Muy bien. Pues me enfado. Oye, ¿quién va a evitar que yo haga locuras si tú sigues haciendo locuras?*

Briony: *¿Y si nos turnamos? ¿O solo soy buena como conductora habitual?*

Vi: *También se te da bien sujetarme el bolso mientras bailo.*

Briony: *Gracias. De verdad.*

Vi: *Era broma. Y lo sabes.*

Briony: *Lo sé. Creo que me está dando el bajón después del subidón de azúcar. Pero a lo bestia.*

Vi: *Ya hablamos luego.*

Briony: *Te quiero.*

Vi: *Yo también te quiero.*

❧❧❧

MacGyver le masajeó el pelo a Briony. Así añoraba menos a Jamie. Echaba de menos a su humana. Pero se sentiría orgulloso de cómo estaba manejando las cosas. Se permitió cerrar los ojos. Normalmente, a esa hora estaría saliendo de casa en busca de alguna aventura nocturna, pero necesitaba descansar. Solo había dormido un par de siestas durante el día. La lista de personas a las que debía ayudar iba en aumento. Empezaba a pensar que los demás gatos del mundo eran unos zánganos.

Abrió los ojos. No había cenado todavía. Se incorporó, abrió la boca y maulló.

—*Mac*, ten piedad —le suplicó Briony.

Mac maulló de nuevo... más alto.

Briony se levantó. *Mac* saltó al suelo y la precedió hasta la cocina. Estaba dispuesto a hacer lo que fuera por los humanos que lo rodeaban, a todo menos a saltarse la cena.

CAPÍTULO 18

Briony miró el teléfono móvil. Las nueve pasadas. «Mierda, mierda, mierda», pensó. Su intención era la de levantarse antes que Caleb y prepararle el desayuno. No sería una gran disculpa por el día anterior, pero sí un primer paso.

A esas horas ya se habría levantado. Nunca dormía hasta tarde. Había contado con que *Mac* le sirviera de despertador. Siempre se despertaba para el desayuno. Tardó unos segundos en lavarse los dientes. Tenía la boca como si se le hubiera muerto algo dentro y ya estuviera en descomposición. Después, corrió escaleras abajo.

Y allí encontró a Caleb, preparando una tostada francesa mientras *Mac* y *Diogee* lo observaban. Ya debía de haberles puesto de comer. Estarían armando un jaleo enorme si no lo hubiera hecho.

—Buenos días. Reconozco que me comporté como una niñata malcriada anoche.

—No voy a discutírtelo —replicó él con voz alegre. ¿Otro detalle de Caleb? Siempre estaba contento por las mañanas. Debería considerase un buen rasgo de carácter, pero a Briony la irritaba. Durante años había fingido estar contenta nada más despertarse, porque le parecía lo justo.

—Lo siento. Y tenías razón. Intentaba apartarte. No formaba parte de un plan. No decidí intentar que me odiaras. Lo que supongo que empeora la situación. Me comporté fatal sin pretenderlo siquiera.

Caleb le dio la vuelta al pan.

—No te odio.

—Bien. Porque no quiero que me odies. —De repente, sintió el escozor de las lágrimas en los ojos—. Sería espantoso que me odiaras. Aunque también sería algo totalmente lógico.

Caleb apagó el fuego antes de acercarse a ella y rodearla con los brazos. Briony se aferró a él con fuerza al tiempo que le enterraba la cara en el hombro. Una parte de ella no quería soltarlo jamás, no quería dejarlo marchar. Pero era la parte temerosa de su persona la que temía averiguar si sería capaz de vivir sin él. Caleb se merecía muchísimo más.

Se permitió aferrarse a él varios segundos más antes de retroceder.

—No quiero casarme contigo —le dijo, parpadeando para contener el llanto—. Eso no va a cambiar. Ojalá me hubiera dado cuenta antes de lo que sentía, muchísimo antes, pero no lo hice. Casi no me di cuenta a tiempo.

—Y eso habría sido muchísimo peor —le dijo Caleb—. Todo se arreglará, Briony. Los dos saldremos de esta.

—Vas a conocer a alguien maravilloso, porque tú eres maravilloso. Eres muy atento, dulce y...

Caleb levantó la espátula para interrumpirla.

—Por favor, para. Para, de verdad.

Seguía muy dispuesto a perdonarla, a demostrarle amplitud de miras, pero eso no quería decir que no le hubiera hecho mucho daño. Quería disculparse un millón de veces, pero eso solo conseguiría que ella se sintiera mejor. No pensaba obligarlo a que la tranquilizara una y otra vez.

—¿Quieres una o dos rebanadas de pan? —Caleb se volvió hacia la cocina.

—Es posible que no vuelva a probar bocado en la vida. Haz lo que sea para ti. —Briony se dejó caer en una de las sillas de la cocina antes de levantarse de un salto—. ¡Le dije a Gib que iría a verlo!

—¿Cómo?

—Gib. Es uno de los residentes de Los Jardines que ha enfermado. Le dije que iría a verlo antes de volver a casa ayer y se me olvidó por completo. Tengo que ir ahora mismo. No tardaré mucho.

—Tómate todo el tiempo del mundo —replicó Caleb.

—¿Qué vas a hacer tú?

—Supongo que volver a casa. Terminar de empaquetar mis cosas. Mudarme y empezar con el nuevo trabajo.

—Puedes quedarte... —le sugirió Briony—. Puedes tomarte unas vacaciones...

—No creo estar preparado para eso. Empezaré a mirar vuelos.

Briony sintió ganas de echarse a llorar de nuevo. Eso parecía más un final que lo sucedido aquel día en la iglesia.

—Voy a vestirme. —Fue lo único que se le ocurrió.

❦❦❦

—Sé que A tu servicio es una empresa de *catering* estupenda —le dijo LeeAnne a Nate—, pero detesto que otro le dé de comer a mi gente.

—Yo también. Pero necesitamos el visto bueno de los inspectores de sanidad antes de poder servir comidas de nuevo —replicó Nate—. Me ha dado la sensación de que podrían dárnoslo esta misma tarde.

—Estaré preparada en cuanto avises —prometió LeeAnne.

—Tuve que contratar a los de A tu servicio para la cena. No quería pillarme los dedos si no nos dan el visto bueno —repuso Nate.

LeeAnne suspiró.

—Sí, te entiendo.

Parecía derrotada. Tal cual él se sentía. Estaba abrumado. La reunión de Eliza era esa noche, y no tenía nada de lo que informar. No, eso no era cierto. Podía compartir los resultados del análisis de aire: excelentes. Podía anunciar que la nueva maquinaria del gimnasio ya estaba en su sitio. Y ojalá que pudiera decirles que los inspectores de sanidad le habían dado el visto bueno a la cocina. Pero no podía tranquilizar a los residentes y a sus familias al decirles que Los Jardines era un lugar seguro. No podía decirles que habían atrapado al culpable del sabotaje.

—¿Por qué no te tomas el día libre? —le sugirió él—. Tienes la cocina bajo control y ahora mismo no puedes hacer nada, la verdad.

—Me iré a casa un rato —convino LeeAnne—. Pero nada me impedirá volver esta noche. Pienso estar en primera fila. Y no seré la única. El personal al completo te respalda, Nate. Espero que lo sepas.

—Lo sé. Y os lo agradezco —aseguró Nate.

LeeAnne agarró el casco de la bici y la mochila.

—Puedo quedarme —se ofreció.

—De eso nada. No puedes. El jefe ha hablado.

LeeAnne resopló mientras iba hacia la puerta.

—En primera fila —repitió antes de dejarlo solo en la enorme cocina.

Tenía que centrarse. Sin importar lo que él sintiera, tenía que parecer seguro de sí mismo delante del personal. No, delante del personal, de los residentes y de sus familias. Podía empezar por hacer de nuevo las rondas. Había ido a ver a todos los que enfermaron el día anterior, así que ese día intentaría hablar con todos los residentes. Sabía que Eliza estaría por ahí, intentando hablar con todas las personas que pudiera. No pensaba permitir que fuera la única que lo hiciera.

Primero iría a ver a Gib, decidió. Necesitaba un poco de tiempo para armar la fachada de seguridad que necesitaba, y Gib era una buena persona con la que practicar.

Sin embargo, al llegar a casa de Gib, vio que Briony salía por la puerta. Se quedó paralizada nada más verlo, y Nate se dio cuenta de que tenía algo más que hacer.

—¿Puedo hablar contigo un momento?

—Sé que no me quieres aquí. Solo he venido porque ayer le prometí a Gib que vendría a verlo, pero se me olvidó. Tenía que venir, pero ya me voy —le aseguró ella.

—Estoy seguro de que se ha alegrado de verte —repuso Nate—. Pero quiero hablar contigo. ¿Te viene bien ahora? No tardaré mucho.

—Muy bien. —Parecía que era lo que menos le apetecía hacer del mundo. No podía culparla.

—Vamos al jardín. —No quería mantener esa conversación en mitad de la calle.

—Muy bien —repitió ella.

—Por aquí. —Nate no habló mientras la conducía al cenador. Ella tampoco. Cuando llegaron al cenador, Nate se sentó en uno de los bancos blancos curvados. Ella titubeó antes de sentarse a su lado—. Siento lo de ayer, lo que te dije.

—No pasa nada —se apresuró a decir ella, pero a Nate le pareció que se debía más a su ansia por alejarse de él que al hecho de que aceptara su disculpa.

—No, sí que pasa. Acababa de mantener una conversación con Eliza que me había cabreado y lo pagué contigo. —Era parte de la verdad. Briony pareció darse cuenta de que no era del todo sincero. Lo miraba con suspicacia.

No pensaba decir lo mucho que le dolió que su ex se presentara de repente. Ni que tuvo que meterse en el cuerpo una malsana cantidad de cerveza para soportarlo.

—Sabía que era algo temporal —le aseguró él—. Sabía que volverías pronto a casa. No debería haber reaccionado así. Ni que me tuvieras que contar toda tu vida a la fuerza.

—Si hubiéramos llegado a algo serio, que no habría llegado a tanto porque no vivo aquí, te lo habría contado. Tal vez no en la primera cita, pero te aseguro que te lo habría contado.

Nate asintió con la cabeza.

—¿Cómo te va ahora que él está aquí? —Quería saberlo, pero no quería, todo a la vez.

—Anoche solucionamos las cosas. Bueno, lo hemos hecho esta mañana —contestó ella.

¿Eso quería decir que habían vuelto? ¿Que ya se habían acostado? Se recordó que no era asunto suyo. Briony no era su novia. Pero una abrasadora oleada de celos lo asolaba por dentro. Se esforzó por mantener el tipo y que no se le notase.

—Le he dicho que las cosas entre nosotros no van a funcionar. Quería que le diéramos otra oportunidad a nuestra relación, pero me he dado cuenta de que, aunque tenía toda la intención de hacerlo, en realidad no quería casarme con él.

Nate se dio cuenta de que ella tenía unas ojeras enormes y de que parecía agotada.

—Ha debido de ser una conversación muy dura.

—Ajá. Aunque él no la hizo dura. Se mostró comprensivo. Caleb siempre es comprensivo. —Nate no entendía cómo

Caleb había sido capaz de comprender que Briony se acostara con otro, sobre todo tan pronto—. Pero me he dado cuenta de que le he hecho daño, y eso ha sido duro de ver. —Tragó saliva, y Nate creyó que estaba conteniendo las lágrimas—. Y anoche lo traté fatal. —Hablaba más deprisa—. Me porté como una cobarde. En vez de decirle cómo me sentía, o admitirlo para mis adentros siquiera, me comporté como un monstruo.

—Intentaste alejarlo de ti —supuso Nate.

Ella soltó un suspiro que pareció brotarle del mismo estómago.

—Pues sí. Al menos, esta mañana por fin he conseguido comportarme como una adulta y hablar con él... en vez de portarme mal o desmayarme de camino al altar.

—¿Te desmayaste de verdad?

—Ya te digo, me caí redonda al suelo. Y luego ni siquiera tuve las agallas de quedarme allí. Mis padres lo organizaron todo para que me quedara en casa de mi prima y me metieron en el avión. Al día siguiente, te conocí. Y sé que estar dispuesta a acostarme con otro tan pronto me hace parecer una desalmada. Todavía no me creo que lo hiciera. No es habitual en mí. Te lo creas o no, soy de esas personas que suelen hacer lo correcto. Seguramente porque me aterra demasiado no hacerlo. Pero, por el motivo que sea, así soy yo. —Se frotó la frente con los dedos, como si intentase borrar un recuerdo.

¿Deseaba no haberlo conocido? ¿O no haberse acostado con él? ¿Lo deseaba él?

—A lo mejor portarme mal es más propio de mí de lo que me gustaría admitir —continuó ella—. No te traté como debía. Luego, anoche, me porté fatal con Caleb, y eso después de que estuviera dispuesto a perdonármelo todo. —Lo tomó de la mano—. Solo quiero que sepas que lo siento. Si pudiera cambiar la forma en la que lo hice todo, lo haría.

Hizo ademán de soltarle la mano, pero Nate no se lo permitió.

—Oye, que se supone que soy yo quien tiene que disculparse. Por eso te he traído aquí.

—Disculpa aceptada —le dijo Briony. Echó un vistazo a su alrededor—. Has escogido un lugar precioso. ¿Diseñaste tú el jardín?

—Ajá. Quería prepararlo yo mismo, pero... —Se encogió de hombros.

Briony se soltó muy despacio. En esa ocasión, él no trató de impedírselo. Ni que siguieran siendo... algo.

—He visto los carteles de la reunión cuando iba de camino a casa de Gib —le dijo ella.

—Organizada por Eliza —explicó Nate—. Creo que no va a ser nada bonito.

—Tienes muchos apoyos. Espero que lo sepas.

—Eso fue antes de que tantas personas enfermaran, antes de lo de la cinta de andar y de los problemas con el sistema de ventilación —le recordó Nate.

—En fin, ayer estuve hablando con muchos residentes, y ninguno puso a caldo a Los Jardines, ni a ti —replicó Briony—. Me gustaría... ¿Te parece bien que asista esta noche? Como amiga. Sé que no llevo mucho tiempo aquí, pero me importa lo que pase.

Nate se dio cuenta de que le gustaría mirar a la multitud y ver a Briony allí.

—Te lo agradecería.

—Bien. Ahora tengo una pregunta incómoda para ti.

—Como el resto de nuestras conversaciones han sido tan tranquilas e indoloras...

—En fin, recuerdo unas cuantas que sí lo fueron. —Briony lo miró a la cara—. Aquí va: ¿Qué te parecería que Caleb también asistiera a la reunión? —Levantó una mano para impedir que hablara a destiempo—. Es abogado. Y de los buenos. Y podría ser útil que un abogado oyera lo que sea que Eliza va a decir.

—Dudo mucho que quiera hacerme favores —repuso Nate. Y tampoco estaba seguro de que le hiciera gracia que el ex de Briony lo ayudara, aunque Caleb estuviera dispuesto a hacerlo.

—Si lo conocieras, no dirías eso. Bueno, ¿te parece bien que venga o no?

Preferiría fingir que ese hombre no existía. Pero sería imposible, aunque no volviera a verlo en la vida. Y un abogado no sería mala idea. No tenía por qué anunciar la presencia de un abogado. Se limitaría a presentarlo como amigo de Briony.

—Si está dispuesto, sería estupendo.

CAPÍTULO 19

El café de Nate estaba tan caliente que le quemó la lengua, pero volvió a beber un sorbo unos segundos después, tras lo cual soltó una palabrota por ser tan tonto. No necesitaba tomar café para nada. Bastante nervioso estaba ya, seguro que tenía la tensión tan alta que acababa sangrándole la nariz. Faltaban menos de dos horas para que empezase la reunión en Los Jardines, y aunque se había preparado para responder a todas las preguntas, era fácil imaginar que la noche sería desastrosa para él y para la comunidad de jubilados.

Bebió otro sorbo de café. Seguía demasiado caliente. Porque había vuelto a esperar tres segundos nada más. Era un idiota. Tenía que recuperar el control. A decir verdad, debía admitir que parte de su ansiedad se debía a la posibilidad de que Briony y su ex aparecieran en cualquier momento para hablar de qué estrategia seguir. No tenía ganas de relacionarse con Caleb, aunque le agradecía que estuviera dispuesto a ayudar. Tenía la impresión de que Caleb se había acostado con su novia aunque, en primer lugar, Briony no era su novia y, en segundo, Caleb estuvo comprometido con ella antes de que él la conociera.

Levantó de nuevo el vaso de café porque tenía que hacer algo con las manos, pero esa vez se detuvo a tiempo antes de beber. La puerta se abrió y, cuando alzó la vista, vio que entraban Briony, Caleb y su hermana. ¿Qué estaba haciendo allí Nathalie? Bastante estresado estaba ya. Solo le faltaba aguantar sus berrinches.

—¿Por qué no me has dicho que había una reunión? —le preguntó Nathalie en cuanto los tres estuvieron sentados a la mesa de Nate.

—Seguramente esa no sea la pregunta más importante ahora mismo —terció Caleb antes de que Nate pudiera abrir la boca.

—Para mí lo es —protestó Nathalie.

—No te he dicho nada porque lo tenía controlado.

—¿Lo tenías controlado? Entonces, ¿por qué te reúnes con estos dos? —Nathalie hizo sendos gestos con la barbilla para señalar a Briony y a Caleb.

—Necesito consejo legal. Tú no eres abogada —contestó.

Nathalie cruzó los brazos por delante del pecho.

—Voy a ir a la reunión. Y no podrás impedírmelo.

—Nathalie, ¿te das cuenta de que al final consigues que todo gire en torno a ti? —le preguntó Nate, enfadado—. Todo. Estoy intentando lidiar con una crisis, y tú estás a punto de tener un berrinche porque te sientes excluida. Lo que significa que tendré que hacer lo que hago siempre: tranquilizarte. Y, la verdad, ahora mismo no tengo tiempo para eso.

—No estoy teniendo un berrinche. Solo te he dicho que voy a ir a la reunión. No puedo creerme que estés enfadado porque quiera demostrarte mi apoyo.

—Muy bien. Gracias. Me alegro de que vengas. —Intentó parecer sincero, pero su voz adquirió un tono irónico.

—Sí, ya lo veo.

—¡Bebidas! —exclamó Briony—. Necesitamos beber algo. Nate, tú ya tienes café. ¿Qué queréis los demás?

—Un caramel macchiato —contestó Nathalie. Nate sabía que le quedaba bastante que añadir y se ordenó no alterarse. Tenía que encontrar el equilibrio mental necesario antes de la reunión—. Tamaño grande, con leche desnatada y súper caliente, con extra de café, de nata y sin azúcar.

—Tendrás que repetírmelo —replicó Briony.

—Tráele un caramel macchiato y ya está. Que se...

—No hay problema. Me he quedado con todo. —Caleb repitió la letanía—. Tamaño grande, con leche desnatada y súper caliente, con extra de café, de nata y sin azúcar.

—Gracias. —Nathalie logró sonreír y fruncirle el ceño a Nate al mismo tiempo.

—Briony, ¿un *flat white*? —le preguntó Caleb.

Briony se mordió el labio inferior.

—Creo que prefiero un té *chai* con leche.

—Sabes que el té que usan... —empezó a protestar Caleb, pero después meneó la cabeza—. De acuerdo. —Se puso de pie y se dirigió al mostrador.

—Lo ayudaré a traerlo todo —dijo Briony, que corrió tras él.

Era evidente que estaban dándoles un poco de intimidad a su hermana y a él, porque no querían presenciar en primera fila una pelea entre hermanos.

—Si quieres venir, puedes venir. —No pudo evitar añadir—: Pero nunca has querido participar. Me viste partirme la espalda intentando mantener este sitio a flote después de que papá se fuera y ni siquiera te molestaste en aparecer para la fiesta de Navidad.

—Eso es injusto. Solo tenía diecinueve años.

—A ver, yo también. Somos mellizos, ¿recuerdas? —Su hermana se las apañaba para que volviera a ser un niño repelente.

—Me dijiste que no pasaba nada si quería irme para estudiar.

—Y era cierto. Lo era, Nathalie. Yo siempre estuve más interesado en este sitio. Yo...

—¡Eso es injusto!

—No lo he dicho como una crítica. Me refiero a que de pequeño me gustaba estar en Los Jardines con el abuelo. Cuando no estaba fumando marihuana mientras escuchaba «Black Butterfly» de los Electric Wizard una y otra vez.

Nathalie se echó a reír.

—Se me había olvidado que tuviste aquella fase de porrero amante del *heavy metal*. Es como si fueras otra persona distinta.

—Lo era. Pero a veces lo sigo escuchando —admitió.

Briony y Caleb regresaron a la mesa. Nathalie bebió un sorbo de su café.

—Perfecto —sentenció.

—Nate, he sido yo quien ha invitado a Nathalie a acompañarnos. Le he dicho que sería una buena idea que asista esta noche a la reunión. Será bueno recordarles a todos que Los Jardines es una empresa familiar y que cuentas con el respaldo de tu familia —dijo Caleb tan pronto como se sentó.

—Será bien recibida en la reunión. —Nate la miró para que supiera que lo decía de verdad.

—Muy bien. Es importante que no parezcáis molestos cuando Eliza u otra persona exponga una opinión negativa. No quiero que os pongáis a la defensiva —siguió Caleb—. A ver, Nate, sé que vas a dejar que sea Eliza quien dirija la reunión y me parece bien. Pero creo que deberías ser tú quien la presentara, para así dejar claro que eres tú quien está al mando y que le estás permitiendo expresar su opinión porque es importante para ti darles voz a las preocupaciones de las familias.

«Buen consejo», pensó Nate. Empezaba a tranquilizarse. Tener cosas en las que concentrarse ayudaba. Sacó el teléfono móvil para tomar notas. Caleb llevaba unos diez minutos hablando cuando empezó a sonar la música de *Cazafantasmas*.

—Es mi madre —dijo—. Tengo que contestar. No tardo.

—Claro —replicó Caleb. Siempre tan educado. Tan servicial. Como si no le supusiera un problema que él se hubiera acostado con Briony. Su actitud lo desconcertaba, pero le agradecía el apoyo.

—Hay alguien en la casa —dijo su madre en cuanto Nate contestó.

—¿Dónde estás? —le preguntó él, que logró mantener la voz serena para no provocarle un ataque de pánico.

—Acabo de volver de la tienda. Me he encontrado la puerta de la cocina sin la llave echada y sé que la cerré con llave. Estoy segura, Nate —dijo con la voz temblorosa.

—¿Dónde estás? —repitió Nate.

—En el garaje. No quiero que quienquiera que sea me vea.

—¿Estás segura de que cerraste la puerta con llave? Si saliste por la puerta principal y te fuiste es posible que...

—¡Estoy segura! Tan segura como de que hay alguien dentro de mi casa.

—No te muevas de ahí. No tardo nada —le prometió Nate.

—¿Qué pasa? —le preguntó Briony en cuanto lo vio cortar la llamada.

—¿Le ha pasado algo a mamá? —gritó Nathalie.

—Dice que hay alguien en la casa. Tengo que ir. Sé que alguien ha estado merodeando por los alrededores, pero nunca pensé que pudieran entrar.

Cuando se puso de pie, los demás lo imitaron.

—Vamos contigo —le dijo Nathalie.

Nate no protestó.

La cafetería The Coffee Bean & Tea Leaf estaba cerca de la casa de su madre. Llegaron en menos de diez minutos. Nate los condujo hasta el garaje.

—¿Mamá? —la llamó en cuanto entró.

—¿Has mirado en la casa? —le preguntó su madre.

—Antes quería ver cómo estabas —le contestó—. Nath, ¿puedes quedarte con ella mientras yo me encargo?

—Claro —respondió su hermana.

—¿Quieres que te acompañe? —se ofreció Caleb.

—No, no hace falta. —Podía aceptar que Caleb lo ayudara a preparar la reunión, pero ¿que lo ayudara en ese asunto? Su ego no lo soportaría.

Nate corrió hacia la puerta de la cocina. Giró el pomo. Efectivamente, no estaba cerrada con llave. Pero si alguien había entrado para robar mientras su madre se encontraba fuera, a esas alturas ya se habría ido. Abrió la puerta.

Aquello era imposible. Imposible. No podía ser cierto.

—¿Papá?

Su padre estaba sentado a la mesa de la cocina, en la silla que siempre había sido la suya cuando vivía con ellos. Nate se la había apropiado una vez que él se fue. Verla vacía afectaba a su madre.

—¿Qué haces aquí? ¡No puedes entrar en la casa como si vivieras en ella!

—Vi que tu madre salía y no pude resistirme a entrar para echar un vistazo —contestó su padre—. La llave estaba escondida donde siempre. En la boca de la ranita de piedra.

Nate no podía quitarle la vista de encima. Parecía el mismo de siempre. Tenía las sienes canosas y tal vez las arrugas de la frente parecían más marcadas, pero nada más.

—Has entrado antes, ¿verdad? Mamá me dijo que había olido tu colonia. —Él la estaba oliendo en ese momento. Creía haberla olvidado, pero era un olor muy familiar—. Quiero que te vayas. La has aterrado. Me llamó por teléfono, histérica porque creía que había un ladrón.

—Quiero verla —dijo su padre y, después, bebió un sorbo del café que se había preparado—. Quiero veros a todos. Me he pasado todo este tiempo intentando decidir cuál sería el momento adecuado. —Meneó la cabeza—. La otra noche estuviste a punto de descubrirme.

—¿Eras tú?

—Era yo.

—No puedes llegar sin más y decir que quieres vernos. Te fuiste. Te has mantenido lejos durante años. No puedes... —balbuceó, incapaz de seguir hablando—. No puedes —repitió.

En ese momento, se abrió la puerta de la cocina y entró Nathalie.

—Mamá está de los nervios. Le he dicho que ha debido de dejarse la puerta... —Se llevó una mano a la boca y, por un instante, se limitó a mirar a su padre en silencio.

—Ya le he dicho que se vaya —dijo Nate.

Nathalie se quitó la mano de la boca y dio un paso, adentrándose en la cocina. Luego, dio otro.

—¿Papá?

Él se puso de pie, separó los brazos y Nathalie corrió para que la abrazara.

∽∼∽

—Creo que debería entrar de nuevo. —Nate agarró un listón de la mesa de madera emplazada en el patio trasero de su madre.

—No hace mucho que has salido. Estoy segura de que te lo parece, pero habrá pasado solo un cuarto de hora. —Briony tenía la impresión de que ella misma estaba intentando asimilar lo que había sucedido desde que Nate entró a inspeccionar la casa. No podía ni imaginarse lo que estaba sintiendo él.

—Deberías haber visto a Nathalie. Corrió hacia él y lo abrazó como si hubiera estado encarcelado por error durante estos más de diez años.

Briony asintió con la cabeza. Era la quinta vez que Nate le decía algo parecido. No sabía qué contestarle, cómo ayudarlo.

—Y, después, va mi madre y suelta que quiere hablar con él a solas. Mi madre apenas ha sido capaz de hacer algo a solas desde qué él se fue, porque la destrozó. Pero ahora insiste en que quiere hablar con él a solas. —Se pasó las manos por el pelo. Lo había hecho tantas veces que ya lo tenía de punta—. De verdad, creo que debería entrar.

—Dales unos minutos más a solas. —Aunque Nate y su hermana eran dos adultos, Briony estaba segura de que su madre quería hablar de ciertas cosas a solas con su padre—. Estamos muy cerca. Si te necesita, solo tiene que darte una voz y la oirás. Ni siquiera tendrá que abrir la puerta.

Nate se puso de pie.

—Nathalie debería estar aquí.

—Volverá. —Nathalie estaba temblando cuando salió de la casa con Nate. Caleb le sugirió dar un paseo. Había leído hacía poco un artículo que afirmaba que un paseo o una carrera activaban lo que los científicos llamaban «neuronas relajantes». Había intentado que Nate los acompañara también, pero él se había negado a alejarse de la casa de su madre, así que Briony decidió quedarse con él.

Nate se sentó de nuevo.

—Nunca se me ocurrió pensar que el hombre que vi merodeando por aquí era mi padre.

Briony asintió con la cabeza. Eso también lo había dicho varias veces.

—¿Para qué ha vuelto? ¿Por qué ahora?

—No lo sé, Nate. A lo mejor se lo está explicando a tu madre ahora mismo —sugirió ella.

—¡Qué cabrón! —Nate se puso de pie otra vez—. Ha oído lo de las ofertas que he recibido por Los Jardines. ¡Ha vuelto porque quiere el dinero! ¡Es él quien está detrás del sabotaje!

—Un momento. Vas demasiado rápido para mí. ¿Por qué iba a sabotear un negocio de la familia? —quiso saber Briony.

—¿No lo entiendes? —Nate parecía fuera de sí y le brillaban los ojos—. No paro de repetir que no voy a vender. Así que está saboteando las instalaciones para obligarme a hacerlo. Si la gente empieza a irse, ya no tendremos beneficios. Y cree que así aceptaré la oferta de compra. Ha venido a por su parte... en cuanto no me quede más remedio que vender.

—Supongo que es posible...

—Es más que posible. Es el culpable. Ninguna otra cosa tiene sentido. —Echó a andar hacia la casa. Briony titubeó un segundo, pero después lo siguió. Nate entró en tromba en la cocina. Sus padres volvieron la cabeza al instante para mirarlo.

—Nate, tu padre y yo no estamos...

—¡Fuera de aquí! —le ordenó Nate a su padre—. Si te vas, no te denunciaré.

Su padre se levantó despacio y levantó las manos como si quisiera aplacarlo. ¿Había sido él? ¿De verdad había saboteado una empresa en la que tanto esfuerzo había invertido para que funcionara? Y no solo eso. Porque, además, era un lugar que él había convertido en el hogar de muchas personas.

—Solo quería verte, veros a todos —dijo su padre—. No creo que pueda volver como si no hubiera pasado nada. No he manejado la situación nada bien. Debería haber llamado o escrito para pedir permiso. Supongo que me daba miedo que me dijeras que no. Estuve a punto de echarme atrás. Ya he intentado venir varias veces antes. En realidad...

Nate lo interrumpió.

—Déjate de tonterías. No has venido para verme a mí, ni para ver a mamá o a Nathalie. No después de todos estos años. Has venido por el dinero.

Briony percibió la culpa en la cara del hombre, pero también vio confusión. Le puso a Nate una mano en el brazo, ya que quería transmitirle su apoyo.

—¿Qué dinero? ¿De qué estás hablando, Nate? —preguntó su madre.

—¡Pregúntale a él! Él lo sabe.

—No sé de qué hablas —repuso su padre—. De verdad que no tengo ni idea.

Tras mirarlo a la cara, Briony estuvo tentada de creerlo, pero no lo conocía. ¡Uf, y el parecido entre padre e hijo era increíble!

Nate dijo con la vista clavada en su madre:

—He recibido varias ofertas de un agente inmobiliario, interesado en Los Jardines. Las he rechazado. Es nuestro. Es de nuestra familia. Pero él... —Señaló a su padre, pero sin mirarlo—. A él nunca le ha interesado. De alguna manera, se ha enterado de las ofertas de compra y ha estado saboteando Los Jardines para que no me quede más remedio que vender. Y así tendría que darle dinero. La mitad de Los Jardines todavía es suya, al menos técnicamente.

—¿Han estado saboteando la comunidad? —preguntó el padre de Nate—. ¿Qué ha pasado?

Nate lo miró por fin.

—Lo sabes. Lo sabes muy bien. —Atravesó la estancia hasta quedarse a un paso del hombre. Briony se quedó donde estaba, deseando poder hacer algo, pero sintiéndose totalmente inútil—. Y ahora vas a irte. O me aseguraré de que te arresten. Alguien podría haber muerto. ¿Lo sabes? Tal vez pensaste que una intoxicación alimentaria no le haría mucho daño a nadie, pero hay ancianos que han muerto de eso.

—¡Nate! ¡Ya basta! —gritó Nathalie. Briony ni siquiera los había oído regresar a ella y a Caleb—. Papá no haría algo así. No es capaz.

—Sí, claro. Es una gran persona. Nunca le ha hecho daño a una mosca, ¿verdad? —replicó él, dirigiéndose a su hermana—. Ah, menos a mamá. Y a ti, aunque ahora estés comportándote como si fuera un héroe que acaba de regresar en vez del hombre que nos abandonó a todos.

—No entiendo qué está pasando —dijo la madre de Nate, frotándose el dedo anular, donde debería llevar la alianza, se percató Briony.

—Algunos residentes enfermaron después de comer el almuerzo del domingo —le explicó Nathalie—. Nate cree que alguien manipuló la comida de forma intencionada.

—Los inspectores lo están investigando. Si has dejado alguna prueba, la encontrarán —le dijo Nate a su padre—. Será mejor que vuelvas corriendo a México o adonde hayas estado.

—No le he hecho nada a la comida —aseguró el padre de Nate, mirando a la que fuera su esposa—. April, te lo juro, no le he hecho nada a nadie de Los Jardines. Ni siquiera sabía que habíais recibido ofertas de compra.

—Creo que deberíamos dejar esta conversación para más tarde —sugirió Caleb—. Dentro de un rato, hay una reunión en

Los Jardines para los residentes y sus familias. Nate, ahora mismo deberías concentrarte en eso.

—¿Quién es este hombre? —preguntó la madre de Nate al tiempo que se frotaba el dedo con más frenesí—. Y ¿quién es ella?

—Ese es mi abogado, Caleb Weber. Y esta es mi amiga Briony. Quería participar en la reunión, para darme apoyo moral —respondió Nate.

—No entiendo por qué me estoy enterando ahora de todo esto. ¿No debería asistir yo también a esa reunión? —preguntó su madre.

—Si le apetece, creo que su presencia ayudaría —respondió Caleb—. Demostrará que Nate cuenta con el respaldo de su familia.

—Yo también quiero estar presente —se ofreció el padre de Nate.

—No —dijo él—. No eres de la familia. Ya no. Dejaste de serlo cuando te fuiste.

—¡Nate! —exclamó su madre.

—Eso no es verdad. Sigue siendo mi padre —insistió Nathalie—. Y el tuyo.

Briony se compadecía de todos ellos, incluso del padre de Nate, por más que hubiera estado a punto de destrozar su propia familia. Eso sí, Nathalie y su madre al menos parecían dispuestas a hablar con él.

—Bueno, pero no lo quiero en la reunión. Tendríamos que dar demasiadas explicaciones. Los residentes no lo conocen y solo serviría para complicar más las cosas —dijo Nate.

—Haré lo que tú quieras —repuso su padre—. Si no quieres que vaya, no iré. Pero me gustaría hablar contigo en algún momento, cuando te venga bien.

—No sé cuándo me vendrá bien. —Nate miró la hora en el reloj de la cocina. Tengo que irme al centro comunitario y asegurarme de que todo está preparado.

—Yo voy a casa a buscar a los niños. Caleb cree que será bueno para ellos estar presentes. Te parece bien, ¿Nate? —preguntó Nathalie.

—Claro que sí. Si los niños quieren venir, que vengan. —Nate se volvió hacia Briony—. ¿Me acompañas?

—Por supuesto. —Si la quería a su lado, allí estaría.

CAPÍTULO 20

Nate estaba de pie en el fondo de la sala de proyección, con Briony a su lado. Si alguien le hubiera dicho dos días antes que se alegraría de tenerla a su lado, lo habría tachado de loco. Pero se alegraba.

—Tienes a tu club de fans ahí delante —le dijo ella en voz baja.

Nate asintió con la cabeza. LeeAnne estaba en primera fila, en el centro, tal como le había prometido, con Hope a su lado. Gib también estaba en primera fila, junto con la madre de Nate, Nathalie, los niños y Caleb.

—Pero Eliza también está ahí —replicó Nate. Iba tan recatada como de costumbre, con una blusa de color rosa claro y otra falda de las que llegaban a media pantorrilla. Llevaba el pelo apartado de la cara con una «diadema de Alicia», como la llamaba su madre. Nate se temía que iba a ser muy difícil resistirse a ella.

—Eliza está a punto de empezar la reunión —le dijo Briony.

—Deséame suerte —le pidió, y ella le dio un apretón en la mano antes de que echara a andar hacia la parte delantera de la sala. Miró a Eliza y se dio cuenta de que su expresión amargada reducía el efecto dulce del modelito. Le sonrió antes de tomarse unos segundos para echar un vistazo por la estancia, dándoles a todos los presentes tiempo para callarse. No quedaba un asiento libre e incluso había personas de pie, en el fondo.

Peggy lo miró, levantando los pulgares, desde su asiento, junto a su hija. Rich, Regina y Max, que estaban sentados juntos en la segunda fila, lo miraron sonrientes. LeeAnne no sonrió, pero parecía dispuesta a enfrentarse a cualquiera que se opusiera a él, y Nate se olía que Hope se apuntaría también a la refriega.

—Os doy la bienvenida a todos —empezó Nate—. Me alegro de que estéis aquí. Tenemos que hablar de asuntos muy importantes. Voy a dejar que Eliza Pendergast, la nieta de Archie, eche a rodar la pelota. La reunión ha sido idea suya, y quiero agradecerle que la haya organizado. —Empezó a aplaudir para que todos lo imitaran antes de volver junto a Briony.

—Gracias a todos por venir —dijo Eliza—. He querido organizar esta reunión porque me preocupan muchísimo las condiciones de Los Jardines. Creo que es un lugar peligroso para todos nuestros seres queridos. Mi abuelo... —Se le quebró la voz y tuvo que dejar la frase en el aire.

Nate se preguntó si estaba interpretando delante de la multitud, pero se recordó que quería a su abuelo y que tenía motivos de sobra para que le preocupara que siguiera en Los Jardines.

—Mi abuelo se cayó de una cinta de andar en el gimnasio. La máquina no funcionaba correctamente —continuó Eliza—. Por suerte, solo sufrió un esguince de tobillo, pero podría haber sido mucho peor. Por ejemplo, se podría haber roto una cadera. ¿Sabían que...? —Miró las tarjetas que llevaba en una mano—. ¿Sabían que el Centro para el Control y la Prevención de Enfermedades indica que uno de cada cinco pacientes con fractura de cadera muere al año de haberse lesionado? Uno de cada cinco. Aun así, es evidente que el mantenimiento básico del gimnasio no es una prioridad en Los Jardines.

Se oyó un leve murmullo procedente de la multitud, y Nate quiso interrumpirla con la documentación que demostraba la asiduidad con la que compraba el funcionamiento de la maquinaria. Pero tenía que esperar. Todos los presentes tenían que ver que se tomaba muy en serio las preocupaciones de Eliza, y las del resto. Eso implicaba dejar que hablara.

—Mi abuelo también fue una de las víctimas de la intoxicación alimentaria masiva del sábado. Él, junto con más del ochenta por ciento de los residentes, comió en el comedor. Más de cincuenta residentes enfermaron. —Eliza miró de nuevo las tarjetas—. Los ancianos suelen tener el sistema inmune deprimido, lo que implica que tal vez no se recuperen de una intoxicación alimentaria con facilidad. También hay mayor riesgo de deshidratación. ¿Sabían que la deshidratación es muchísimo más peligrosa para los miembros mayores de nuestras familias que para nosotros? Puede conducir a una bajada de tensión, y eso reduce el riego sanguíneo de los órganos vitales. Si los riñones no obtienen la sangre necesaria, por ejemplo, eso puede desencadenar un fallo renal. El fallo renal puede llevar a la muerte.

Eliza tomó una bocanada de aire entrecortada y, una vez más, Nate se preguntó si no estaba interpretando un papel para hacer reaccionar a su audiencia. Se recordó de nuevo que Eliza había experimentado mucho estrés y preocupación en los últimos días.

—En menos de una semana, mi abuelo podría haber muerto en dos ocasiones —afirmó—. En dos ocasiones. Por este motivo, por más que a mi abuelo le encante este sitio y pese a los buenos amigos que ya ha hecho, creo que tengo que buscarle otro lugar para vivir. Creo sinceramente que quedarse en Los Jardines pone su vida en peligro.

Había llegado demasiado lejos, decidió Nate. Se reunió con Eliza en la parte delantera de la sala.

—Gracias, Eliza, por trasladarnos estos problemas. —La sujetó del brazo y la acompañó de vuelta junto a su abuelo.

—¡No he terminado! —masculló ella.

—Quiero que todo el mundo tenga la oportunidad de hablar —replicó en voz alta. Extendió los brazos en cruz—. ¿Alguien tiene preguntas, preocupaciones o comentarios? Estaré encantado de contestar todas vuestras preguntas. —Posó la mirada un segundo en Briony antes de mirar al resto del grupo—. ¿Tamara? —preguntó. La hija de Peggy parecía con ganas de decir algo.

La aludida se puso en pie.

—Lo que más me preocupa de todo este asunto es que, hasta que recibí el mensaje de correo electrónico de Eliza, no sabía absolutamente nada de la intoxicación alimentaria ni de todo lo demás. Nate, normalmente nos mantienes al tanto de todo. ¿Por qué no me he enterado de esto?

—Tienes razón. Debería haberme puesto en contacto con todos vosotros, y lo tengo en la lista de pendientes —contestó Nate—. La verdad es que he canalizado mis esfuerzos en proporcionarles la atención necesaria a todos los afectados y en averiguar qué había provocado que enfermaran. —Evitó usar la expresión «intoxicación alimentaria».

—La verdad, no sé qué me parece que mi madre siga aquí —repuso Tamara—. Todo esto... da miedo. Puede que tenga que buscar alternativas.

Al oírla, Peggy se levantó.

—Tamara, sabes que te agradezco lo mucho que te preocupes por mi bienestar. Pero dónde vivo es decisión mía. Y me encantan Los Jardines. Llevo aquí tres años, y es mi hogar. Hasta esta semana, nunca había pasado nada que me preocupara ni remotamente. —Miró a Nate a los ojos—. Y ahora tampoco estoy preocupada, porque sé que Nate se encargará de todos los problemas. Confío en él sin reservas. —Se sentó y le dio unos cuantos tirones a su hija de la muñeca hasta que esta también lo hizo.

—Gracias, Peggy. Y gracias a ti, Tamara, por compartir lo que piensas. ¿Alguien más? —preguntó Nate.

Estuvo contestando preguntas más de una hora, asegurándose de que ofrecía la información relativa a la inspección de la calidad del aire y de que dejaba bien claro que no solo había sustituido la cinta de andar en la que Archie había tenido el accidente, sino también todas las máquinas del gimnasio. Además, les aseguró que todos los afectados por la intoxicación ya estaban recuperados.

—¿Alguien más? —preguntó Nate, ya que quería asegurarse de que no pasaba a alguien por alto. También se quedaría después de la reunión para hablar con ellos uno a uno. No todo el mundo querría hablar en público. Su madre levantó la mano. La miró con una sonrisa—. ¿Sí, mamá? —le preguntó él—. Todos conocéis a mi madre, ¿verdad?

Se produjo una ovación cuando su madre se levantó.

—Solo quería decir que Nate lleva dirigiendo Los Jardines desde que tenía diecinueve años, y con cada año que pasa me siento más orgullosa de él y de todo lo que ha conseguido. —Eso le valió otro aplauso, aunque Nate se dio cuenta de que ni Eliza ni un reducido grupito se sumaba.

—Gracias, mamá. Tus palabras significan mucho para mí —le dijo. Y era verdad. Su madre nunca había hablado del trabajo que él hacía. Se limitaba a suponer que lo tenía todo bajo control, algo que, en cierta medida, también era una especie de halago.

En cuanto su madre se sentó, LeeAnne se puso en pie.

—Hace unas horas, los inspectores de sanidad le dieron el visto bueno a la cocina para poder servir comidas —anunció—. De modo que el personal a mis órdenes y yo nos pusimos a hornear. Si alguien tiene una tarta preferida, puede estar seguro de que la he preparado. Propongo que todos vayamos al comedor.

—Pero ¿es seguro de verdad? —preguntó Eliza—. No creo que el sistema inmune de mi abuelo soporte otra intoxicación alimentaria.

—Yo no pienso arriesgarme —terció alguien, desde el fondo de la sala.

—Yo nunca rechazo una tarta de LeeAnne —anunció Gib.

—Les garantizo que solo usa los ingredientes más frescos y que creerán que están comiéndose la tarta ganadora de la feria estatal. —Nathalie miró a Lyle y a Lyla—. ¿Qué decís, niños? ¿Queréis tarta?

—¡Sí! —Lyle agitó el puño en el aire.

—¿Hay de mora? —le preguntó Lyla a LeeAnne.

—Pues claro.

Lyla la miró con una sonrisa.

—¿Y nata montada?

—No la monto hasta que voy a servirla, pero nunca sirvo tarta sin ella —le aseguró LeeAnne, en voz lo bastante alta para que la oyera la sala al completo.

—¡Me comería una tarta entera yo solita! —exclamó Amelia—. ¡Hasta el rabo!

—¿Qué llevan esas tartas exactamente? —preguntó Tamara, que parecía horrorizada.

—Es una broma. Estaba bromeando —les aseguró Briony a todos.

—En fin, vamos a ponernos a la cola. —Nathalie se levantó y echó a andar hacia la puerta, seguida de cerca por los niños, su madre y Caleb. Para Nate fue un alivio ver que más de la mitad de los presentes los seguían.

Su melliza lo volvía loco casi todo el tiempo. Su madre también. Pero, en ese preciso momento, solo podía pensar en lo mucho que las quería.

☙☙☙

Mac fue yendo de mesa en mesa para comprobar cómo estaban sus humanos. Nate y Briony olían los dos mucho mejor que antes, no tan felices como habían sido, pero mucho mejor. Gib también olía mucho mejor, con apenas un tufillo a la enfermedad que había persistido con tanta fuerza cuando lo visitó el día anterior. No olía como cuando la mujer esa que le gustaba a él, Peggy, estaba cerca. Tenía que ponerse con ese asunto.

El hombre y la mujer que habían olido como si estuvieran a punto de estallar cuando estaban juntos también olían más felices en ese momento, y no olían como cuando estaban a punto de hacer un estruendo tan fuerte que le zumbaban los oídos.

Caleb, el hombre que vivía en esos momentos en casa de *Mac*, olía bien. No era tan feliz como podía ser, pero también olía mejor que el día anterior.

Estaba satisfecho. Había obtenido progresos. Tenía que ser paciente. Se tardaba mucho en hacer que entendieran lo que tenían que hacer. No podían evitarlo. Porque no eran tan inteligentes como debían ser para dirigir sus propias vidas. Eran más listos que los perros, qué duda cabía, pero no lo suficiente. Todos deberían estar obligados a vivir con un gato.

Se acercó al hombre al que no le caía bien. Estaba sentado en una silla con ruedas. Le frotó el tobillo con la cabeza, y el hombre liberó un olor que demostraba que *Mac* le caía todavía peor. ¡Misión cumplida!

Mac agitó los bigotes. Ese olor a explosión inminente había vuelto. Inspiró hondo, y se ayudó de la lengua para tragarse el aire. No, no era exactamente el mismo olor, y procedía de otros humanos, de unos jóvenes. ¿Alguna vez dejaría de encontrarse con gente que necesitaba ayuda?

Encogió las patas y saltó a la mesa para investigar. La joven humana retrocedió con un grito, y el café se derramó de la jarra que llevaba en la mano.

—¡HoHope! ¿Estás bien? ¿Te has quequemado? —parloteó el joven humano en voz alta.

—¿Sabes cómo me llamo? —preguntó ella mientras se frotaba la falda con una servilleta.

—Pupues claro. Esta-estamos juntos en tres asignaturas. Y tatambién te coconozco de aquí —contestó él.

—Pero te comportas como... como si fuera invisible. Creía que pensabas que la persona que te sirve no se merece tu atención —replicó ella—. Ni siquiera me saludas.

—Dedecirte algo es didifícil. —Él hizo una mueca—. Tatartamudeo cucuando estoy nenervioso. Anantes meme pasaba mumucho. —Meneó la cabeza con fuerza y tarareó unas notas—. Peperdona. No quequería ofeofenderte.

—¿Te pongo nervioso? ¿Por qué te pongo nervioso? —parloteó ella. Dado que *Mac* ya estaba en la mesa, empezó a lamer la nata montada del plato que tenía más cerca.

—Eeres guguapísima. —*Mac* olió cómo la sangre se le agolpaba en la cara—. Y lilislista. —Se encogió de hombros—. Tú tatampoço hahablas coconmigo.

—Porque soy tonta. Supuse que no me hablabas porque estás muy por encima de mí. A ver, que yo voy en autobús y tú conduces un BMW 335i descapotable. Trabajo sirviéndote comidas.

—Trabajas haciendo felices a personas como mi abuelo. Él cree que eres estupenda. —El parloteo del muchacho no tuvo altibajos por un instante—. Yo tatambién.

—Tú también lo haces feliz. Es maravilloso ver que vienes a verlo a todas horas, Max.

—¡Tatambién sasabes cómo me llallamo!

Ella sonrió.

—Estamos juntos en tres asignaturas. Y también te conozco de aquí.

Él le devolvió la sonrisa.

—Hola, HoHope.

—Hola, Max.

☙☙☙

Briony se dejó caer en la cama, agotada. Tenía la sensación de que ese día había hecho por tres seguidos. Habían pasado muchísimas cosas. Ni atinaba a imaginarse lo que debía de sentir Nate después de la reunión con los familiares y después de que su padre reapareciera tras tantos años. Apagó la lámpara de la mesita de noche y se acurrucó en la cama. Unos segundos más tarde, *Mac* se puso a su lado de un salto y empezó a ronronear.

—Este es mi gato bonito —murmuró Briony, que ya se estaba quedando dormida.

En ese momento, le vibró el teléfono móvil. Seguramente fuera Vi. O sus padres. Lo miró. Era un mensaje de Ruby.

Ruby: *Parece que me he perdido un capi de mi drama coreano preferido. Justo cuando se ponía interesante. ¿Estás bien?*

Briony: *Perdona. Perdona, perdona, perdona. Han pasado muchas cosas.*

Ruby: *¿Has hablado con Caleb y con Nate?*

Briony: *Ajá. Tuve una pelea de órdago con Nate, le faltó llamarme guarra.*

Ruby: *¡Venga ya!*

Briony: *Lo que te cuento. Pero se ha disculpado. Y parece que ahora las cosas están más tranquilas. Casi bien. Entre nosotros. Nate está apagando fuegos en Los Jardines. Alguien ha estado saboteando la comunidad. Nate cree que es su padre. Que, agárrate, llevaba desaparecido unos diez años. Abandonó a la familia y se ha presentado sin más.*

Ruby: *Menudo dramón. Aunque son personas reales. Con sentimientos reales. Lo que lo hace menos entretenido y más espantoso. ¿Qué me dices de Caleb? Date cuenta de que has hablado primero de Nate otra vez.*

Briony: *Caleb y yo hemos cortado oficialmente. Él quería que pasáramos tiempo juntos, para ver si podíamos arreglar las cosas. Pero me di cuenta enseguida de que no iba a pasar.*

Ruby: *¿Se lo ha tomado bien?*

Briony: *Tienes que conocer a Caleb. Es casi perfecto... para otra. Se ha portado maravillosamente. Sé que está dolido, pero cuando Nate necesitó un abogado, Caleb dio un paso adelante.*

Ruby: *¿Nate ha necesitado un abogado?*

Briony: *Parece que algunos de los familiares de los residentes van a demandarlo. Algunos enfermaron por una intoxicación alimentaria, que es parte del sabotaje. Y un hombre se lesionó en una cinta de andar, también por el sabotaje.*

Ruby: *¡Vaya! Si puedo ayudar, no tienes más que decírmelo. Así podré ver a las personas de las que tan a menudo hablas.*

Briony: *Lo haré. Estoy que me caigo. Hablamos pronto, ¿sí? Siento haber desaparecido.*

Ruby: *Parece que tenías buenos motivos. Buenas noches, cariño.*

Briony: *Buenas noches.*

CAPÍTULO 21

A la mañana siguiente, Nate se aseguró de llegar al comedor tan pronto como se abrió para el desayuno. Era la primera vez que iban a servir una comida completa desde el almuerzo que ocasionó la intoxicación alimentaria. Quería que todos lo vieran allí, comiendo. Si tenía que comerse tres desayunos para que eso sucediera, eso haría. A lo mejor a Briony le apetecía ir a desayunar también. Le gustó tenerla al lado la noche anterior.

Unos cuantos días antes, no quería volver a verla en la vida, pero después de haber tenido tiempo para recobrarse del impacto que había supuesto encontrarse a su exnovio en la puerta, y después de haber escuchado lo que ella tenía que decirle, había descubierto que la ira lo había abandonado. Y que la atracción que sentía por ella había regresado de golpe. Pero era algo más que simple atracción. También había estima, porque era una persona decente a pesar de lo que había hecho. Se había encariñado en poco tiempo de los residentes de Los Jardines y los había ayudado. A él también lo había ayudado, tan pronto como se lo había permitido. Le envió un breve mensaje de texto con la esperanza de que aceptara su invitación para desayunar.

—¡Nate! —lo llamó Rich. Al volverse, vio que se acercaba acompañado de Regina. Ambos solían desayunar más tarde. Pasaba algo, comprendió tan pronto como llegaron a su lado. Rich tenía el semblante tenso por la preocupación y Regina parecía haberse vestido a toda prisa y haberse peinado sin mucho esmero, lo contrario de lo que acostumbraba a hacer.

—Buenos días, ¿qué pasa? —les preguntó, asegurándose de hablar con voz tranquila y serena.

—Max acaba de llamarme. Ha estado echándoles un vistazo a las redes sociales para ver si hay alguna mención de Los Jardines después de la reunión de anoche —contestó Rich—. Ha encontrado unas cuantas cosas. En algunas páginas web han bajado la calificación a una y dos estrellas. Senior Living, Geek Geezers y Assisted Living Search. —Se volvió hacia Regina—. ¿Cuál era la otra?

—Retirement Home Compare —contestó ella.

—Max dice que quiere ayudar a que las cosas vuelvan a la normalidad. Ha estado mensajeándose con Hope. Ambos estudian mercadotecnia y quieren poner en práctica algunas estrategias en las redes sociales. ¿Puedes reunirte con ellos esta tarde? —le preguntó Rich.

—Por supuesto.

—Quiero ayudar —se ofreció Regina—. Sé que no controlo todo eso de las redes sociales, pero me manejo bien con un ordenador. Seguro que hay algo que pueda hacer.

—Nunca se sabe cuándo puede hacer falta un poeta. Puedo escribir algún epigrama sobre lo estupendos que son Los Jardines. —Sacó el lápiz y el cuadernillo—. Érase una vez un lugar llamado Los Jardines.

—¿Donde podías sembrar calabacines? —sugirió Regina.

—Quizá, quizá... —contestó Rich—. ¿Y si quedamos a las tres?

Nate asintió con la cabeza.

—Podemos vernos en la casa que está al lado de la Gertie. Me gustaría que tuviéramos privacidad, y esa está vacía hasta la semana que viene. A menos que la mujer que va a ocuparla visite cualquiera de las páginas que has mencionado. Parece que esas críticas espantarían al más pintado.

—Vamos a encargarnos de ellas —le prometió Rich—. Necesito café para acabar el epigrama. Y estoy seguro de que quieres tu infusión de menta —añadió, dirigiéndose a Regina. Tras tomarla del brazo, echaron a andar hacia su mesa habitual.

Nate los observó alejarse, y tan distraído estaba por su nuevo comportamiento que se olvidó de las noticias que acababan de darle. Regina le había ofrecido a Rich un verso, cuando lo normal era un comentario ácido acerca de que sus rimas ni siquiera deberían ser consideradas poesía. Rich había recordado el tipo de infusión que a ella le gustaba y la había tomado del brazo. No recordaba haberlos visto tocarse nunca. ¿Habían empezado una relación? No sería de extrañar. En realidad, compartían muchos intereses: los crucigramas, el arte, la literatura...

Su cerebro recobró el funcionamiento habitual. Tenía que echarles un vistazo a esas páginas web. Se dirigió hacia una de las mesas situadas junto a las ventanas y sacó el teléfono móvil. Cuando llegó el camarero, se pidió la ensalada de frutas. Si iba a comer tres veces a lo largo de las próximas horas, tenía que hacerlo con cabeza.

Cuando llegó la comida, ya había perdido el apetito. Las críticas le parecían un ataque; pero además un ataque personal.

¿Por qué lo hacían? Él se pasaba la mayor parte del tiempo trabajando para convertir Los Jardines en el mejor lugar para sus residentes. Antes de conocer a Briony y de pasar tiempo con ella, eso era lo único que hacía. Eso y solucionar los problemas de su madre y de su hermana.

Sus pensamientos regresaron a su padre. Algo que sucedía a menudo, pese a todo lo que tenía entre manos. Era como si un muro se hubiera derrumbado en su interior, el muro que había levantado muchos años antes para encerrar detrás de él todos los recuerdos de su padre. «Concéntrate», se dijo. «No merece que malgastes ni un segundo de tu tiempo en él. Tienes cosas mucho más importantes de las que ocuparte». Su padre no significaba nada para él después de todo el tiempo que había pasado lejos, después de haber abandonado a su familia.

—Nate. Hola.

Había estado mirando el plato sin ver nada y, cuando alzó la vista, descubrió a Briony sentada enfrente.

—Hola, has venido.

—Para eso me has invitado —replicó ella, con una sonrisa—. ¿Cómo estás? Parecías tan sumido en tus pensamientos que no quería molestarte.

—Me alegro de que lo hicieras. Estaba pensando en mi padre y no tengo tiempo ahora para eso. Acabo de descubrir que en Internet hay una campaña de desprestigio en marcha contra Los Jardines. —le dijo—. Si acaso se puede llamar campaña de desprestigio, cuando la gente dice la verdad.

—¡Ay, no, Nate! —Briony extendió el brazo para tomarlo de la mano y, después, titubeó y lo apartó.

Nate entendió sus dudas. Él tampoco tenía clara la situación en la que estaban. Las cosas iban bien entre ellos, eran amigos, pero ¿había algo más? Ese no era el mejor momento para averiguarlo.

—Ajá. Mi puntuación... Mejor dicho, la puntuación de Los Jardines ha caído en picado. Por culpa de un montón de críticas de una estrella. —Se obligó a probar la ensalada de frutas. Estaba buenísima, como todo lo que hacía LeeAnne. La había aliñado con salsa de yogur. Descubrió que había recuperado el apetito y siguió comiendo—. Come un poco hasta que vengan a tomarte la comanda. —En ese momento, vio que se les acercaba un camarero.

—Muchas gracias —dijo ella, que aferró su tenedor y pinchó un trozo de carambola—. ¿Qué vas a hacer? ¿Has pensado en algo?

—Hope y Max vendrán a las tres. Están trabajando en algunas estrategias. Los dos estudian mercadotecnia.

—Supongo que Hope se equivocaba. Parecía pensar que Max no le hablaba porque se creía superior a ella, ya que su familia es tan rica y ella trabaja aquí, en la cocina.

—Pues se equivocaba de parte a parte —replicó Nate—. Estoy seguro de que Max no le hablaba porque es tan guapa que lo pone nervioso y, cuando le pasa eso, tartamudea otra vez como cuando era pequeño. Tartamudeó un poco mientras hablaba contigo durante la Noche familiar.

—Y ella lo trataba mal porque él no le hablaba. Es como la historia del hombre que vendió su reloj para comprarle unas peinetas a su mujer, al mismo tiempo que ella vendía el pelo para comprarle una cadena a su reloj de bolsillo —repuso Briony—. O no. Tampoco es que tenga mucho sentido. —Frunció el ceño y meneó la cabeza—. Los dos se estaban comportando mal, porque se equivocaban al juzgar el comportamiento del otro. Olvida la historia del pelo y el reloj.

Nate se echó a reír.

—Me encanta oírte parlotear.

—Yo no parloteo. Mucho. Bueno, a veces sí. —Se llevó los dedos a los labios—. Ya paro —murmuró, y él rio de nuevo—. ¿Puedo asistir a la reunión? Quiero ayudar en lo que pueda. Deberías decirle a tu hermana que vaya también. Caleb me ha dicho que está muy arrepentida por no haberse involucrado durante todos estos años y quiere hacer algo más.

—Esta tarde tiene que trabajar. Y, después, seguramente esté muy ocupada abrazando a mi padre. —No pudo evitar el deje amargo de su voz y trató de que Briony lo entendiera—. Mi hermana puede hacer lo que quiera, pero no entiendo cómo ha podido perdonarlo. Ni siquiera le ha pedido una explicación.

—¿De verdad estaban tan unidos antes de que él se fuera? —quiso saber Briony.

—Sí. Mucho más que yo. Mi abuelo esperaba que mi padre se interesara más en Los Jardines, y yo estaba de acuerdo con él. Pero ¿no debería ser eso un escollo a la hora de que lo perdone? ¿No debería sentirse más traicionada por que la hubiera abandonado, por lo unidos que estaban?

—Yo no soy la persona idónea a la que preguntarle sobre qué emociones son las apropiadas —contestó Briony con una sonrisa tristona, pero en ese momento abrió los ojos de par en par—. Está aquí. Tu padre.

—¿Aquí? —Creía que podría elegir cuando hablar con él, si acaso lo hacía, claro. No se podía creer que su padre tuviera la caradura de ir a buscarlo. Aunque no debería sorprenderse. Su padre había tenido la caradura de presentarse después de todos esos años. Incluso había entrado en la casa aunque no había nadie, como si todavía viviera en ella.

—¿Qué vas a hacer? ¿Vas a hablar con él? —le preguntó Briony.

—¿Viene para acá? —No quería volver la cabeza para comprobarlo.

—No. Está en la puerta. Pero está mirando hacía aquí.

Nate se puso de pie.

—Lo mejor será que me lo quite de encima de una vez.

—¿Me voy a casa? —le preguntó ella.

—Desayuna. Vendré a buscarte cuando acabe.

—Muy bien. Quiero saber cómo acaba el asunto.

Al menos contaba con eso. Con que Briony lo esperase una vez que acabara de hablar con su padre. Se dio media vuelta y echó a andar hacia él, que empezó a hablar de inmediato.

—Sé que te dije que esperaría para hablar contigo, pero no puedo permitir que me sigas creyendo el culpable del sabotaje. Este lugar también significa algo para mí, Nate.

Eso le arrancó una carcajada desagradable.

—Ajá. Lo has demostrado, sí.

—Lo fundó mi abuelo, lo dirigió mi padre y ahora lo dirige mi hijo. Nunca haría algo que perjudicara a Los Jardines —insistió su padre.

—Le diste la espalda, de la misma manera que se la diste a tu familia —le recordó Nate.

Su padre guardó silencio un rato.

—Tienes razón —admitió.

—No quiero hablar aquí. Vamos fuera. —Nate no esperó su respuesta, se dirigió a la puerta y salió del centro comunitario.

—¿Me crees? —le preguntó su padre cuando estuvieron en la acera.

—No. Puede que estés diciendo la verdad o puede que no. Pero no me fío de ti. Tu palabra no vale nada. —Empezó a andar, porque no podía estar parado. Su padre lo alcanzó.

—Es justo. Es justo —repitió su padre—. Déjame preguntarte una cosa. Antes de que supieras que yo había regresado, ¿quién creías que estaba detrás del sabotaje?

—No tenía ni idea —respondió—. No podía, ni puedo, pensar en alguna persona que quiera destruir este sitio. Tú tienes un motivo que sí tiene sentido. Dinero.

—¿Cómo puedo convencerte de que...?

—No puedes —lo interrumpió Nate—. Tendría que fiarme de ti, y no me fío. —Se detuvo de repente y se volvió para mirarlo—. ¿Eres consciente de lo que le hiciste a mamá? La dejaste hundida. Tiene cincuenta años y se comporta como si tuviera noventa. No tiene confianza en sí misma. Porque tú la destrozaste. Es como si le diera miedo hacer cualquier cosa. Apenas sale. No tiene amigas. Me tiene a mí, a Nath y a los niños.

—Eso es mucho... —replicó su padre.

—Y Nathalie... es un desastre. Va de fracasado en fracasado. Es como si eligiera al hombre que sabe que va a decepcionarla. Como tú la decepcionaste.

—¿Y tú, Nate? ¿Qué te hice a ti?

—Nada. Estaba demasiado ocupado con todo como para echarte de menos —respondió—. Lo que quiero saber es qué planeas hacer ahora. Si estás diciendo la verdad y no has vuelto para obligarnos a vender Los Jardines, ¿para qué has venido? ¿Crees que puedes volver con mamá? ¿Qué pretendes exactamente?

—Quería veros. No tengo ningún otro plan. Espero que me permitáis volver a conoceros. Nathalie y tú. Y quiero conocer a mis nietos.

—No son tuyos. Nunca han tenido un abuelo. —El ex de su hermana no tenía contacto alguno con los niños y sus padres, tampoco.

—Pues ya tengo un plan. Pasar con vosotros el tiempo suficiente para cambiar eso. Voy a alquilar una habitación en una casa que no esté lejos de aquí. Buscaré trabajo. Me da igual lo que sea. Lo importante es estar aquí.

—¿Y mamá? No has dicho qué quieres de ella.

Su padre negó con la cabeza.

—Eso depende de ella. Si quiere, me gustaría volver a conocerla. Pero nada de esto depende de mí, lo tengo claro.

—Ahora mismo tengo muchas cosas entre manos. Cuando quiera verte, te lo diré.

Su padre asintió despacio con la cabeza.

—De acuerdo —dijo al final—. Tu madre sabe cómo ponerse en contacto conmigo. —Hizo ademán de darse media vuelta, pero se lo pensó mejor—. Este sitio está estupendo, Nate. Está fenomenal. Tu abuelo estaría orgulloso de ti.

Nate se quedó donde estaba, observando cómo se alejaba su padre, antes de volver con Briony.

—¿Qué ha pasado? —le preguntó ella.

—¿Puedes parlotear sobre cualquier cosa un rato? —preguntó él a su vez—. Me gustaría sentarme aquí unos minutos sin tener que pensar en mi familia o en Los Jardines.

—Claro. Ahora mismo.

☙☙☙

Mac observó a Gib mientras recogía el regalo que le había llevado. No se lo acercó a la nariz. Mal. Él había podido olerlo desde la otra punta del vecindario, pero dudaba mucho de que Gib entendiera lo especial que era a menos que lo oliera a conciencia. Tal vez ni siquiera así lo entendería.

—Bueno, sé que crees que es un regalo muy especial —dijo Gib—. Y por ese motivo, te lo agradezco. Pero no acabo de imaginar qué pretendes que haga con un calcetín rosa con

322 / Melinda Metz

margaritas. Aunque me hubieras traído los dos, no me quedarían bien y no son mi estilo. Pero te mereces una sardina por el esfuerzo.

«Sardina». Esa era una palabra que *Mac* entendía muy bien. Corrió hacia la cocina delante de Gib y le acarició los tobillos mientras él sacaba esa lata azul y roja tan bonita. Luego oyó un ¡pop!, un sonido maravilloso. Soltó un maullido impaciente porque Gib estaba tardando demasiado en abrir la lata. Después, colocó tres sardinas en un plato que dejó delante de *Mac*. ¡Oh, qué ricas! Sabrosas, aceitosas y... ¡con sabor a pescado!

A Gib debía de haberle encantado el regalo para darle semejante premio. Pero Peggy... era casi tan mala como Jamie. Bueno, Jamie era peor. A veces, tiraba sus regalos. Peggy se limitaba a devolver los suyos.

Aunque el regalo brillante que le había llevado sí le había gustado mucho. Se lo había visto alrededor del cuello. Pero la otra humana se lo había quitado.

Bueno, sabía dónde estaba esa otra humana. Iría a recuperar el regalo brillante. Después de comerse unas cuantas sardinas más. Soltó un largo maullido para hacerle saber a Gib que quería repetir.

☙☙☙

Nate se obligó a dejar de leer las nuevas críticas de Los Jardines mientras esperaba a que llegaran los demás para la reunión. No era productivo. Tampoco pensaba que pudiera serlo la reunión. Agradecía que Max y Hope quisieran desarrollar una estrategia para combatir la publicidad negativa, pero eso solo sería un apósito sobre la herida. Lo que necesitaba era encontrar a la persona responsable del sabotaje.

Su padre le seguía pareciendo el mejor candidato. Era demasiada coincidencia que hubiera aparecido al mismo tiempo que tenía lugar el sabotaje, y parecía que necesitaba dinero. Iba a alquilar una habitación y ni siquiera tenía trabajo. Pero ¿de verdad sería su padre capaz de matar a una persona para conseguir lo que quería? Nathalie diría que no. Su madre, también. Él quería creer que la respuesta era no, pero no estaba seguro de nada relacionado con su padre.

Alguien llamó a la puerta, sacándolo de sus pensamientos. Puso cara de no entender nada. Quería que todos vieran confianza al mirarlo. Al abrir, se encontró en el porche a Briony con Caleb y con una mujer de unos cincuenta años que llevaba unas botas de montar de color azul turquesa.

—Esta es Ruby, la primera amiga que he hecho en Los Ángeles —anunció Briony—. Cree que puede ayudarte. Trabaja en mundo del cine y dice que sería una idea estupenda que grabáramos algunos vídeos de Los Jardines, con testimonios de residentes que te adoren, que son casi todos. La gente prefiere un vídeo a tener que leer.

—Os lo agradezco. Pasad. —Antes de que pudiera cerrar la puerta, aparecieron por el camino de entrada Max, Hope, Regina y Rich.

—LeeAnne llegará dentro de un minuto. Va a traer lo que ha sobrado de las tartas —le informó Hope en cuanto entraron.

—Espero que haya sobrado algo de la de natillas de chocolate y caramelo —replicó Max.

Nate se percató de que el muchacho no se trababa en ninguna palabra. Debía de sentirse cómodo con Hope después de haber pasado tiempo hablando con ella. No le sorprendía. Hope era un encanto.

—Si no ha quedado, te haré una —le dijo Hope—. LeeAnne me ha estado confiando poco a poco sus recetas secretas, y esa me la sé.

—Sería estupendo —repuso Max con una sonrisa.

Briony miró a Nate y le sonrió. En ese momento, decidió que merecía la pena hacer la reunión, aunque solo fuera para poner un apósito sobre la herida. Porque al menos eso les había ofrecido a Hope y a Max, que también era un encanto, la posibilidad de pasar tiempo juntos. Y a él le ofrecía la oportunidad de pasar más tiempo con Briony antes de que se marchara. Ni siquiera le importaba que Caleb estuviera presente.

—Sentaos todos. —La sala de televisión y la biblioteca volvían a estar operativas, pero todavía no habían devuelto el resto de los muebles al almacén.

—¿Tenemos algún saludo secreto a modo de contraseña o algo? Me da la impresión de que deberíamos tenerlo —dijo Gib, que acababa de llegar justo cuando Nate iba a cerrar la puerta—. No sé ni siquiera si seré de mucha ayuda, pero deseaba estar aquí.

—Gracias. —Nate ni siquiera le había mencionado que iban a reunirse, pero allí estaba. De repente, se sorprendió al pensar en lo unidos que habían acabado estando Gib y él con el paso de los años, desde que el hombre se mudó a Los Jardines. La verdad, era su mejor amigo. Si la intoxicación alimentaria hubiera sido más grave... No quería ni pensarlo.

—¡No cierres! —gritó LeeAnne, que avanzaba por el camino con un carrito lleno de tartas. La seguía Amelia, cargada con una de las cafeteras Nespresso.

Amelia le guiñó un ojo cuando pasó a su lado.

—Por si necesitamos algún pensamiento expreso. —Se rio. Era lo que hacía casi siempre con sus propios chistes.

—¿Estamos todos? —preguntó Nate con la mano en el pomo de la puerta.

—Tu hermana saldrá temprano del trabajo para venir —contestó Caleb—. Tu madre quería venir, pero le toca quedarse con los niños.

¿Eso significaba que su padre también iba a pasar tiempo con los niños? No le parecía una buena idea. No hasta que supiera con certeza quién estaba detrás del sabotaje.

—Se lo hemos dicho... —empezó Regina.

—A Peggy y a Janet —acabó Nate por ella—. Las estoy viendo en la acera.

—Me sorprende que quieran venir cuando Archie no va a estar —murmuró Gib—. Porque no va a venir, ¿verdad?

—Creo que Archie se pondría de nuestra parte —dijo Regina, y Rich, que estaba a su lado, soltó una especie de resoplido—. Pero no queríamos que su nieta se enterara de lo que hemos planeado. No queremos que pase al contraataque.

LeeAnne y Amelia empezaron a servir cafés, y Hope se levantó para ayudarlas. Max la imitó al instante.

Peggy abrazó a Nate en cuanto entró en la casa.

—Siento mucho lo de mi hija —le dijo.

—Entiendo cómo se siente —replicó él—. Si fueras mi madre y me enterara de lo que ha estado pasando por aquí, me preocuparía. No sé si me gustaría que siguieras viviendo aquí.

—Pero no sería decisión tuya —le recordó Peggy—. Y tampoco le corresponde decidir a mi hija.

—Entonces ¿te quedas? —le preguntó Gib.

—Por supuesto que me quedo. Aquí es donde están mis amigos. Para mí eso es lo más importante del mundo. —Peggy y Janet se sentaron en las sillas del comedor que Nate había llevado al salón.

—Mi hermana está aparcando. Empezaremos dentro de un minuto. —Se dio cuenta de que el automóvil de su hermana parecía funcionar mejor que la última vez que la vio conducir. Llevaba un tiempo queriendo comprobarle los filtros y echarle un vistazo al manguito de la bomba de vacío para ver si estaba suelto o roto. Suponía que Nathalie se había comportado como una adulta y lo había llevado al mecánico.

—El motor suena bien —comentó cuando Nathalie llegó al porche a la carrera.

—Papá le ha echado un vistazo cuando he ido a dejar a los niños. Tenía un filtro obstruido.

—Iba a hacerlo yo. —Aunque le había repetido varias veces que lo llevara al mecánico, sabía que su hermana no lo haría. Estaba en su lista de cosas pendientes. Tal vez debería sentirse agradecido de que su padre le hubiera quitado una preocupación de encima; pero, en cambio, se impuso el resentimiento. No debería resultarle tan fácil regresar a las vidas de su madre y de su hermana.

Cuando por fin cerró la puerta, descubrió una silla vacía al lado de Briony, algo que lo alegró más de lo que debería hacerlo.

—En primer lugar, quiero que sepáis lo mucho que os agradezco que estéis aquí —dijo mientras se sentaba.

—Déjate de rodeos. Vamos al grano —le soltó Gib.

«En fin, vuelve a ser el de siempre», pensó Nate. «Rich y Peggy también». Su intención había sido la de visitar a los que habían enfermado, pero si se habían recuperado como los presentes, debían de estar fenomenal.

—Supongo que eso significa que tenemos luz verde. —Max le entregó una taza de café solo a Nate. Hope o LeeAnne debían de haberle dicho que era así como lo tomaba—. Hope y yo hemos ideado un plan que abarca las redes sociales más importantes.

—Hemos creado una cuenta en Buffer que nos permitirá manejarlo todo de la manera más eficiente —añadió Hope.

—Yo he escrito algunos epigramas sobre Los Jardines —anunció Rich.

—Eso me gustaría grabarlo en vídeo. ¿Te sientes cómodo recitándolos? —preguntó Ruby, haciendo que todos estallaran en carcajadas.

—Intenta detenerlo —replicó Regina con una nota afectuosa en la voz.

—Sería estupendo poder grabar en vídeo a todos los residentes que estén dispuestos a participar —dijo Max—. Actividades como la liga de bolos con la Wii o la clase de arte.

—Gente compartiendo buenos momentos, hablando. Ah, y gente en los jardines, desde luego que sí. Son preciosos. —Hope miró a Nate con una sonrisa.

—Son especiales —terció Briony.

—Necesitamos unas cuantas críticas positivas lo antes posible —siguió Max—. Nate, si te parece bien, Hope y yo podemos ir puerta a puerta con un ordenador portátil, para ayudar a aquellos que quieran dejar una crítica positiva.

—No sé. No me apetece que la gente se sienta presionada —dijo él.

—Podemos hacer una lista con los nombres de los que sabemos que estarán dispuestos —sugirió Janet—. Hablamos con ellos y si nos dan el visto bueno, os avisamos.

—Yo también puedo ayudar a los residentes a visitar las páginas web y dejar una crítica —se ofreció Regina.

—La nieta de Archie está siempre aquí. Va a descubrir lo que estamos haciendo —les advirtió Gib.

—No se va ni con agua caliente —convino Amelia.

—Y está como un cencerro —añadió Rich.

—Yo no diría tanto —protestó Nate.

—Puso cara de desquiciada cuando me vio con el camafeo —dijo Peggy—. Como si quisiera arrancármelo del cuello. Intenté explicarle que lo había encontrado en mi casa, pero se negó a escucharme.

—Y, además, actúa de una forma rara con su abuelo. Lo toca demasiado. —Janet le dio un mordisco a su tarta de moras.

—¿A qué te refieres? —quiso saber Nathalie.

—Si alguna vez los ves juntos, lo entenderás —contestó Gib con un deje acerado en la voz, pero Nathalie no lo captó o bien decidió no hacerle caso.

—Es que no se comporta como lo hace una nieta normal, nada más —explicó Janet—. Y él la llama «nena».

—Dijo que lo de «nena» era por «niña» —la corrigió Peggy.

—Eso dijeron, pero hay nenas y nenas. Y su forma de decirlo... no es normal —insistió Janet.

—¿Seguro que no lo dices porque te gustaría que te llamara «nena» a ti? —preguntó Rich.

—Está claro que a los hombres no os gusta la atención que está recibiendo Archie. Ya lo sabemos. Pero es tan simpático... Si fueras la mitad de simpático que él, a lo mejor te hacíamos la mitad de caso —le soltó Janet.

—Ah, yo he visto a Rich siendo simpático a veces —aseguró Regina. Janet la miró y, después, miró a Rich con las cejas levantadas.

—Creo que nos estamos desviando un poco del tema —terció Nate.

—No creo que vayamos muy desencaminados —repuso Rich—. Eliza es la maestra de ceremonias. No me extrañaría que hubiera convencido a ciertas personas para dejar esas críticas negativas.

—Me pregunto si podríamos conseguir que Archie grabe un vídeo para Los Jardines —dijo Hope—. No para de repetir que es muy feliz aquí. Eso puede conseguir que la gente dude de lo que dice Eliza.

ᘓᘓᘓ

Mac abrió los ojos y se desperezó. Se había llenado tanto la barriga con las sardinas que había necesitado una siesta. Últimamente no dormía muchas siestas. Pero había llegado la hora de volver al trabajo. Primero, quería recuperar el objeto brillante para Peggy.

No fue difícil encontrar el rastro de la mujer que lo tenía. Se encontraba cerca. Llegó en poco tiempo a la casa en cuestión y se coló a través del roto que había hecho en la mosquitera del porche. Oyó la voz del hombre que le caía mal y la siguió para dar con él.

El hombre al que casi todos llamaban Archie estaba paseando de un lado para otro de la habitación. Si tuviera rabo, estaría moviéndolo sin parar. Pero no merecía tener rabo. La mujer, Eliza se llamaba, estaba acostada en el sofá, mirando al hombre. *Mac* vio que tenía el objeto brillante en torno al cuello. Jamás entendería por qué a tantas humanas les gustaba llevar collar. Claro que los humanos no eran sensatos. Lo descubrió cuando solo era un cachorro.

—¿Quieres sentarte ya? Me estás volviendo loca con tanto moverte de un lado para otro.

—Tú también te moverías de un lado para otro si tuvieras que sentarte en una silla de ruedas cada vez que sales de casa.

330 / Melinda Metz

¿Cuándo podré largarme de este sitio? —Archie empezó a andar más deprisa.

—No esperaba que tanta gente apoyara a Nate en la reunión, no después de la intoxicación alimentaria. Pero estamos progresando. Tú piensa en todo lo que vamos a ganar.

Mac entrecerró los ojos y se permitió calcular la distancia perfecta que debía cubrir con el salto y el zarpazo. Avanzó tres pasos y saltó al brazo del sofá. La mujer abrió los ojos de par en par por la sorpresa cuando lo descubrió por encima de su cabeza. *Mac* no le dio tiempo a que se moviera. Introdujo una pata por debajo de la cadena y, con un rápido zarpazo, se la pasó por la cabeza.

Bufó, irritado, porque la cadena se trabó en el pelo de la mujer, pero era un problemilla de nada. Aferró la cadena con los dientes y le dio un tirón. Eliza gritó cuando él logró soltarla, llevándose un mechón de pelo al hacerlo.

—¡Agárralo! Me ha quitado el camafeo. ¡No podemos permitir que vean la foto!

—¿Por qué insistes en ponerte el dichoso camafeo después de lo que pasó la última vez? —gritó Archie, que echó a correr en pos de *Mac*. En vano. *Mac* era demasiado rápido. Escapó por el roto de la mosquitera antes de que Archie pudiera alcanzarlo siquiera. Acto seguido, buscó el rastro de Peggy y corrió hacia ella con su regalo.

Oyó que Archie y Eliza lo perseguían. Bien. Un poco de entretenimiento. Giró hacia un árbol cercano a una casa y saltó para encaramarse en la rama más baja sin aminorar siquiera el paso. Desde el árbol, saltó al tejado. Oyó a Archie y a Eliza gritar mientras él saltaba de tejado a árbol y de árbol a tejado, convirtiendo en un juego el hecho de no tocar el suelo con las patas. Cuando llegó a la casa donde olió que estaba Peggy, fue directo a la chimenea. Una vez en el salón, descubrió a muchos de sus humanos reunidos, pero ya sabía que se los iba a encontrar. Porque también los había olido.

—¡*Mac*! ¿Cómo has sabido que tenías que venir aquí? Da igual —parloteó Briony en voz alta.

Ruby, una de las primeras humanas de las que se había hecho cargo, se echó a reír hasta que *Mac* pudo oler las lágrimas que brotaban de sus ojos.

—Ven aquí, granujilla. —Gib le chasqueó la lengua.

Mac se desentendió de todos ellos. Tenía que llevar a cabo su misión. Se acercó a Peggy, se alzó sobre las patas traseras y le dejó la cosa brillante en el regazo. Acto seguido, se dio un lametón en la pata y empezó a quitarse el hollín de la cara.

—¡No me lo puedo creer! —exclamó Max.

—Es un gato excepcional, sí —dijo Briony mientras sacaba un pañuelo de papel del bolso y se lo daba a Ruby.

—No me refiero al gato. ¡Me refiero a Archie y a Eliza! ¡Vienen corriendo por la acera! —exclamó Max.

Nate se levantó de un salto y se acercó a la ventana. Briony y el resto del grupo lo imitaron, apretujándose a su alrededor.

—¿Cómo puede correr con un esguince de tobillo? —quiso saber Gib.

Tenía que ser otro sabotaje más. Era lo único que explicaría que esos dos se acercaran a la carrera, llevados por el pánico.

—¿Crees que se han enterado de la reunión? —preguntó Regina.

—Voy a averiguarlo. Que todo el mundo se quede aquí.

Nate no quería una multitud, no hasta averiguar qué pasaba y decidir qué había que hacer. Salió a toda prisa, pero a Archie le fallaron las rodillas antes de cruzar el jardín delantero. Eliza intentó frenar su caída, pero acabó tirado en el suelo. Su nieta soltó un chillido que pareció eterno.

332 / Melinda Metz

Nate corrió los últimos metros y se arrodilló junto al anciano mientras buscaba heridas en la cabeza, fracturas o signos de un infarto.

—¿Hace falta que llamemos a emergencias? —preguntó Briony.

—¡Sí! Que vengan. —Por regla general, le pediría al médico de Los Jardines que hiciera un primer diagnóstico, a menos que hubiera motivos evidentes para llamar a una ambulancia. Pero no quería arriesgarse con Archie.

—No es necesario —aseguró Eliza con voz entrecortada—. No es necesario —repitió, lo bastante alto para que Briony la oyera.

Nate la miró fijamente. Por regla general, se mostraba muy protectora con su abuelo. Le sorprendió que no hubiera llamado ella misma a una ambulancia. Seguramente estaba en *shock*, no pensaba con claridad.

—Me ha fallado el tobillo. No hace falta que venga una ambulancia —protestó Archie.

Hablaba con voz firme. Menos daba una piedra. Sin embargo, Nate quería asegurarse de que estaba bien. Miró a Briony por encima del hombro.

—¡Llama!

Ella asintió con la cabeza, aunque ya tenía el teléfono móvil en la mano.

Nate se dio cuenta de que Archie intentaba ponerse de pie.

—Arch, no. Quédate tumbado hasta que llegue la ambulancia. —Sujetó a Archie de los hombros, pero descubrió con enorme sorpresa que era muy fuerte, de tal modo que consiguió zafarse de sus manos y levantarse—. Joder, Archie. Te he dicho que no te levantaras. —El miedo hizo que Nate hablara con más sequedad de la cuenta.

—Estoy bien —insistió Archie.

—Al menos, deja que te metamos en la casa para que puedas sentarte. —Nate se pasó un brazo de Archie por el cuello y echó a andar con él muy despacio hacia la casa—. ¿Qué ha pasado? —le preguntó a Eliza, que ayudaba a Archie desde el otro lado.

—Ya lo has visto. Se ha caído sin más. Si no se hubiera lesionado el tobillo en esa dichosa cinta tuya, nada de esto habría pasado. —Lo fulminó con la mirada.

—Pero ¿por qué corríais? —quiso saber Nate.

—Eso ya no importa. Quiero poner cómodo a mi abuelo —le soltó Eliza—. Aunque no creo que sea posible después de todo lo que ha tenido que pasar. —Entre los dos, hicieron pasar a Archie por la puerta abierta y lo llevaron al salón. Acto seguido, lo sentaron en el sofá con cuidado.

El grupo formó un círculo algo irregular alrededor de Archie. Nate no tuvo que recordarles que le permitieran respirar. Se cuidaron mucho de atosigarlo.

—¿Podemos ayudarte de alguna manera? —le preguntó Janet al tiempo que daba un paso hacia delante.

—¿Te apetece un poco de agua? —sugirió Nathalie, que hizo ademán de ir a la cocina.

—¡Ya voy yo! —Janet se fue a toda prisa, y Nathalie regresó al grupo.

Nate captó un movimiento con el rabillo del ojo y, un segundo después, *Mac* aterrizó sin hacer ruido en el respaldo del sofá.

—¡Ese gato! —chilló Eliza—. ¡Ese gato asqueroso! —Se abalanzó sobre *Mac*, que bufó a la par que aplastaba las orejas contra la cabeza.

Briony se apresuró a interponerse entre Eliza y *MacGyver*.

—Sé que estás alterada, pero no lo pagues con *Mac*.

—¡Ese gato me ha robado el colgante! Era un regalo de mi abuelo. Ha salido corriendo detrás de este animal espantoso para recuperarlo, aunque le he suplicado que no lo hiciera. —Eliza juntó las manos, y los nudillos se le quedaron blancos—. Podría haber sufrido un infarto. Podría haberse roto una cadera. Solo Dios sabe lo que la caída le ha hecho en el tobillo. —Su voz se volvía más chillona con cada frase.

—Eliza, ¿por qué no te sientas? —le sugirió Nate—. Has tenid...

Un grito de Briony lo interrumpió.

—¡*Mac*! ¡No! ¡No lo hagas! —chilló.

Demasiado tarde. *Mac* ya se había puesto de un salto sobre el pecho de Archie.

—*Mac* no le hará daño. Le gusta... —empezó Gib.

—¡Fuera de ahí! —gritó Eliza.

Briony y Nate extendieron los brazos hacia *Mac*, pero el gato se zafó de sus manos. Con una de las patas delanteras, le dio un zarpazo a Archie en la cabeza... arrancándole un buen puñado de pelo y piel. Archie soltó un aullido.

—¡Ay, por Dios, *Mac*! ¿Qué has hecho?

Nate oyó la exclamación de Briony y detectó el espanto que denotaba su voz. No la miró. No podía apartar la vista de Archie mientras su cerebro intentaba asimilar lo que tenía delante. Archie no tenía sangre en la cabeza. La tenía cubierta de... una espesa mata de pelo rubio.

—¿Qué? ¿Cómo? —preguntó Nathalie. Tragó saliva con fuerza, pero solo le salió otro «¿Cómo?».

Nate sabía muy bien cómo se sentía su hermana. Miró a *Mac*. El gato estaba dándole zarpazos por el suelo a algo que tenía pelo canoso pegado.

—¿Abuelo? —Eliza se llevó las manos al pecho, un gesto excesivamente teatral a ojos de Nate. ¿Qué estaba pasando? Tenía la sensación de haberse adentrado en una película.

Briony tomó una honda bocanada de aire antes de recoger del suelo el nuevo juguete de *Mac*. Lo sostuvo en alto entre dos dedos y lo sacudió con tiento.

—Es... Creo que es una especie de peluca.

—Una calva falsa. En fin, una calva parcial, en realidad —repuso Ruby—. De buena calidad. ¿Has usado un molde? —le preguntó a Archie. Este parpadeó muy deprisa, pero no contestó. Parecía que también intentaba asimilarlo todo—. Seguro que sí. Los bordes son impresionantes —siguió Ruby—. ¿Y el maquillaje? El de un experto. Podría conseguirte trabajo en una película mañana mismo. Si no fuera porque eres escoria, claro.

Archie parpadeó unas cuantas veces más. Era evidente que también le costaba calibrar la situación. De repente, se puso en pie de un salto. Dio dos zancadas hacia la puerta, pero se dio cuenta de que Caleb se había plantado delante y tuvo que detenerse.

Nate tuvo que admitir que empezaba a caerle bien Caleb. Hasta podría perdonarle que se acostara con Briony mientras estuvieron comprometidos.

—Te veo en muy buena forma, Archie —comentó Rich—. No sé tú —le dijo a Gib—, pero yo llevo años sin poder moverme tan deprisa.

—Solo con intentarlo las rodillas me crujen como si se estuvieran rompiendo —replicó Gib.

—¡Eres un impostor! —Janet se puso muy colorada mientras fulminaba a Archie con la mirada.

—Y demasiado joven para ti, guapa —le dijo Eliza.

—Pero tú no, ¿verdad, «nena»? —le preguntó Peggy—. Eres su novia.

¿Cómo era posible que aquello tuviera sentido? ¿Qué ganaba Archie al fingir que era un anciano? ¿Se estaba escondiendo de alguien? ¿De la policía?

No, a Nate se le encendió la bombilla. Tener el aspecto de un anciano le proporcionaba a Archie total acceso a Los Jardines. Él estaba detrás del sabotaje. Había podido correr con el tobillo lesionado porque, en realidad, no se había hecho nada. Lo había fingido y les había echado la culpa a las instalaciones. Pero ¿por qué? ¿Quién era en realidad?

—Creo que ha llegado el momento de echarle un buen vistazo al regalo que te ha traído *Mac* —le dijo Nate a Peggy. Al oír su nombre, *Mac* empezó a ronronear.

—No estoy segura de poder abrirlo. —Peggy le dio la vuelta al camafeo entre los dedos—. La artritis y los cierres pequeños no se llevan nada bien.

—Déjame a mí. —Briony extendió el brazo, y Peggy le dio el colgante.

Nate le lanzó una mirada a Archie. No parecía estar dispuesto a intentar pasar por encima de Caleb. Se había sentado en el sofá, con la cabeza en las manos, derrotado. Eliza estaba a su lado, echando chispas por los ojos mientras veía a Briony abrir el camafeo. No parecía derrotada. Parecía furiosa.

—¿Qué hay dentro?

—Una foto de Eliza y de Archie sin el disfraz de anciano —contestó Briony.

—¡Oye, que lo conozco! —exclamó Ruby al mirar por encima del hombro de Briony—. Es Kenneth Archer, el Amo de las Ventas.

Archie gimió, pero no levantó la cabeza.

—¡El de la parada del autobús! —exclamó LeeAnne, mirándolo fijamente—. El agente inmobiliario ese que dice que «Todo lo que toco se convierte en venta». No puedo creer que no lo haya reconocido. Veo su rastrera cara cada vez que voy a de camino a la cafetería House of Pies.

Nate sintió que empezaba a vibrarle el cuerpo, como si alguien hubiera activado una corriente eléctrica en su interior. Se acercó a Archie y esperó a que este alzara la vista.

—Eres el agente inmobiliario que ha estado intentando comprar la comunidad.

—¿Cómo? —exclamó Peggy, con un brillo receloso en los ojos—. No estarás pensando en vender este sitio, ¿verdad, Nate?

—No. Lleva un tiempo bombardeándome con mensajes de correo electrónico, con cartas y con mensajes en el contestador. Le he dicho que no de todas las maneras posibles. Así que decidió intentar obligarme a vender al arruinar la reputación de Los Jardines.

Archie se enderezó.

—Le hice una oferta estupenda en nombre de un cliente a quien le encanta la propiedad —le dijo Archie al grupo, como si tuviera la menor oportunidad de que lo apoyaran—. ¡Cualquier persona en su sano juicio la habría aceptado sin titubear!

—Siempre se olvida de que soy yo quien se hizo con el cliente —terció Eliza con amargura—. Yo lo convencí de que éramos los agentes inmobiliarios perfectos para la propiedad. La comisión me habría... nos habría resuelto la vida. —Miró a Nate—. Y tú no habrías tenido que volver a trabajar jamás.

—Por suerte, Nate está lo bastante loco como para preocuparse por algo más que el dinero —replicó Rich—. Voy a escribirle un poema. —Echó mano de su cuadernillo—. Una quintilla no. Una oda.

Regina le dio unas palmaditas en la rodilla.

—Perfecto. Un poema de alabanza que suele expresar sentimientos profundos. Te mereces una, Nate.

Caleb se alejó de la puerta y se colocó junto a Nate, delante de Archie, de Archer en realidad, y de Eliza.

—Sois conscientes de que os vamos a acusar de intento de asesinato, ¿verdad?

—Las sustancias químicas no habrían matado a nadie —protestó Archie—. Solo eran lo bastante fuertes para que la gente enfermara. Eliza lo investigó.

—¡Cierra la boca! —Eliza le dio un codazo tan fuerte que le arrancó un gruñido.

—Tal como dijiste de forma tan elocuente durante la reunión, la intoxicación alimentaria es especialmente peligrosa para las personas mayores —le recordó Caleb a Eliza.

—¡Hijo de puta! Podrías haber matado a Peggy —exclamó Gib. Nate se percató de que solo mencionaba a Peggy, aunque él mismo se había intoxicado.

—No usé nad... —Archie dejó la frase en el aire mientras volvía la cabeza hacia la ventana.

Nate se percató de lo que le había llamado la atención. Una sirena se acercaba.

—Supongo que debería haber pedido que enviaran una patrulla en vez de una ambulancia cuando llamé al servicio de emergencias —dijo Briony.

ॐॐॐ

Unas tres horas después, todo había acabado. El grupo vio a través de la ventana cómo dos agentes de policía se llevaban a Eliza y a Archer a un vehículo policial. Los llevaban a comisaría para interrogarlos.

Nate y los demás volvieron a sentarse sin hablar, abrumados y agotados. El único sonido que se oía era el ronroneo de *Mac*. Nate no creía que el gato hubiera dejado de ronronear desde que le arrancó la peluca a Archer.

Al final, Gib rompió el silencio:

—¡Buenas noches, enfermera!, que diría Archie. —Meneó la cabeza.

—Será Archer —le recordó Briony.

—¿Buenas noches, enfermera? —repitió Ruby.

—Archie hablaba raro, igual que Riley y tú cuando fingís que sois vaqueras —explicó Briony.

—¿Y qué se supone que quiere decir con eso?

—Se supone que es para expresar sorpresa sin soltar una palabra malsonante. —Regina se atusó el pelo, aunque lo tenía perfecto—. No creo que se conozca el origen, aunque algunos dicen que empezó con una película muda que se titulaba así, en la que Fatty Arbuckle se disfrazaba de enfermera y coqueteaba con Buster Keaton. Otros creen que se originó en la Primera Guerra Mundial, y que solo era un saludo a las enfermeras en los hospitales militares.

—Tiene razón. Por supuesto. —Rich levantó el teléfono móvil—. Está en una lista de expresiones de principios del siglo xx. Es el primer resultado de la búsqueda en Google. Ya debería saber que no tenía ni que molestarme en buscarlo teniendo a Regina al lado. Archer ha usado casi todo lo de la lista mientras interpretaba a un anciano. Incluso se ha pasado de rosca al usar algunas más antiguas de la cuenta.

—Esas expresiones raras que usaba me encantaban —admitió Janet—. Me siento como una completa idiota.

—A todos nos pareció estupendo —le recordó Peggy—. No era solo cosa tuya.

—A mí no me parecía tan estupendo. Pero no tenía ni idea de lo que se traía entre manos —admitió Gib—. Pero ya sabéis quien sí lo sabía, ¿verdad? —Señaló a *Mac*.

—Es un gatito monísimo —repuso Peggy—. Pero eso es imposible.

Gib se levantó.

—Os lo voy a demostrar. Solo tengo que ir a casa a por una cosa.

—Te acompaño —se ofreció Hope.

—Yo también voy —dijo Max.

Nate estiró los brazos por encima de la cabeza en un intento por liberar la tensión de los hombros.

—Qué día más raro.

—Un día largo, bueno, malo y raro —dijo Briony, que estaba sentada a su lado, en voz tan baja que solo él pudo oírla.

Nate sintió que el deseo lo consumía por entero al pensar en esa noche. Deseó hacer desaparecer a todos los demás. Lo que más deseaba, lo que más necesitaba, era estar a solas con ella. No solo para poder tocarla, aunque se moría por hacerlo, sino para hablar con ella. Aquella noche en la cocina, con una copa de vino, le había contado cosas que creía que jamás compartiría con nadie ajeno a su familia.

Estar a solas tendría que esperar. Nate se daba cuenta de que los demás necesitaban permanecer juntos, aunque fuera un poquito más. Tal vez debiera encargar *pizza* para todos, aunque seguramente LeeAnne montara un escándalo si lo sugería. Querría cocinar.

Miró a su hermana y se la encontró mirándolo, como bien sabía que estaría haciendo. Cosas de mellizos.

—Le debes una disculpa a papá —le dijo Nathalie—. Una buena disculpa.

—Sí, papá nunca ha roto un plato en la vida —replicó, pero se arrepintió casi enseguida. Daba igual lo que hubiera hecho su padre, porque él tenía que contarle la verdad y disculparse. Se había equivocado al acusarlo de sabotaje—. Hablaré con él, te lo prometo.

Nathalie asintió con la cabeza, satisfecha.

—¿Alguien tiene hambre? —preguntó LeeAnne—. Podemos trasladarnos a la cocina. Prepararé lo que se os antoje.

Nate sonrió. ¿La conocía o no la conocía?

—¿Te refieres también a...? —comenzó Rich.

El regreso de Gib, de Max y de Hope lo interrumpió. Gib llevaba una bolsa de papel, que vació sobre la mesita auxiliar. Rescató del montón un roído trozo de látex con mechones de pelo canoso y se lo puso en la cabeza.

—¿Os suena? —les preguntó—. Tened en cuenta que nuestro amigo aquí presente lo ha tenido de juguete. —Gib señaló a *Mac*, que estaba acurrucado en el regazo de Regina—. Seguro que esto ayuda. —Gib se pegó lo que parecía una oruga peluda en la ceja.

—Seguro que tuvo que hacerse una peluca de repuesto cuando *Mac* se largó con esa. —Rich se echó a reír.

—También tendría que hacerse cejas nuevas —dijo Janet—. Creía que se las había depilado, pero se equivocaría al hacer las nuevas más delgadas.

Ruby tomó un trocito de esponja de la mesa y lo olisqueó. *Mac* empezó a ronronear con más ganas, algo que Nate no había creído posible.

—Espuma de látex, talco y un poco de base de maquillaje compacta. Sabía lo que se hacía.

—¿Y qué es todo lo demás? —Peggy señaló el montoncito de objetos que había en la mesita auxiliar—. Parece uno de mis calcetines. —Sacó un calcetín rosa con margaritas de debajo del montón. Y, después, se puso colorada al sacar a toda prisa un sujetador morado oscuro. Hizo una bola con la prenda y la guardó en el bolso. Nate fingió no haberse dado cuenta. Al igual que todos los demás. Incluido Rich. Se le notaba la influencia de Regina.

—Deberíais saber que *Mac* es un casamentero nato —les dijo Ruby—. Consiguió que dos de mis amigos acabaran juntos robándoles calcetines y otras cosas y llevándoselos al otro. También emparejó a dos adolescentes de Storybook Court de la misma manera. Ah, y un cascarrabias de manual, que resultó ser un trozo de pan en el fondo, acabó con nuestra cartera habitual, todo gracias a *Mac*. No sé cómo se las apaña, pero parece capaz de percibir quiénes hacen la pareja perfecta. Y ahora es como si hubiera añadido la faceta de detective a su currículo —añadió.

—¡Me hablaste por primera vez después de que *Mac* me hiciera derramar el café! —le recordó Hope a Max. Se puso colorada—. Aunque eso no quiere decir que...

—Llevaba queriendo hablar contigo desde el primer día de nuestra primera clase juntos —replicó Max—. Le debo al gato un regalo de agradecimiento.

—Unas cuantas latas de sardinas valdrán. No se cansa nunca de comerlas. —Gib le lanzó una miradita a Peggy antes de apartar la vista con la misma rapidez.

—Me trajo tu llavero, el que tiene la foto de tus nietos —le dijo Peggy a Gib antes de mirar a *Mac* mientras le acariciaba la cabeza.

—Haríais una pareja preciosa —aseguró Janet. Miró a Richard y a Regina—. ¿Y vosotros dos? ¿Ha tenido *Mac* algo que ver en que os aguantéis de repente?

Regina ladeó la cabeza mientras sopesaba la respuesta.

—Se aseguró de que leyera un soneto que me hizo pensar que Rich tenía una cara oculta debajo de una ropa espantosa.

El aludido se echó a reír.

—Puede que yo también le diera al gato unas cuantas latas de sardinas.

—Si le doy sardinas como anticipo, ¿creéis que obrará su magia gatuna para mí? —preguntó Janet—. Ahora que Archie ha desaparecido.

—No tenías la menor opor... —empezó Regina, pero se mordió la lengua—. Creo que merece la pena intentarlo. Es un gato muy intuitivo, ¿no te parece, Peggy?

Peggy miró a Gib.

—Creo que se ha equivocado con Michael y conmigo.

—¿Michael? ¿Quién es Michael?

—Gib. Michael Gibson —explicó Peggy—. Fuimos al instituto juntos durante cuatro años, y ni una sola vez me dirigió la palabra.

—Que no te hahable no implica que no le intereses —repuso Max.

—¿En serio? —Peggy miró a Gib, no a Max, cuando hizo la pregunta.

—En serio —contestó Gib—. Si accedieras a cenar conmigo una noche, le compraría al gato una dichosa fábrica de sardinas en conserva.

Peggy se echó a reír.

—En fin, pues ve preparando el talonario.

Gib sonrió de oreja a oreja. Era la única manera de describirlo.

—Me alegro de que decidiera venir de visita a Los Jardines. —Nate extendió un brazo y tomó la mano de Briony—. Sabe Dios qué habría pasado si no llegar a estar él.

☙☙☙

Un año después

Nate entró con el Cadillac rosa descapotable en el Túnel del Amor de A Little White Wedding Chapel, la capilla donde se iba a oficiar la boda.

—¿Cómo estás? —le preguntó a Briony.

—¡De maravilla! —Levantó la vista al techo con una sonrisa y admiró las estrellas y los querubines que vio allí—. Podría haber recorrido sin problemas un pasillo de quince kilómetros. Podría haber ido bailando hasta el altar. ¡O en patines!

—Tal vez debamos renovar nuestros votos aquí —dijo Jamie desde el asiento trasero.

—Acabamos de celebrar nuestro primer aniversario —protestó David entre risas.

—¿Qué más da? Creo que deberíamos renovarlos todos los años. ¡Todos los meses! Quiero celebrar a todas horas. ¿Verdad, *Mac*? —Acunó al gato, que estaba sentado en su regazo, con una pajarita negra al cuello.

Nate llevaba un esmoquin y Briony lucía un vestido con cintura muy fina y falda de vuelo con varias capas de tul, algo que él sabía porque Ruby, Jamie y ella habían hablado del asunto sin parar. La verdad, lo único que le importaba era quitárselo. Había dejado que lo convenciera de un mes de abstinencia sexual para que la luna de miel fuera todavía más especial.

Paró el Cadillac junto a la capilla donde los esperaba el pastor. Habían sopesado la idea de que los casara un imitador de Elvis, pero Briony decidió que mejor sería algo un poco más tradicional y les pidió a los de la capilla que le permitieran llevar al pastor de la iglesia de su casa. Nate dejó que ella tomara todas las decisiones. Quería casarse con ella. Le daban igual los detalles y, además, disfrutó inmensamente al ver cómo Briony tomaba montones de decisiones, entre las que se incluían que David y Jamie, junto con *Mac*, fueran sus testigos.

El intercambio de votos duró menos de dos minutos. Después, pudo besarla. Cada vez que la besaba, no creía que pudiera mejorar, pero lo conseguía. Ese beso de recién casado tal vez ostentara el récord para el resto de sus vidas. O tal vez cada beso batiría al anterior en el puesto de mejor beso del mundo mundial para toda la vida.

Llevó el Cadillac hacia la entrada del túnel. Un Elvis estilo Las Vegas ocupó su lugar al volante. Briony ayudó a Peggy a meter en el asiento trasero la abultada falda de su vestido largo de color champán con aplicaciones de flores blancas, tal como Nate había oído que se llamaban.

—Te toca —le dijo Nate a Gib.

Gib se sentó junto a Peggy antes de que Jamie le diera a *Mac*. También tenían que contar con *Mac* como testigo, dado que había tenido un papel importantísimo para conseguir que acabaran juntos. De hecho, Peggy llevaba los calcetines rosas con margaritas como su «algo viejo».

Max condujo el Cadillac rosa por el túnel, y Briony, Nate, Jamie y David volvieron al aparcamiento. Casi todos los residentes de Los Jardines habían ido a Las Vegas en autobús para asistir a las bodas. Algunos les tiraron pétalos de flores a Nate y a Briony, mientras que otros hicieron pompas de jabón.

Nathalie se acercó corriendo a ellos para abrazarlos, un abrazo al que se unieron Lyle y Lyla.

—¡Me alegro mucho por los dos! —exclamó ella—. Aunque soy la mayor. Eso significa que debería haberme casado antes.

Nate meneó la cabeza. Su hermana se había involucrado mucho más en los Jardines y había mejorado muchísimo a la hora de

346 / *Melinda Metz*

organizarse la vida a lo largo del último año, pero le daba en la nariz que siempre sería un poco egocéntrica.

—Pronto te casarás con Caleb, así que no protestes —le dijo Lyla a su madre.

—¡Lyla! ¡Caleb y yo no hemos hablado nada de casarnos! —Nathalie miró a Caleb, que estaba ayudando a LeeAnne y al personal a organizar la comida tipo pícnic del banquete de boda.

—Habláis de todo lo demás —replicó Lyla—. Le manda mensajes casi todos los días, y mantienen unas conversaciones larguísimas como un par de veces a la semana.

—Cuando tú ya estás dormida... o eso creía —repuso Nathalie.

—¡Mirad! ¡Ya vienen! —exclamó LeeAnne cuando Elvis llevó el Cadillac de vuelta a la entrada del túnel.

—Nos toca —le dijo Rich a Regina.

—Está guapísima —dijo Briony—. Muy elegante.

Regina lucía un traje de falda a la rodilla de color beis con toques rosas, y una pamela rosa.

—Cierto, pero no tanto como tú —le aseguró Nate mientras veía cómo Elvis se sentaba al volante para llevar a Rich y a Regina a la capilla donde se casarían. Hope se sentaba en el asiento del copiloto, con *Mac* encima.

—Tiene que quererla muchísimo —siguió Briony—. Ese esmoquin podría llevarlo el mismísimo James Bond. Menos la pajarita. —Era de un rosa brillante, con un estampado de huellas de gato negras.

—Ha sido muy comedido, y todo para complacer a Regina —convino Nate—. Aunque le he echado un vistazo a su pijama para la luna de miel. Ojalá que Regina se haya traído las gafas de sol.

—Aquí vienen los padres —anunció Briony—. Al menos, mi madre ya puede dejar de mandarme artículos acerca de los peligros de Las Vegas.

Nate sabía que mantenerse firme en su idea de casarse en Las Vegas le había costado lo suyo. Se enorgullecía de ella por haber seguido su instinto, aunque eso implicara desobedecer los deseos de su madre. Y si bien la madre de Briony parecía un poco nerviosa, también sonreía de oreja a oreja cuando los abrazó, primero a su hija y luego a él.

—Un sitio estupendo, Briony —le dijo su padre, que por fin pudo besar a la novia—. Es perfecto. Y tú eres perfecta. Te quiero.

—Yo también te quiero, papá —le respondió ella.

Después, llegaron los padres de Nate. Su madre lo abrazó con fuerza, con mucha fuerza. Su padre titubeó un momento antes de abrazarlo. No habían llegado al punto en el que los abrazos les salían de forma natural, pero se acercaban. Cuando su padre tuvo problemas para encontrar trabajo, Nate lo contrató en Los Jardines. Hizo que empezara desde abajo, algo que debía admitir que había sido un golpe bajo, pero quería asegurarse de que su padre se quedaba, y cuando lo hizo, Nate lo ascendió a director de actividades asistidas. Parecía que las señoras lo adoraban incluso más que a Archie, el Archie que Kenneth Archer había creado. Nate se preguntó si el hombre sería capaz de engatusar a sus compañeros de celda con tanta facilidad.

—¿Alguien más quiere pasar por el túnel? ¡Yo invito! —exclamó Rich al salir del Cadillac.

Nate captó la mirada que su padre le dirigió a su madre.

Su madre meneó un dedo.

—Ah, no. Sigues como compañero de piso —le dijo. Técnicamente, seguían casados, pero su madre no lo estaba tratando como a un marido—. Si sigues comportándote como es debido, tal vez algún día vengamos a la capilla.

Nate descubrió que no detestaba la idea de que sus padres volvieran a estar juntos en algún momento. Su padre se había mudado seis meses antes a la casa familiar, y él era consciente de que su madre era mucho más feliz con él cerca. Salía más y asistía a muchos de los eventos que su padre organizaba en Los Jardines. Incluso habían empezado a ir a clases de salsa juntos. Pero su madre, al igual que él, había necesitado tiempo para confiar de nuevo en su padre.

—Acabo de caer en la cuenta de que se me olvidó hacer la pregunta que les hago a todas las personas al conocerlas —le dijo Ruby a Briony cuando llegó hasta ellos.

—A ver cuál es —replicó Briony.

—Si tu vida fuera una película, ¿cómo se titularía? —le preguntó Ruby.

Briony arqueó las cejas.

—Mi respuesta va a ser muy distinta de la que te habría dado aquel día. —Tomó a Nate de la mano—. ¿Qué dices tú? Nuestras vidas van a superponerse ahora todavía más si cabe.

Nate también había contratado a Briony en Los Jardines, sobre todo para conseguir que se quedara en Los Ángeles después de que su empleo como cuidadora de gatos terminara, pero también porque si Briony se encargaba de la contabilidad, él dispondría de tiempo para cuidar de las plantas y para añadir más a Los Jardines.

Sopesó la respuesta.

—Creo que va a tener la palabra «gato» por alguna parte. Nunca nos habríamos conocido sin *MacGyver*.

—Cierto —convino Briony—. Si todos se limitaran a seguir las órdenes de *Mac*, el mundo sería un lugar mucho más feliz.

—Órdenes, tú lo has dicho. —Jamie se reunió con ellos, con *Mac* en los brazos—. No pide las cosas, las exige. Es muy mandón.

—Ya lo tengo. —Nate le acarició a *Mac* la cabeza, y el gato lo miró parpadeando muy despacio, en ese gesto tan típico de él—. La película se titularía *Obedece al gato*.

—¡Me encanta! —exclamó Jamie.

Briony extendió un brazo y acarició a *Mac* por debajo de la barbilla.

—Y a mí. No quiero ni pensar en lo que se habría convertido mi vida si *Mac* no se hubiera convertido en mi cuidador.

MELINDA METZ

PREGÚNTASELO AL GATO

Jamie no quería volver a enamorarse... Sin embargo, su gato MacGyver tenía otros planes para ella. ¡Cómo iba a quedarse quieto un gato con ese nombre!

Jamie Syder tiene treinta y cuatro años y está soltera. Sin embargo, no es que tenga muchas ganas de iniciar una nueva relación... Tras sufrir durante todo un año a un tipo enamorado de sí mismo y a otro... que había olvidado decirle que estaba casado, ha decidido celebrar el año de ella con ella misma y MacGyver.

David, un panadero joven y guapo, está harto de que sus amigos siempre le estén buscando pareja. También va a celebrar el año... en compañía de sí mismo.

Sin embargo, MacGyver, que no es otro que un gato encantador, parece no estar de acuerdo con ninguno de los dos y, a fuerza de robarles cosas a unos y a otros y provocar mil y un enredos, puede que tal vez... ¿consiga que ambos cambien de opinión?

Pregúntaselo al Gato

Amantes de los animales,
atentos.
Este gato os robará
el corazón.

Melinda Metz